CORAZÓN DE TIERRA ROJA 2

N.R. WALKER

CRÉDITOS

Artista de Portada: Sam York
Editor: Erika Orrick
Editorial: BlueHeart Press
Traductor: Francisco David
Corazón de Tierra Roja © 2023 N.R. Walker

TODOS LOS DERECHOS RESERVADOS:

ADVERTENCIA:

Sólo para mayores de 18 años. Este libro contiene material que puede resultar ofensivo para algunas personas y está dirigido a un público adulto. Contiene lenguaje gráfico y situaciones adultas.

MARCAS REGISTRADAS:

Todas las marcas comerciales pertenecen a sus respectivos propietarios.

DEDICATORIA

Para aquellos que se arriesgaron conmigo hace años, y para aquellos que todavía están conmigo,
os lo agradezco.

INFORMACIÓN PREVIA A LA LECTURA:

El tamaño importa: la estación Sutton, si bien es ficticia, se basa en una propiedad en funcionamiento en el centro de Australia y está a tres horas en automóvil de la ciudad más cercana. Estación Sutton tiene 10.441 kilómetros cuadrados. Para comparar, el rancho más grande de los EE. UU. es King Ranch con 3340 kilómetros cuadrados. La estación Sutton es la tercera estación más grande del Territorio del Norte y está clasificada como desierto. Tiene aproximadamente el mismo tamaño que el Líbano.

El Territorio del Norte es un territorio federal entre Queensland y Australia Occidental. Es como un estado, simplemente no lo llames así frente alguien que vive allí.

CORAZÓN DE TIERRA ROJA

Bienvenido a la Estación Sutton: Una de las granjas en funcionamiento más grandes del mundo, en el centro de Australia, donde si los animales y el calor no te matan primero, tu corazón podría hacerlo.

SINOPSIS

Hasta que Travis llegó a su puerta, Charlie había vivido una vida muy solitaria. Se había rodeado de aislamiento; cerca de un millón de hectáreas de tierra roja, sol abrasador y soledad. Seis meses después, el invierno se ha apoderado del desierto y Charlie tiene la vida que nunca soñó posible. Pero vivir y trabajar juntos, veinticuatro horas al día, siete días a la semana, durante seis meses seguidos, empieza a pasar factura.

Charlie es un hombre muy, muy testarudo, que tiende a tener más conversaciones en su cabeza de las que salen de su boca, mientras que Travis no tiene problemas en decir lo que piensa. Y, aunque, mientras ambos luchan por comunicarse y por entender la necesidad versus el deseo, Charlie puede ver que está alejando a Travis, pero parece incapaz de detenerlo.

Cuando todo se reduce a si Travis debe quedarse o irse, tal vez la decisión no sea suya.

CORAZÓN DE TIERRA ROJA 2

N.R. WALKER

CAPÍTULO UNO

CUATRO DÍAS. CUATRO MALDITOS LARGOS DÍAS QUE NO ERAN ASÍ ANTES DE ÉL.

APOYÁNDOME en la encimera de la cocina, miré el reloj por vigésima vez y bebí mi té.

—No tardará mucho más —dijo Ma.

Fingí no saber de qué estaba hablando y ella fingió no sonreír. Ma estaba tratando de preparar la cena y yo estaba estorbando a su alrededor. Dejé mi taza aún llena en el fregadero y suspiré.

—No tiene sentido —dije—. Pasé veintiséis años perfectamente capaces sin él, ¿cómo pueden ser cuatro días tan jodi...? —Intentaba no decir palabrotas, así que traté de nuevo—: ¿Cómo pueden ser tan largos cuatro días?

Ma sonrió con su amplia sonrisa de ojos entrecerrados que decía "eso es tan lindo".

—Lo echas de menos. Es natural —dijo—. ¿Puedes llevarme esta bandeja?

Era la vieja y pesada bandeja de carne asada para ponerla sobre la mesa del comedor, donde Ma solía cortarla para servirla.

—Pero, aun así. Cuatro días. Es patético —murmuré—. ¡Y llegan tarde! ¿Cuánto tiempo toma llegar desde la cerca sur? No debería llevarles tanto tiempo.

Ma ignoró mis quejas y me pidió que bajara los platos del estante. Luego me pidió que llevara los platos y pusiera la mesa. Sabía que ella sólo me mantenía ocupado y me apartaba de su espacio. La había molestado bastante durante la mayor parte de la tarde. Y posiblemente algo de ayer también. El tercer día tampoco había sido muy divertido.

Travis se había ido durante cuatro días. Cuatro malditos días. Cuatro días en los que el tiempo pasó lentamente, arrastrando su lamentable ser adelante. Cuatro días manteniéndome ocupado, cuatro días siendo un desgraciado miserable.

Estaba arreglando vallas en la línea sur con Ernie, Bacon y Trudy. No me sorprendía que fuera necesario reinstalar la valla; tenía demasiados años de sol y óxido en proceso. Había un tramo de valla de unos pocos kilómetros de largo que necesitaba ser reestablecido y alambrado. Era un trabajo grande y estaba a unos cien kilómetros de la casa. No valía la pena venir cada noche. Nos mantuvimos en constante contacto por radio y George les llevó suministros frescos el segundo día, de forma similar a lo que hacíamos cuando arreábamos al ganado.

Cuando Travis dijo que se uniría a los demás para el trabajo, dije que yo también podía ir. Estábamos en la cama y Travis nos dio la vuelta para quedar encima de mí y se rio.

—¿No puedes vivir sin mí durante cuatro días? —me preguntó.

—No seas capullo —le respondí—. Por supuesto que puedo.

Él sonrió en la oscuridad, besándome con labios sonrientes.

—No puedes, en absoluto.

—No te hagas ilusiones —respondí.

—Serás un inútil sin mí —me había incitado, sujetando mis manos por encima de mi cabeza y acercando su nariz a la mía—. Ya lo verás.

Y el bastardo engreído tenía razón.

—Ya sabes —le dije a Ma mientras sacaba la bandeja de condimentos de la despensa—. ¿Sabes lo que más odio? Odio que él deba tener la razón *todo* el tiempo. Realmente me cabrea.

—Ajá —tarareó Ma en ese tono meloso de "seguro que sí, cariño".

—Y odio que piense que *él* será quien decida si va o no a instalar la valla durante cuatro días, cuando dije que los demás eran más que capaces. Quiero decir, no soy su guardián, pero soy su jefe.

Ma no dijo nada, sólo me miró mientras removía la olla de salsa. Tenía una ceja levantada en un "Por supuesto que lo eres, cariño".

—No parecía pensar que irse sin mí durante cuatro días fuera un problema. Se ofreció como voluntario para acampar durante esos cuatro días en lugar de estar conmigo, por el amor de Dios. Entonces, ¿qué dice eso sobre mí?

—Charlie —reprendió Ma.

—¿Y sabes qué más odio? Deja sus toallas sobre la cama. Realmente odio eso. ¿Por qué es tan difícil volver a colgarlas? No es difícil. En absoluto. Y rechina los dientes cuando duerme. *En realidad*, odio cuando hace eso. ¿Y qué diablos es esta carta de mi antigua universidad dirigida a él…?

Entonces escuchamos el sonido de motos y la vieja camioneta deteniéndose en las puertas cerca del cobertizo.

Y mi pecho se tensó y mi estómago se anudó con mariposas.

Ma se echó a reír.

—Mmm. Puedo ver por tu sonrisa cuánto odias todas esas cosas.

—Han vuelto —dije lo obvio.

Ma señaló con la cabeza hacia el frente de la casa.

—Ve. —Cuando llegué al pasillo, Ma dijo—: ¿Charlie? —Me volví para mirarla—. Trata de no revelar demasiado, cariño. Entonces sabrá que tenía razón.

Salí por la puerta principal hacia el aire fresco. Ya era casi invierno, los días eran más cortos y las noches refrescaban rápidamente. La puesta de sol había pasado de su habitual variedad de naranjas y rojos a púrpuras más oscuros antes de convertirse en noche.

Dos motos y la camioneta llegaron desde los potreros del sur y se detuvieron en el cobertizo. Los motores se apagaron y apenas había llegado al porche delantero cuando el silencio fue cortado por el sonido de risas. O Travis había dicho algo gracioso, o habían hecho una broma acerca de mí esperándolo en la terraza como una colegiala enamorada.

Simplemente no podía importarme.

Travis salió del cobertizo sonriendo, como de costumbre, y subió los escalones del porche. Su piel bronceada resaltaba sus ojos azules y su amplia sonrisa, y el polvo rojo cubría sus jeans y su camisa por conducir una de las motos todoterreno.

Travis había estado aquí durante seis meses, su rodilla (donde se había lastimado cuando se había perdido por una noche) estaba casi como nueva. Se quitó el sombrero (mi viejo sombrero) de la cabeza y sonrió.

—Buenas tardes.

Por supuesto que le devolví la sonrisa. Me alegré de que la luz se estuviera desvaneciendo para que él no pudiera ver el rubor que calentaba mis mejillas cuando me miraba así.

—Buenas tardes.

Tenía tantas ganas de tocarlo, rodearlo con mis brazos, besarlo. Pero no podía. Los demás todavía estaban en el cobertizo y estábamos a la vista de todos los que miraran.

—Me extrañaste completamente —dijo Travis. Se mordió el labio y miró mi boca como si quisiera besarme también.

—No te hagas ilusiones —dije. Intenté mostrarme indiferente, pero apenas fue un susurro.

Rio, y luego su sonrisa se desvaneció y todo lo que hizo fue mirarme. Nos quedamos allí, sin hablar, sólo mirándonos, durante un minuto muy largo.

Tragó con fuerza.

—¿El correo llegó hoy? —preguntó.

—Sí. —Asentí hacia la puerta principal—. Hay bastantes cartas para ti. Está todo en nuestra cama.

Nuestra cama.

Todavía me resultaba extraño decirlo.

Lo seguí cuando entró en la casa y colgué su sombrero en el gancho junto al mío. Dudó en el pasillo, mirando entre la cocina y yo, luego tomó mi mano y me llevó al dormitorio.

Se giró y, con un movimiento fluido, deslizó su mano alrededor de mi cuello y me acercó para besarme.

Una especie de beso de cuatro días transcurridos.

Era urgente, firme y cálido, y era todo lo que necesitaba.

Me rodeó con un brazo, juntándonos y suspiró cuando nuestros cuerpos se fusionaron el uno con el otro.

—¡Niños! —llamó Ma desde la cocina.

Travis gimió y dio un paso atrás, poniendo fin al beso.

—Será mejor que salgas —dijo—. Será mejor que me limpie y trate de deshacerme de esto —dijo ajustándose su entrepierna.

Miré el bulto en sus jeans sucios.

—Podría ayudarte con eso —le dije.

—Podrás ayudarme con esto más tarde —dijo reajustándose nuevamente.

Entonces recordé algo.

—Trav —continué señalando deliberadamente la pila de correo sobre la cama—, ¿te importaría decirme por qué la Universidad de Sídney te ha enviado algo?

Sus ojos se dirigieron a los sobres y paquetes.

—Um, tal vez más tarde.

Lo recogí, pero él me lo quitó y lo arrojó sobre la cama. Salió por la puerta y se dirigió al baño.

—No lo toques, Charlie.

—Trav —me quejé—. He esperado todo el día.

En la puerta del baño, Travis se rio.

—La respuesta sigue siendo no.

Entonces Ma gritó desde la cocina.

—Charles Sutton.

—Salvado por la campana —susurró Travis. Luego sonrió y cerró la puerta.

—Podría simplemente abrirla y leerla —le dije a la puerta del baño.

—Podrías —gritó. Escuché que se abría el grifo del baño —. Pero no lo harás.

Resoplé, lo que podría haber sido un gruñido, y me fui dando fuertes pisotones hacia la cocina donde Ma estaba esperando.

—¿Por qué los hombres son tan frustrantes? —Cogí un tenedor y lo arrojé en el fregadero.

Ma soltó una carcajada.

—Cariño, esa es una vieja pregunta. Debe ser el doble de malo para vosotros dos. —Ella estaba luchando con una sartén pesada, así que cogí un paño de cocina y lo levanté del fogón para llevarla a la mesa.

Resoplé de nuevo y abrí la despensa, probablemente con más fuerza de la completamente necesaria.

—Yo no soy nada frustrante. Él sí que lo es. —Saqué la bandeja de salsas y las puse sobre la mesa de la cocina. Ma me miraba y se mordía el labio superior.

—¿Qué? —pregunté—. ¡No lo soy!

Se giró hacia el fregadero, supuse que para que no pudiera ver su sonrisa. Su voz la delató.

—¿Supongo que no te diría lo que había en el sobre?

—No.

Travis apareció en la puerta, viéndose recién duchado y oliendo aún mejor.

—¿Eso te ha estado molestando? —preguntó sin siquiera tratar de ocultar su sonrisa.

—Todo el día —admití.

Su sonrisa se volvió tan deslumbrante cuando entró en la

cocina. Puso sus manos en mi cara y me besó. Era algo que sólo hacía delante de Ma. La cocina era territorio neutral, donde cualquiera era libre de decir lo que pensaba. Los otros trabajadores de la estación, mis empleados, nunca entraban a la cocina y nunca nos tocábamos, y mucho menos nos besábamos, delante de ellos.

—Ve a limpiarte —dijo—. Terminaré de poner la mesa. —Presionó sus labios con los míos de nuevo y me empujó hacia la puerta—. Ve. —Cuando estaba en la mitad del pasillo, me gritó—: Y no toques el sobre.

Después de que yo me lavara las manos y la cara, salí y encontré a George, Bacon, Trudy, Billy y Ernie sentados a la mesa del comedor. Travis también estaba allí, por supuesto, y mientras comíamos, hablaban de sus cuatro días en la cerca sur.

Travis parecía cansado, aunque todavía era todo sonrisas. No tenía ninguna duda de que se había levantado antes del sol todos los días, y que su cama que era una colcha sobre el suelo no ayudaba a dormir profundamente. El invierno era la mejor época para realizar la mayor parte del trabajo; las noches eran frías pero los días simplemente cálidos en comparación con el calor abrasador del verano. Y a Travis le encantaba trabajar. Le encantaba estar ocupado, le encantaba ser productivo y no paraba en todo el día.

Todos hablaron de su fin de semana libre, de cómo se iban a la Alice por la mañana. Había la excitación y las bromas habituales sobre quién hacía qué.

Antes de que terminara la cena, Ernie dijo:

—También había una gran multitud de canguros entrando al potrero superior del sur. Están haciendo un verdadero desastre.

Aparté mi plato vacío.

—¿Cuántos?

Travis se encogió de hombros.

—Alrededor de veinte.

Miré a George.

—Podríamos echar un vistazo este fin de semana.

Me di cuenta de que George estaba haciendo planes en su cabeza antes de que retiraran la cena, y sabía que lo resolveríamos mañana. Pero esta noche tenía otras cosas en mente.

Quería a Travis en mi cama. Y quería saber qué diablos estaba haciendo con ese sobre de mi antigua universidad.

Cuando todos los demás se habían ido y la casa estaba en silencio (y después de que Travis lo había evitado deliberadamente durante todo el tiempo que pude soportar), lo arrastré a nuestra habitación. Cerró la puerta detrás de nosotros y se rio cuando le entregué el sobre.

—Por favor, ábrelo. —No estaba por encima de rogar.

Travis me ignoró y tomó primero la caja marrón más grande. La etiqueta estaba escrita a mano por su madre, así que traté de ser paciente mientras él la abría primero. Su madre le había enviado su sudadera con capucha favorita. Había venido aquí en pleno verano con la intención de quedarse sólo cuatro semanas. No tenía ropa de invierno, excepto la que me robó a mí. Le pedí más camisas y jeans online, pero de alguna manera terminé con ellos y él siguió usando los míos.

Su madre también le había enviado algunas galletas.

—Cookies.

—Galletas.

—Cookies.

—Son galletas.

—Son Cookies. Incluso lo dice en el paquete. —Lo levantó para mostrármelo—. Y estas son mis favoritas. Me las he estado perdiendo. —Rompió el paquete y se metió una galleta en la boca. Él gimió y su cabeza cayó hacia atrás mientras masticaba—. Están tan buenas. —Desdobló la nota escrita a mano de su familia y esperé mientras la leía—. Mamá te manda besos —dijo mientras seguía leyendo. Me puse de pie y esperé tan pacientemente como pude hasta que terminó.

Travis me miró entonces y me tendió el paquete de galletas—. ¿Quieres una?

Negué con la cabeza.

—Travis.

Lo siguiente en abrir fue la pequeña caja marrón. Pedíamos todos los suministros sexuales online y nos los entregaban en discretas cajas de cartón sencillas. Estaba seguro de que George y Ma sabían lo que contenían cuando recogían el correo, pero seguro que era mejor que pedirles a cualquiera de ellos que nos trajeran lubricante con sabor la próxima vez que fueran a la ciudad.

Abrió la caja y la volcó sobre la cama.

—Ah, mira, lubricante —dijo—. Mucho lubricante. Si juegas bien tus cartas, es posible que te deje usarlo conmigo.

—Travis —dije—. Por favor.

—Realmente te molesta, ¿no? —dijo recogiendo el gran sobre blanco que de hecho me había molestado durante todo el maldito día. Lo estaba mirando, dándole vueltas en sus manos. Su sonrisa desapareció.

—¿Por qué no me dices qué contiene?

—No quiero que te enfades conmigo.

—Trav, ¿qué hiciste?

Se mordió el labio inferior y finalmente me miró. Tragó fuerte y me entregó el sobre.

—Es posible que me haya comunicado con ellos y que les haya preguntado cómo volver a inscribirte para terminar tu carrera.

Lo miré fijamente durante un largo rato y lentamente le quité el sobre.

—¿Tú qué?

—Siempre dijiste que deseabas haber terminado, y un día yo estaba aquí y tú estabas fuera, y pensé que podría ser una muy buena idea, pero ahora pienso que probablemente no lo fue.

Abrí el sobre y saqué los papeles que había dentro. *Sr. Charles Sutton, nos complace ofrecerle...*

—¿Cómo hiciste esto? —pregunté—. Todo está a mi nombre.

—Podría haber pretendido ser tú. Eran solo correos electrónicos y una solicitud online, pero pedí que me enviaran las instrucciones de envío. —Se encogió de hombros—. Les dije que Travis era el gerente de la estación y que todo el correo estaba dirigido a él. De hecho, te sorprenderías. No fue tan difícil de hacer.

—Travis.

—No te enfades.

Negué con la cabeza hacia él.

—¿Cómo puedo hacer esto? ¡No puedo simplemente volver a Sídney!

—No, es para que la termines por correspondencia. Hacen todo online. Quizás tengas que ir a Sídney para los exámenes finales, pero para eso te queda un tiempo todavía y será sólo un fin de semana, y pensé que tal vez tú y yo podríamos ir... —Estaba divagando y nervioso, y parecía un poco asustado. Se metió otra galleta de chocolate en la boca y habló mientras masticaba—. Acabo de terminar el curso el año pasado y puedo ayudarte. Estoy seguro de que probablemente hay uno o dos de mis trabajos que podrías usar, lo cual no es muy legal y probablemente roza el plagio, y todo mi material todavía está en los Estados Unidos, pero entre nosotros dos no será necesario...

Dejé el sobre, que por cierto era un paquete de inscripción de la Universidad de Sídney, sobre la cama y extendí la mano para tomar la de Travis.

—¿Por qué no me lo dijiste?

Tragó su galleta.

—No quería que te enfadaras. —La comisura de su labio se frunció—. ¿Estás enojado? Has dicho un par de veces que odiabas no terminar la carrera —añadió—. Y pensé que podría ayudarte a terminarla. No lo sé... lo siento, fue una buena idea en ese momento.

—No estoy enfadado —dije con un suspiro. La verdad era que odiaba no haber acabado la carrera.

Travis sonrió, más o menos.

—¿No me odias?

Solté una carcajada.

—No te odio. Pero tal vez sea algo que podrías haber mencionado o de lo que podríamos haber hablado.

—Hablamos de ello —dijo—. La semana pasada mencioné mi graduación y dijiste que te arrepentías de no haberte graduado.

—Realmente eso no es hablar de volver a la universidad.

—Bueno, más o menos lo fue.

—Eh, no, realmente no lo fue.

—¿Estás seguro de que no estás enfadado?

—No. No lo estoy.

—Creo que deberías besarme —dijo—. Porque entonces sabré si realmente estás enfadado y solo dices que no lo estás, o si realmente no lo estás.

Me reí entre dientes y besé sus labios. Pero él negó con la cabeza.

—No. Estás enfadado. Sabía que te enfadarías.

—¡No estoy enfadado!

—Sí, en cierto modo lo estás.

—No, no lo estoy. Debería estarlo, pero no lo estoy.

—Sí, lo estás —continuó—. Lo sé por la forma en que me besaste.

—¿Eso es así?

Él asintió, totalmente serio.

—Sí. Ese fue un beso de "Estoy enfadado, pero tratando de fingir que no lo estoy".

Lo atrapé y lo empujé hacia la cama. Aplastando el resto del correo debajo de él, y aterricé encima de él. Le aparté el pelo de la frente y lo besé más suave y lentamente hasta que sus ojos se cerraron. Sabía a chocolate.

—¿Todavía estoy enfadado?

Travis sonrió y se lamió el labio inferior. Tenía picardía y diversión en sus ojos. Asintió.

—Definitivamente.

Entonces lo besé de nuevo, intensamente. Sostuve su rostro y hundí mi lengua en su boca hasta que cedió. Siempre podía sentir el momento en que cedía; su cuerpo se fundía con el mío, sus piernas se abrieron para mí, sus manos se aferraron a mí y gimió.

Entonces lo besé un poco más intensamente.

Cuando estaba sin aliento y deseando más, aparté mi boca de la suya. Travis estaba borracho por los besos, sus ojos aturdidos y sus labios hinchados. Me incliné y le saqué la camiseta por la cabeza, luego me quité la mía. Me incliné sobre él y puso su mano en mi pecho, impidiendo que volviera a besarlo.

—¿Entonces lo harás? —preguntó.

No recordaba que me pidiera que le hiciera algo.

—¿Hacer qué?

—Acabar tu carrera.

—Preferiría acabar contigo —ofrecí. Presioné mis caderas contra las suyas, sintiendo lo excitado que estaba.

Me dio una lenta sonrisa y levantó un poco su culo, todavía sin dejarme besarlo hasta que respondiera.

—Charlie.

Resoplé una carcajada.

—¿Me estás chantajeando?

Él sonrió sin vergüenza.

—¿Qué quieres hacer más? Yo o tu título.

Le gruñí y le sujeté ambas manos por encima de la cabeza sobre la cama.

—Ambos —le dije—. Haré ambas cosas.

Él sonrió victorioso y enganchó una pierna alrededor de mi muslo.

—Sabía que lo harías. —Me incliné para besarlo y él me detuvo nuevamente—. ¿Charlie?

—¿Qué?

—¿Te darías prisa? —sonrió—. Han pasado cuatro días.

CAPÍTULO DOS

CUANDO LAS COSAS EMPIEZAN A COMPLICARSE.

DORMÍ MUY BIEN. A pesar de lo tarde que era cuando nos quedamos dormidos; con él a mi lado en nuestra cama, dormí como un bebé. Me levanté antes del sol, como siempre, y después de darles de comer a los perros, volví a entrar y encontré a Travis poniendo su bolsa de lona sobre la cama.

—¿Qué estás haciendo?

Estaba un poco sorprendido.

—Ah. —Miró la bolsa y luego de nuevo a mí—. Bueno, pensé que como todos se dirigían a la Alice, esperaba... que tal vez nosotros también pudiéramos ir.

—Ah.

—Sólo pensé que podríamos pasar una noche en la ciudad, eso es todo.

—¿Qué? —Me burlé—. No puedo ir.

—Sí puedes —dijo simplemente. Como si fuera muy fácil irse un fin de semana.

—Trav, no puedo irme sin más.

—¿George y Ma no son capaces de cuidar de la estación?

—Son muy capaces —respondí, luego me di cuenta de que acababa de ayudar a su lado del argumento.

Él sonrió. Un poco.

—Necesito comprar algunas cosas en la ciudad.

—¿Cómo qué? —pregunté—. Si quieres o necesitas algo, sólo tienes que decirlo. Podemos pedir casi cualquier cosa online.

—Bueno, tendríamos que recoger esto —dijo dándome una mirada rápida—. Estaba pensando en arreglar el huerto de Ma.

—Ella tiene un huerto de verduras.

—Eso no es un huerto —dijo rotundamente—. Es una zona seca de arcilla cocida. No está lo suficientemente elevado, no hay retención ni filtración de agua. Cómo diablos cultiva algo en él es un milagro.

Me sentí herido.

—George y yo le construimos eso.

Sus ojos se abrieron como platos.

—Por favor, dime que fue antes de que estudiaras agronomía.

—Fue antes —dije indignado—. Tenía unos dieciséis años.

—Oh, gracias a Dios. Porque si hubiera sido después, estaría seriamente preocupado por lo que hiciste durante tres años en la universidad.

Le sonreí.

—Te dije lo que pasé haciendo tres años.

—Jum —resopló—. Sí, tuviste sexo con todos los hombres homosexuales de Sídney.

—No todos eran *homosexuales* —respondí alegremente—. Estoy bastante seguro de que algunos eran heterosexuales.

Me gruñó y yo me reí, pero duró poco. Toqué su bolsa de lona y sentí la lona gastada.

—Trav, puedes ir a la ciudad si quieres.

—Quiero que vengas conmigo.

—No puedo.

—No quieres venir.

—Trav, no puedo simplemente irme. No puedo dejar la responsabilidad a otra persona.

Suspiró.

—No te enfades.

—No estoy enfadado —respondió en voz baja—. Estoy decepcionado.

No tenía respuesta para eso.

Extendió la mano, tomó su bolsa de lona y la dejó silenciosamente en un rincón de la habitación.

—George dijo que saldrá esta mañana. Buscará esa multitud de canguros que vimos.

—Travis.

—Creo que saldré con él por el día —dijo dándome una sonrisa tensa y nada feliz.

Ahora fue mi turno de suspirar.

—Tal vez podríamos dirigirnos a la Alice el próximo fin de semana o el siguiente en quince días. Cuando todos estén manos a la obra, cuando todos los demás estén aquí, entonces tal vez podamos ir a la ciudad.

—Tal vez —respondió. Luego sonrió un poco más genuinamente—. Poco a poco Charlie.

—Lo siento.

—No te disculpes. *Podría* ir con los demás si realmente quisiera.

—Podrías —acepté. Ahora me sentía culpable—. Sabes, tal vez deberías ir con ellos. Pasar un fin de semana fuera.

—No quiero —dijo simplemente—. Quiero ir contigo. ¿Y ahora que has dicho que lo haremos? —Él sonrió—. Haré que cumplas tu palabra.

—OTRA VEZ ESTAREMOS SOLOS tú y yo —le dije a Ma mientras le entregaba una taza de té. Travis y George habían salido a buscar canguros por segundo día consecutivo y regresarían más o menos al mismo tiempo que todos los demás regresaran de la Alice.

—¿Cuál es tu plan para el día? —preguntó.

—Llevaré a Shelby al potrero del este y comprobaré cómo están esos añojos. —Tomé un sorbo de mi té—. Después esta tarde, antes de que todos regresen, miraré algunos libros.

—Tú y Travis parecíais muy cómodos en el sofá anoche.

—Él me hizo… estudiar.

—No parecía que estuvieras estudiando mucho.

Escondí mi sonrisa detrás de mi taza de té.

—Bueno, fue mi primer día.

—Ajá. —Ma apartó su taza de té—. ¿Te preparas el almuerzo tú hoy?

Ni siquiera habíamos desayunado.

—Por supuesto —le dije—. ¿Te sientes bien? No estás del todo alegre y dicharachera como de costumbre. Ayer también estuviste un poco callada. ¿Todo bien?

—Sí, estoy bien. Sólo un poco indispuesta. Creo que me estoy resfriando —dijo con desdén—. Los inviernos se vuelven más fríos a medida que envejeces, ¿no lo sabías?

—Ma, deberías haber dicho algo antes.

—Estoy bien —repitió—. Pero dado que todos están fuera por el día y solo estamos tú y yo, podría tomarlo con calma. Me permites una mañana libre, ¿verdad?

—Por supuesto que sí —respondí—. Ve y acomódate en el salón. Levanta tus pies. Te haré unas tostadas.

—No es necesario que hagas eso.

—Ma. Ve y siéntate —dije en tono serio—. Ahora. —Luego, como era Ma, agregué—: Por favor.

La saqué de la cocina y me puse a trabajar. Tostadas, zumo y agua, después, saqué la bandeja repleta al salón. Acerqué una de las mesas auxiliares a su asiento, tomé su último libro de crucigramas y me aseguré de que estuviera cómoda.

—No tengo que salir esta mañana —le dije—. Puedo quedarme en la zona de la casa. De hecho, estoy seguro de que a las motos les vendría bien una revisión.

—Charlie, estoy bien —dijo Ma. Parecía como si estuviera enfadándose. Me conocía muy bien.

—Ma, si no te sientes bien, puedo cuidar de ti.

—No necesito una niñera.

—Ma.

—Charles Sutton.

Cuando decía el nombre completo era cruzar la línea. Suspiré y me ocupé de volver a llenar la chimenea con leña nueva.

—Si tienes frío, enciende esto, ¿de acuerdo? —Me levanté y caminé hacia la puerta—. Tengo el teléfono satelital si me necesitas. Y volveré a la hora del almuerzo y haré tú almuerzo.

Ella puso los ojos en blanco y me ignoró, pero no discutió, así que lo consideré una victoria.

Mantuve mi carrera hacia el este para controlar a los añojos bastante corta. Cumplí mi promesa y llegué a casa a la hora del almuerzo, pero Ma estaba trabajando en la cocina. Se veía mejor.

—Aquí tienes, amor —dijo entregándome un plato de sándwiches y fruta.

Había suficiente para dos, así que lo puse sobre la mesa de la cocina y serví dos vasos de zumo. Me encantaban los días como éste, cuando estábamos solos Ma y yo y nos sentábamos a la mesa de la cocina y hablábamos.

Había pasado demasiado tiempo.

Hablamos de la próxima reunión y arreo de ganado en invierno y de lo que necesitábamos organizar. Todavía faltaban algunas semanas, pero a Ma le encantaba estar preparada.

Ya era tarde cuando escuché el sonido familiar de las dos camionetas que venían por el camino de entrada y supe que todos habían regresado de su fin de semana en la ciudad. Todos iban a sus propias casas (la estación Sutton tenía casas para tres grupos de trabajadores) y primero se refrescarían para la cena.

No mucho después escuché murmullos desde el porche. Pensando que alguien vendría a verme, me levanté de mi escritorio para recibirlos.

Apenas había llegado al pasillo cuando Billy entró por la puerta principal. Parecía inusualmente nervioso y su habitual media sonrisa había desaparecido.

—Billy, ¿estás bien?

—Claro, jefe —dijo. Se alisó la camisa y miró alrededor del pasillo.

—Billy, lo que sea que te esté preocupando, solo dilo.

—Mi prima se metió en algunos problemas —dijo—. Si no hay problema, señor Sutton, esperaba que ella pudiera quedarse aquí.

—¿Dónde está?

—Está aquí, jefe. Ya la traje conmigo —dijo.

—¿Se encuentra bien?

Billy parecía más infeliz que nunca. Habló en voz baja.

—Los otros compañeros estaban hablando de… querer turnarse, si sabes a qué me refiero, señor Sutton. La traje conmigo para que no… hagan eso.

—¿Ella está bien, Billy? —pregunté inmediatamente preocupado—. ¿Está herida?

—Está bien —respondió—. Estaba asustada y nadie la cuidaba. Pero nadie la tocó, si a eso te refieres.

Di un suspiro de alivio.

—Está bien, Billy. Puede quedarse. ¿Puedo conocerla?

Billy miró hacia atrás en la puerta principal.

—¿Nara?

Una niña aborigen caminó dentro, tan asustada como un conejito. Tenía unos quince años, pelo largo y desordenado, piel oscura y ojos asustados, temerosos. Mantuvo sus ojos en Billy, sin duda esperando sus señales.

—Ella puede quedarse en mi casa, si te parece bien —dijo

Billy—. Ahora que Fisher se ha ido, tenemos la habitación libre. No será ninguna molestia, señor Sutton.

Esperé a que la chica hiciera contacto visual conmigo.

—¿Nara? ¿Ese es tu nombre?

Ella asintió.

—Puedes quedarte aquí —le dije—. Pero no tendré problemas. Esperamos que trabajes para ganarte la vida. ¿Has trabajado antes?

Nara negó con la cabeza.

—No.

—¿Estuviste en la escuela? —pregunté.

Tragó saliva y sus ojos se dirigieron a Billy antes de volver a mirarme.

—Quería hacerlo, pero en lugar de eso cuidaba de mi familia.

Era común en las comunidades aborígenes aquí en el Outback que las niñas mayores asumieran el papel de cuidadoras de sus hermanos menores.

—Bueno, empiezas a trabajar por la mañana. Mañana discutiremos las reglas de la estación. Pero en general, haces lo que Billy o yo te digamos, ¿vale?

Ella asintió de nuevo y me dedicó una sonrisa tímida. Billy asintió hacia la puerta y Nara salió rápidamente. Billy me dedicó una sonrisa genuina y de alivio.

—Gracias, señor Sutton. —Lo conocía desde hacía años y nunca lo había visto tan… inseguro. Sabía que tenía una gran familia, pero siempre había mantenido su vida privada exactamente así. Que él trajera a Nara aquí y me preguntara si podía quedarse, significaba que tenía preocupaciones genuinas por ella.

—Billy, ¿de verdad está bien? —le pregunté. Ciertamente no se veía bien.

—Ella lo estará ahora —dijo en voz baja. Caminó hacia la puerta.

—¿Billy? —pregunté. Se detuvo y se volvió hacia mí—. ¿Y tú estás bien?

—Estoy bien, señor Sutton. Aprecio que le hayas permitido quedarse. Ella no será ningún problema.

—Sé que no lo será —respondí. Fue tanto una advertencia como un consuelo.

Después de que se fue, me quedé en el pasillo vacío durante un minuto y luego me reuní con Ma en el salón. Obviamente ella había sido testigo de toda la conversación.

—Eso fue amable de tu parte —dijo.

—Esa niña parecía muy asustada.

—Lo estaba.

—¿Fui demasiado duro con ella? —pregunté—. No quiero que nadie venga aquí pensando que puede hacer lo que quiera, así que tuve que decir algo, pero Dios, ella parecía lista para salir corriendo.

Ma me dio una sonrisa tranquilizadora.

—Estará bien. Démosle uno o dos días para que se adapte, ¿vale?

Luego, como era una noche para solucionar problemas, Trudy y Bacon llamaron a la puerta abierta del salón.

—¿Podemos hablar contigo un minuto? —preguntó Trudy.

Ma se puso de pie.

—Um, iré a mi habitación —dijo dejando a mis dos empleados de estación de pie de manera bastante incómoda en la puerta.

—Pasad muchachos —dije cautelosamente curioso sobre cuál podría ser el propósito de esta visita. Cogí el mando a distancia de la televisión y la apagué—. ¿Qué pasa?

Debería haber sabido lo que vendría cuando se sentaron juntos en el salón.

—Bueno —comenzó Bacon—. Queríamos hacerte saber que nos hemos estado viendo desde hace un tiempo.

Estoy seguro de que parpadeé como un idiota.

—¿Eh?

—Craig y yo estamos juntos. Somos… una pareja —explicó Trudy, pareciendo avergonzada. Nunca la había visto sonrojarse. Ni una vez—. Hemos estado saliendo por un tiempo.

Me quedé estupefacto. Incluso me tomó un minuto darme cuenta de que Craig era el verdadero nombre de Bacon. Creo que me reí.

—Um, no estoy seguro de qué decir.

—No queríamos ocultarlo más —añadió Trudy.

—¿Cuánto tiempo habéis…? —pregunté, sin estar muy seguro de cómo hacer esa pregunta.

—Alrededor de un año —dijo Bacon. Estaba sonriendo, pero parecía nervioso. Se acercó y tomó la mano de Trudy.

—Es que ahora —dijo Trudy—, queríamos aprovechar que tú y Travis estáis juntos, porque pensamos que podrías… —Nadie, ni una sola vez, había hablado sobre mi relación con Travis. Bueno, al menos no a mí.

Bacon le apretó la mano.

—No estábamos seguros de sí debíamos decir algo. No queríamos que nos dijeras que no estaba permitido, o tal vez que uno de nosotros tendría que irse.

—¿Qué? —pregunté—. No. No, eso no es… yo no haría eso. —La verdad es que hace un año probablemente lo habría hecho. Pero ahora que vivía y trabajaba con mi novio, no podía culparlos por hacer lo mismo—. Sé que no permitiréis que esto interfiera con vuestro trabajo. —Hubo otra advertencia-consuelo. Me estaba volviendo bueno con ellas.

Bacon negó con la cabeza.

—No interferirá.

Trudy Añadió rápidamente:

—Le patearé el trasero hasta la acera antes de perder mi trabajo.

Me reí de la expresión de Bacon.

—No tengo ningún problema con eso —dije—. De hecho,

lamento que hayáis sentido que no podíais decir algo antes. Agradezco que me lo digáis ahora.

—Travis dijo que no te importaría —dijo Bacon, y por su inmediata expresión, supe que se suponía que no debía decir eso.

—¿Travis lo sabía? —pregunté.

Trudy tragó saliva.

—Estuvo con nosotros trabajando en la valla la semana pasada —dijo como si eso lo explicara—. Dijo que estarías bien con esta información. Sólo nos dijo que fuéramos honestos, eso es todo.

—¿Eso hizo?

—No te enfades con él —se apresuró a añadir Trudy—. Le pedimos que no dijera nada y estuvo de acuerdo en que sería mejor que lo dijéramos nosotros.

—Sólo queríamos que lo supieras —dijo Bacon—. Nada cambia. En lo que respecta al trabajo, todo será igual que antes.

Asentí y les di una sonrisa.

—Sé que todo seguirá igual. Y gracias por decírmelo. —Tomaron eso como una señal para irse, y cuando llegaron a la puerta, me levanté y dije—: Escuchad. —Trudy y Bacon se detuvieron y me miraron—. Um, supongo que os debería agradecer. Por aceptar lo mío... y lo de Travis. Yo, eh, entiendo que no haya sido muy fácil, pero me apoyasteis y eso significa mucho y debería haberos dado las gracias antes de ahora.

Siempre divagaba cuando estaba nervioso.

Tanto Trudy como Bacon me sonrieron. Probablemente fue la cosa menos de jefe que les dije en mi vida.

—Es un buen tío —dijo Trudy—. Hiperactivo o algo así; no puede quedarse quieto por mucho tiempo, pero es muy buena persona.

Me reí ante eso, y después de que se fueron, me senté nuevamente en el salón y suspiré.

Bueno, eso fue raro. En realidad, toda esta velada había sido extraña.

Luego oí llegar las motos y la charla desde el cobertizo. Cuando se abrió la puerta principal, esperaba a Travis. Pero era George.

—Oye —dije saludándolo.

—Charlie —dijo asintiendo.

—Um, para que lo sepas —dije—. La prima de Billy se quedará con nosotros por un tiempo. Entonces, si ves a una niña deambulando, es ella.

—Perfecto —dijo. No había muchas cosas que desconcertaran a George. Me miró—. ¿Estás bien?

—Un día extraño —respondí crípticamente.

George se rio, como si supiera algo que yo no sabía, pero sin decir más, desapareció por el pasillo.

Me recosté en el sofá y me pasé la mano por el pelo. ¡Qué maldito día! Primero Ma no se encontraba bien, luego Billy y su prima, entonces Trudy y Bacon... Jesús. Me preguntaba si algo más podría llevar este día más hacia un absoluto caos, cuando escuché a Travis subir las escaleras del porche. La puerta principal se abrió y él asomó la cabeza por el marco de la puerta. Parecía emocionado y un poco nervioso.

—¿Trav?

Salió y fue entonces cuando vi que estaba sosteniendo algo. Su sudadera con capucha, la que le había enviado su madre, era un bulto en sus brazos. Travis sonrió y retiró la tela para revelar dos grandes orejas y ojos marrones.

Ah, mierda. Travis sostenía un canguro rojo bebé.

CAPÍTULO TRES

VILLA MIERDA. POBLACIÓN: YO.

—TRAVIS —pregunté en voz baja—. ¿Qué estás haciendo?

Él sonrió y entró en la habitación, todavía sosteniendo un manojo de orejas grandes y curiosos ojos marrones.

—Bueno, su madre tuvo un final prematuro —dijo en un tono triste—. Y cuando fuimos a trocear el cadáver para comida para perros, este pequeño estaba allí.

—Travis —dije negando con la cabeza—. No podemos tener un canguro.

—¿Por qué no? —preguntó.

—Porque son una plaga. Destrozan los cultivos para nuestro ganado. Fuiste para sacrificarlos, no para conservarlos.

La alegría de Travis se desvaneció.

—Pero es sólo una bebé. No tengo ningún problema en erradicar las plagas, pero no puedo dejar a una bebé indefensa ahí fuera. Se habría muerto de hambre o los dingos la habrían atrapado.

—O podrías haberle disparado... Sí, deberías haberle disparado.

La boca de Travis se abrió. Parecía... horrorizado.

—¡No podía simplemente dispararle!

—Los canguros rojos pueden rajar a un hombre adulto desde el esternón hasta el estómago Trav. Por no hablar de lo que les hacen a los perros de trabajo. —Negué con la cabeza—. No puedes quedarte con ella.

Travis miró al canguro que sostenía durante un largo rato, y cuando finalmente volvió a mirarme, tenía esa mirada obstinada y determinada de "haré lo que quiera" en sus ojos.

—Bueno, *yo* la cuidaré. Al menos hasta que sea lo suficientemente grande como para valerse por sí misma.

—Travis —comencé.

—No, Charlie —dijo rotundamente—. No. —Dicho esto, se dio vuelta y caminó hacia la cocina.

Me quedé en el salón vacío, sin estar seguro de en qué maldita realidad alternativa había entrado hoy. Mi vida aburrida, tranquila y en la que nunca pasaba nada se estaba volviendo nada aburrida. Me rasqué la cabeza y consideré seguir a Travis, pero pensé que necesitaba tiempo para calmarse y entrar en razón. Claro, los canguros bebés eran lindos y esponjosos, como todos los animales bebés. Pero también lo eran las crías de zorros, crías de conejos e incluso crías de ratas. Y seguro que no nos quedamos con ninguno de ellos.

Una plaga era una plaga.

Y los pequeños canguros bebés se convertían en grandes canguros adultos, y los canguros rojos eran peligrosos. Se sabía que atacaban, herían gravemente o mataban a perros de trabajo e incluso a personas. Simplemente no me arriesgaría.

Entonces, decidí que no quería discutir con él, y dándome espacio para entender todo lo demás que había sucedido esta tarde, me fui a la cama.

Me quedé despierto, esperando a Travis, todo el tiempo que mis párpados me lo permitieron.

Me desperté solo.

ESCUCHÉ VOCES desde la cocina (sonaban como Travis y Ma) y dado que él obviamente no quería verme, y yo no tenía muchas ganas de conversar o, peor aún, de ser ignorado, agarré mi sombrero del gancho y salí por la puerta principal. Técnicamente no estaba evitando a Travis, pero tenía perros que alimentar y cosas que hacer antes del desayuno. De todos modos, técnicamente no me hablaba, y tampoco durmió en nuestra cama…

…mi cama.

La cama. ¿Qué demonios? Anoche no vino a la cama.

Me ocupé en el cobertizo todo el tiempo que pude. Bueno, hasta que Ma me llamó por segunda vez para ir a desayunar. Dejé mi sombrero en el gancho y senté mi malhumorado trasero en mi asiento en la cabecera de la mesa, al lado de Travis.

No lo miré. Ni una vez. Supongo que los demás podían sentir mi estado de ánimo porque había miradas calladas entre ellos y miradas rápidas hacia Travis y hacia mí. George, por supuesto, o no lo entendió o no le importó. Dio sus órdenes, breves y directas, y antes de que pudiera levantarme e irme, Travis enganchó su pie alrededor del mío con ese juego que hacía de sujetar los pies debajo de la mesa.

Desenredé mi pie del suyo y me levanté antes de que mi corazón, que latía erráticamente, me detuviera. Llevé dos bandejas vacías a la cocina, donde estaba Ma.

—¿Cómo te sientes está mañana? —pregunté—. Debería haber preguntado antes, lo siento.

—Creo que mejor —dijo poniendo su mano en mi brazo—. ¿Estás bien, Charlie?

No hice contacto visual con ella.

—Claro, ¿por qué no lo estaría?

Luego, como si hubiera seguido el ejemplo perfecto de un director de escena, entró Travis. Lo cual, por supuesto, fue mi señal para irme. Tampoco lo miré.

—Charlie —dijo en voz baja cuando lo pasé.

—Estoy ocupado —grité desde el pasillo. Cogí mi sombrero y dejé que la puerta principal se cerrara de golpe detrás de mí. Me mantuve muy ocupado. Todo el puto día.

Pasé algún tiempo con Billy y su prima, Nara. Se veía mucho mejor ya duchada y con ropa limpia, presumiblemente prestada. Hablamos un rato, le dije las reglas estándar de la estación y traté de saber un poco sobre ella. Resultó que no sabía montar a caballo ni en moto, no sabía leer ni escribir muy bien y yo no tenía idea de lo que iba a hacer con ella.

—Está bien, jefe —dijo Billy—. Ella será mi sombra hasta que le coja el tranquillo.

Era obvio que Billy quería que su prima se quedara, pero a mí me faltaba paciencia y me faltaba mucho humor. Respiré hondo y traté de ordenar mis cosas. No era culpa de esta niña que mi novio durmiera en el sofá.

—Claro, Billy —dije—. Nara, escucha a Billy, ¿de acuerdo? En los próximos días veremos donde encajas.

Ella asintió nerviosamente.

—Claro. Gracias, señor Sutton.

Nara parecía a punto de salir corriendo, y no pude evitar preguntarme por lo que había pasado esta niña y qué había sucedido realmente para que Billy le diera refugio. Reprimí mi estado de ánimo y le di una sonrisa, tratando de hacerla sentir bienvenida.

—Puede que no sea muy emocionante para ti —le dije—. Pero éstas son buenas personas. Si Billy no estuviera por aquí, puedes venir a verme. Si prefieres no hacerlo, Ma suele estar en algún lugar de la casa. Ve a hablar con ella. A ella no le importará lo más mínimo.

Nara asintió y Billy me dedicó una de esas sonrisas enormes. Le di una palmada en el hombro y los dejé allí, decidiendo pasar el día con Shelby en lugar de esperar a que Travis no me hablara. Llamé a Shelby, la ensillé y me dirigí hacia el norte antes de que alguien pudiera salir y preguntarme qué estaba haciendo.

Sólo necesitaba tiempo. Era hora de aclarar mi cabeza y tiempo de respirar. No había pasado un día viajando solo en seis meses, desde que llegó Travis, y después de pasar tanto tiempo solo antes de que él llegara, era agradable tener algo de tiempo a solas.

Quizás por eso se había ofrecido como voluntario para pasar cuatro días instalando la valla nueva. Tal vez necesitaba tiempo lejos de mí...

Intenté no pensar en eso mientras montaba. Shelby se sentía bien debajo de mí, fluida y familiar, y por la forma en que tenía la barbilla y las orejas levantadas, estaba seguro de que ella también se sentía bien allí. Creo que ella extrañaba esto tanto como yo.

—Ha pasado un tiempo, ¿verdad, chica? —le dije—. ¿Es bueno estar aquí, solos nosotros, como solía ser? ¿O extrañas a Texas cabalgando junto a nosotros? —Nadie entendía realmente por qué le hablaba a mi yegua como si fuera humana. Siempre lo hice—. Me gusta cuando nos acompañan Travis y Texas. Bueno, está bien, no me gusta. Me encanta. Pero es un poco agradable cuando solo somos nosotros, ¿verdad?

No respondió , por supuesto.

—Te gusta Texas, ¿a que sí? Es un buen caballo, empezó un poco tonto, pero la mayoría de los jóvenes lo son. No podemos evitarlo. Pero Travis parece haberlo solucionado muy bien. Es un buen caballo de raza. Travis parece pensar que ha sido todo gracias a él —dije—, pero sabemos que no ha sido así. Ha sido porque Texas y tú pasáis mucho tiempo juntos (porque Trav y yo pasamos tanto mucho juntos) así que Texas aprendió buenos modales de ti. —Me incliné y le di un masaje en el cuello—. Pero no les diremos eso.

El desierto invernal adquiría colores diferentes a los que tenía bajo el sol de verano. El suelo seguía tan rojo como siempre, pero era... más suave. Tal vez era la diferente luz del sol, o tal vez el aire más fresco, puro y limpio. No había un sol feroz que abrasara todo lo que tocaba, y el aire no quemaba tus pulmones.

El invierno tenía sus propios problemas en el desierto, pero los días más frescos y las noches frías eran mis favoritos. Especialmente ahora que tenía un cuerpo alto de Texas en mi cama para mantenerme caliente...

—Uf. —Solté un suspiro—. Tengo derecho a enfadarme con él. —Entonces gruñí—. Bueno, está bien. Quizá no lo tenga. Quizá exageré. Pero los canguros son una plaga. Se comen nuestras cosechas, les disparamos. Así es como funciona. Y luego no vino a la cama. Durmió en el sofá... o en la cama extra o... ni siquiera sé dónde durmió, pero no fue conmigo. ¿Y qué pasa con eso?

Suspiré dramáticamente y detuve a Shelby.

—Entonces tal vez exageré. Pero él también lo hizo. —Resoplé. O gruñí. O algo—. ¿Y qué pasa con el trato silencioso? No se puede simplemente ignorar a alguien... —Incluso mientras decía las palabras en voz alta, recordé que Travis había tratado de hablar conmigo esta mañana, y podría haber sido yo quien lo estaba ignorando...

Suspiré, larga y fuertemente.

—¿Cómo diablos se supone que voy a saber lo que estoy haciendo? ¡No tengo ni puta idea! No tengo experiencia en esta mierda. No sé qué se necesita para que las relaciones funcionen.

Shelby cambió su peso y movió las orejas, que era el lenguaje de los caballos para decir "ve a casa y discúlpate idiota".

Tiré con fuerza de la rienda derecha, haciendo girar a Shelby.

—Sí, sí. Bien, nos vamos.

Era posible que me quejara durante la mayor parte del camino a casa.

Monté a Shelby de regreso en una caminata a paso ligero y

la estaba desensillando en el cobertizo cuando Ma me encontró.

Y quiero decir *me encontró* como cuando una piraña hambrienta encuentra a un nadador sangrando.

Por la expresión de su rostro me di cuenta de que estaba enfadada.

—Hola. ¿Qué pasa? —dije débilmente.

Ma levantó su dedo índice hacia mí.

—Te fuiste sin agua y sin teléfono. Fue estúpido, Charlie. Lo sabes muy bien. Lo has sabido perfectamente desde que tenías cuatro años. Si quieres esconderte en el desierto todo el maldito día, adelante, pero dile a alguien adónde vas y lleva provisiones.

Hombre, estaba enfadada. Su enfado fue un poco sorprendente, luego recordé que no se había sentido bien.

—Lo siento —le dije—. Y no me estaba escondiendo…

Levantó una ceja.

—¿Vas a ignorarlo? —preguntó.

—Él empezó.

Sí, dije eso. Tenía oficialmente ocho años.

Ma ni siquiera se molestó en responder a eso. Resopló en su lugar.

—Charlie, te amo mucho. —Se detuvo y me miró—. Pero necesitas madurar muchísimo.

Estoy seguro que mi sorpresa fue clara en mi rostro, porque ella suspiró resignada.

—Ha estado preocupado por ti.

Necesitaba algo de tiempo para aclarar mi mente.

—Eso es lo que le dije.

—No quise preocupar a nadie. Debería haber dicho a dónde iba. Tienes razón. Sé que no fue la mejor idea irme sin avisar. Lo siento.

Ma guardó silencio un rato.

—No pelees por las pequeñas cosas, amor —dijo esta vez

más suave—. Pero te sugiero que vayas a buscarlo antes de que se convierta en algo no tan pequeño.

Asentí, sabiendo lo que tenía que hacer, y cogí la silla de la valla.

—Guardaré esto e iré a buscarlo.

No tuve que ir muy lejos. Guardé la silla de Shelby y encontré a Travis dentro de la casa. Estaba colgando uno de mis viejos jerséis de franela en la manija de la puerta del salón. Cuando miré más de cerca, había una cola de canguro bastante sospechosa asomando. Ah, Dios, estaba usando un suéter como bolsa para la maldita cría y lo colgaba de la maldita puerta.

Me hizo caso omiso y murmuró:

—Necesito lavarme las manos —mientras pasaba junto a mí. Lo seguí por el pasillo hasta el baño y me quedé en la puerta mientras terminaba en el lavabo.

Travis se dio la vuelta y, apoyándose en el tocador del baño, cruzó los brazos sobre el pecho. Estaba a la defensiva, al igual que su tono.

—Solo dilo, Charlie.

Mi boca se abrió y… la cerré de nuevo. No sabía qué decir.

—No quiero que te enfades conmigo.

—¿Pero todavía no puedo quedarme con ella?

No quería pelear por el canguro otra vez. Pero no pude encontrar las palabras. Negué con la cabeza.

—Travis…

—¿Habla Charlie, mi novio? ¿O habla Charlie, mi jefe?

—No es justo.

Se puso de pie, apoyándose en la encimera del baño.

—Bueno, no estoy preguntando. Te lo estoy diciendo. No me desharé de ella. Está completamente indefensa. Si la dejo en algún lugar, morirá de todos modos, y no puedo… *No…* haré eso.

Levanté las manos y las presioné contra su pecho mientras intentaba pasar a mi lado, deteniéndolo.

—No se trata del canguro.

Buscó mi rostro.

—¿No? ¿Entonces por qué estás tan enfadado conmigo? Esta mañana no me hiciste caso y te marchaste sin decirle a nadie adónde ibas. George dijo que no te dirigías a la laguna porque ibas al norte, no al este.

Me encogí de hombros.

—Al principio *era* sobre el canguro, pero luego no. No sé por qué, sólo necesitaba algo de tiempo o algo así. —Ahora estaba agarrando su camisa con el puño para que no pudiera irse o para evitar que yo me fuera. No estaba seguro—. Pero volví...

—Regresaste... —incitó Travis ante mis palabras inacabadas.

—Shelby pensó que era una buena idea. —Quería darme una palmada en la cara por decir eso en voz alta, pero decidí actuar con calma.

—Ella lo hizo, ¿eh?

—Sí. Pensó que probablemente había reaccionado de forma exagerada. —Solté su camisa, pero ninguno de los dos se movió.

—Es un caballo inteligente.

—Pensó que tú también reaccionaste exageradamente.

Travis ahora estaba tratando de no sonreír.

—¿En serio?

—Sí. Pero pensó que el paseo por Arthur Creek podría aclararme la cabeza y que probablemente debería volver y disculparme.

—Realmente es un caballo inteligente.

Asentí y respiré profundamente, mirando al suelo entre nosotros.

—Ella quería saber por qué no viniste a la cama anoche...

Y ahí estaba. La verdadera razón.

Travis deslizó su mano sobre mi pecho y hasta mi cuello antes de levantar mi barbilla para mirarlo.

—Cené y luego, cuando le estaba dando de comer a Matilda, debí quedarme dormido. Charlie, no fue mi intención. Lo lamento.

—¿Matilda?

—La cría.

—¿Le pusiste nombre?

—Por supuesto que lo hice.

—¿Matilda?

—Sí, ¿conoces esa canción australiana *"Waltzing Matilda"*?

—La conozco —respondí—. Simplemente no sé cómo tú la conoces.

—Google.

—Por supuesto.

—¿Estabas realmente enfadado porque no fui a la cama? —parecía divertido—. Pensé que estabas enfadado por lo de Matilda.

—No es gran cosa. Sólo me picó, eso es todo —admití—. Y no supe cómo lidiar con que no quisieras hablarme, así que me fui antes de que pudieras decirme que no querías hablarme, porque pensarlo es una cosa, pero escucharlo es otra…

Travis se inclinó y me besó. Probablemente para callarme, pero no me importó. Fue el beso más cálido y bienvenido a casa que creo que habíamos tenido.

Travis desaceleró el beso, tirando de mi labio inferior con el suyo, luego empujó mi nariz con la suya para hacerme sonreír.

—Y te fuiste esta mañana sin hablar conmigo —susurró—. Y alejaste tu pie del mío debajo de la mesa esta mañana.

—Lo lamento. Lo hice. Lo de sostener los pies es una de mis cosas favoritas —dije en voz baja.

—¿Sostener los pies?

Asentí.

—Sostener los pies y empujar la nariz. Es lo que haces.

Travis se rio y me besó de nuevo.

Me alejé un poco para poder ver su rostro.

—Yo, eh... no soy muy bueno en estas cosas de hablar de cosas que nos pasan.

—Yo tampoco soy un experto —dijo. Luego sonrió como si estuviera tan aliviado como yo—. Pero acordemos que nadie se adentra solo en el desierto, ¿vale?

Puse los ojos en blanco.

—Llevo veinte años cabalgando solo hacia el desierto.

Él me ignoró.

—Y nadie se acuesta solo. Esa debería ser una nueva regla. Nadie duerme en el sofá.

—Me gusta más esa regla.

—No es que te extrañe. Es sólo que el sofá realmente no es tan cómodo.

Sonreí ante eso y aspiré su calidez, su olor.

—No me gusta pelear contigo.

—¿Acabas de olerme?

—No puedo evitarlo. Me lo perdí... cómo hueles. Te extrañé.

Travis sonrió con una medio sonrisa socarrona.

—A mí tampoco me gusta pelear contigo.

Lo miré durante un largo rato. Su cabello castaño claro estaba más largo ahora y desordenado, sus ojos azules hacían juego con su camisa. Bueno, era mi camisa, pero hacía mucho que había dejado de protestar por su política de "lo tuyo es mío" en lo que respectaba a mi guardarropa.

—No puedo creer que hayas llamado Matilda al maldito canguro.

—Llamaste a mi caballo Texas. —Se encogió de hombros—. De todos modos, le sienta bien. Ella es linda. ¿Quieres verla?

Tuve una idea mucho mejor.

—Quizás más tarde. —Lo acerqué a mí por su camisa y lo empujé de regreso al baño—. Creo que tenemos unos diez minutos antes de...

—¿Charlie? —nos interrumpió la voz de Ma.

—¿Antes de qué? —preguntó Travis riendo.

Suspiré y me reajusté.

—Voy corriendo, Ma.

Travis resopló.

—Y no en el buen sentido.

De mala gana, regresé a la cocina con Travis justo detrás de mí. Ma estaba en el fregadero.

—Hola, Ma. ¿Qué pasa?

Se dio vuelta y sonrió cuando nos vio.

—Me alegra que vosotros dos, estéis… hablando —dijo mirando sugestivamente entre nosotros.

—¿Necesitas algo? —pregunté. Tenía mejor aspecto que antes, pero no era frecuente que me pidiera que hiciera algo por ella.

—¿Puedes salir al patio por mí? —preguntó—. Necesito huevos, espinacas y zanahorias. —Luego volvió al fregadero —. Iría yo misma, pero estoy un poco atrasada. Pasé la mañana preocupándome en qué parte del desierto se encontraba cierto niño de veintiséis años.

Me acerqué y besé su mejilla.

—Lo siento, Ma.

Intentó no sonreír y fracasó.

—Continuad vosotros dos. —Nos hizo salir. Justo cuando llegamos a la puerta trasera añadió—: ¡Y traed más leña!

Travis y yo salimos al porche trasero y caminamos hacia la zona del patio principal. Entre los cobertizos y los tanques de agua teníamos algunas gallinas en un gran gallinero enmallado y donde Ma cultivaba sus verduras.

Era donde manteníamos los cuatro kelpies, cada uno con su propia perrera, y cuando no estaban trabajando, estaban encadenados o corrían. Si los dejábamos vagar como quisieran, naturalmente querrían acorralar al ganado, y cuando no queríamos acorralarlos, por lo general no terminaba bien. Los perros también servían como un buen elemento de disuasión para cualquier dingo que pudiera venir en busca de una comida gratis de pollo vivo.

Abrí la puerta del gallinero y entré, recogiendo en un cubo lo que parecían huevos de varios días. Travis estaba a cargo de las verduras y cuando terminé, caminé hacia las camas elevadas de verduras. No había recogido nada. En cambio, estaba cavando en la primera fila.

—Trav, ¿qué estás haciendo?

Me miró.

—¿Cómo demonios llamas a esto?

Bueno, pensaba que era bastante obvio. Miré las hileras de espinacas, zanahorias, patatas y maíz.

—No estoy seguro de cómo se llama esto en tu casa, pero aquí se llama huerto de verduras. ¿Te sientes bien?

Aparentemente no le agradó que le dijera las palabras lentamente como si fuera estúpido. Me miró fijamente.

—Charlie, tenemos que arreglar esto. Esto está mal. —Dejó que un poco de tierra cayera entre sus dedos para demostrar su punto.

Dejé el cubo de huevos a mis pies y miré por encima de las camas del jardín. La verdad es que nunca le presté mucha atención. Ma cultivaba productos de temporada e intentábamos ser lo más autosuficientes posible, pero tenía razón. Estaba en bastante mal estado.

—Bueno, sí. Está bastante mal —acepté.

—Podemos rehacer toda esta área. Va a necesitar camas de cultivo y tierra nuevas —dijo recorriendo con la mano lo que ya había allí—. Reutilizaremos lo que podamos. Estas viejas traviesas todavía tienen buen aspecto. —Pateó los bordes de madera del jardín—. Podríamos ir a la ciudad y conseguirlo todo.

—Podríamos —le dije. Aunque lo dije como una posibilidad, estoy bastante seguro de que Travis lo tomó como un evangelio, porque sonrió—. Trav —comencé a protestar o a poner algún tipo de descargo de responsabilidad, pero él me ignoró.

—Aquí —dijo colocándome espinacas en los brazos—. Sostén esto.

—Trav —dije de nuevo, pero casi dejo caer las espinacas—. Espera… sólo… espera… Trav. —Casi se me caen las malditas espinacas, y luego casi pateo el cubo de huevos, y él siguió cargando zanahorias encima de las espinacas.

—Me llevaré los huevos —dijo alegremente recogiéndolos, balanceando el cubo y saltando dentro como la maldita Caperucita Roja. Donde yo, por otro lado, hacía malabares, casi dejaba caer, atrapaba y volvía a hacer malabarismos con brazadas de espinacas y zanahorias todo el camino.

Me dirigí a la cocina, dejando las verduras en el fregadero. Travis estaba de pie con la puerta del frigorífico abierta, bebiendo de una botella de agua. Ma estaba frente a los fogones, sin siquiera ver cómo yo luchaba con lo que Travis me había hecho cargar.

—Está bien, Trav —dije sarcásticamente—. No hay necesidad de ayudar.

Sonrió sujetando la botella de agua.

—Yo traje los huevos.

—Gracias, chicos —dijo Ma probablemente más como un susurro. Luego añadió—: Travis me estaba diciendo que ambos iréis a la Alice a pasar el fin de semana.

Miré a Travis.

—Ah, ¿iremos?

Tragó lo que le quedaba de agua, cerró la puerta del frigorífico y siguió sonriendo con esa sonrisa engreída.

—Sí. Saldremos por la mañana.

CAPÍTULO CUATRO

UN FIN DE SEMANA JUNTOS. ¿QUÉ PODRÍA SALIR MAL?

DEJÉ la bolsa de lona en el vestíbulo, junto a la puerta principal, y entré a la cocina. Fue antes del desayuno y, de hecho, Ma no parecía haber estado despierta desde hacía mucho tiempo. Pero fue Travis quien me dejó sin aliento.

Estaba sentado a la mesa de la cocina como lo había hecho doscientas veces. Pero esta vez sostenía al canguro como si fuera un bebé, dándole un biberón de leche. Travis me miró y, sabiendo que yo no era fan de esta maldita nueva incorporación, pude ver en sus ojos que estaba listo para que yo dijera algo no del todo agradable.

Miré desde los ojos de Travis hasta los grandes ojos marrones del canguro y cómo tenía las pestañas más largas que jamás había visto e incluso tenía sus manitas en alto sobre la botella que Travis sostenía. Suspiré y sentí que cualquier pelea que tenía en mí por la cría se escapaba de mi cuerpo.

—¿Tienes que ser tan lindo? Estoy tratando de enfadarme contigo.

Travis finalmente sonrió, lenta y ampliamente.

—Ella *es* linda, ¿no es así?

Entré y besé la parte superior de su cabeza.

—No estaba hablando de ella.

Travis se rio y Ma nos sonrió.

—Le dije que usara una botella de las de la alimentación manual de terneros. Es un poco grande para ella, pero es mejor que nada —dijo Ma—. ¿Puedo hacerte una taza de té, amor?

—¿Qué tal si te sientas y me encargo yo de hacernos el té? —le dije, todavía estaba muy oscuro y frío fuera, así que cuando me senté y le entregué el té a Ma, sus manos automáticamente rodearon la taza. Había aprendido a no preguntarle directamente si se sentía bien, porque normalmente respondía enfadada. En lugar de eso, lo esquivé—. Avivaré el fuego antes de irme —dije—. Y hay mucha madera al lado de la repisa de la chimenea. Le dije a Bacon que eche un vistazo de vez en cuando por si se agota, y él traerá más.

—Charlie, no tienes que cuidarme —comenzó a decir.

—Y Trudy se asegurará de que no levantes nada demasiado pesado —dije—. Le dije que serás demasiado testaruda para preguntar y que le dirás que ella sólo está estorbándote. Le dije que se interpusiera en tu camino tanto como fuera posible, así que, si quieres gritarle a alguien sobre eso, grítame a mí, no a ella.

Ma suspiró.

—Charlie.

—Y le pedí a Nara que cuidara de Matilda mientras yo no estaba —agregó Travis—. Puede dejarla aquí en la casa todo el día y venir a alimentarla cada cuatro horas, pero puede llevarla a su casa durante la noche para que sea más fácil alimentarla a esas horas.

Ma nos miró a los dos, probablemente dándose cuenta de que discutir con nosotros dos al mismo tiempo era inútil. Yo también sabía muy bien que en el momento en que saliéramos por la puerta, ella haría lo que quisiera y se veía mucho mejor esta mañana. Pero al menos sabía que nos importaba y los demás sabían que debían vigilarla.

—Me siento mejor —dijo mirando su taza de té intacta.

—Bien —dije—. Entonces no te excedas y *estarás* mucho mejor.

Sonrió, pero fue una sonrisa tipo "¿quieres cerrar la boca sobre el tema?". Cambió de tema.

—Entonces, Trudy y Bacon, ¿Eh?

—Sí. —Asentí. Entonces recordé algo. Le di a Travis una mirada fija—. ¿Y tú lo sabías y nunca me lo dijiste?

Travis estaba a punto de responder cuando Matilda convenientemente acabó su biberón.

—Bueno, ¿podrías mirar eso? —dijo sosteniendo la botella casi vacía e ignorándome por completo—. Esta mañana eras una niña hambrienta —le dijo a Matilda con voz de bebé. Se puso de pie, todavía sosteniendo al canguro como si fuera un bebé, llevó el biberón al fregadero y murmuró algo sobre arreglar su bolsa mientras salía por la puerta.

Me quedé mirando la puerta ahora vacía, luego volví a mirar a Ma.

—¿Vosotros dos intercambiáis mutuamente consejos para evitar responder preguntas? Porque ambos lo tenéis clavado.

Ma se rio y se levantó.

—Será mejor que vosotros dos salgáis ya de viaje.

—Lo acabas de hacer de nuevo.

Ma me dio unas palmaditas en el hombro.

—Diviértete este fin de semana, Charlie. Suéltate un poco el pelo. —Tomó mi taza de té que aún no había terminado—. Ah, Charlie —dijo recordando algo. Abrió la nevera y me entregó una bolsa de papel—. Lleváoslos para desayunar por el camino.

Miré en la bolsa y encontré algunos de mis pasteles de huevo y beicon favoritos para el desayuno que Ma solía hacerme.

—Ah, deliciosos. —Besé su mejilla—. Gracias, Ma.

—Y hay un termo de café en el mostrador para Travis. —Me entregó el termo de café—. Ya sabes cómo le gusta esa cosa con su desayuno.

Le sonreí.

—Sí. —Me quedé allí, un poco inseguro de irme el fin de semana—. Tienes mi número de móvil y le dije a George que me llamara si me necesitaba. Para cualquier cosa, ¿vale? No me importa.

Ya estaba ignorándome de nuevo, sacando bandejas de beicon del refrigerador.

—Ahora date prisa y sal de mi cocina. Tengo que preparar el desayuno.

—NO PUEDO CREER que esté haciendo esto —dije mirando a Travis. Estaba conduciendo por la autopista hacia la Alice. El sol acababa de salir y ya llevábamos una hora de viaje.

Trav Se inclinó en el banco de la vieja camioneta y estiró sus largas piernas lo mejor que pudo.

—Se te permite tener un fin de semana libre.

—Podría haber pedido todo online o por teléfono —agregué.

—Sí, podrías haberlo hecho —respondió simplemente—. Y sé que estarías muy feliz de pasar todos los días de tu vida en las tierras de Sutton, pero necesito un fin de semana fuera.

—¿Qué? —Me volví rápidamente para mirarlo—. ¿Por qué no dijiste algo antes? Si estás harto de estar ahí, deberías habérmelo dicho.

Travis resopló, sonriendo con su sonrisa de "te perdiste lo obvio". Negó con la cabeza hacia mí.

—No estoy harto de estar allí, pero un fin de semana cada seis meses no es pedir demasiado.

—Ah.

—Quiero salir y tomar unas copas *contigo* y cenar *contigo*, y quiero comer algunos Mickey-dee's y...

Lo interrumpí.

—¿Comer qué?

—Mickey-dee's —explicó—. Ya sabes, McDonald's.

—¿Macca´s? —Lo miré fijamente—. ¿En serio?

—Sí, McDonald's. —Negó con la cabeza—. ¿De verdad lo llamáis Macca's?

—¿De verdad lo llamáis Mickey-dee's?

—Sí, lo llamamos así, y es que nunca había comido mucho allí, pero como no he podido *hacerlo* durante seis meses, ahora lo quiero. Probablemente me arrepienta incluso de considerarlo unos veinte minutos después de comerlo, pero sí, quiero el menú de Mickey-dee's.

—Macca's.

—Usaré palabras como utilitario y mozzie, e incluso llamaré celular a un teléfono móvil, pero pongo límites al uso de la palabra *Macca's*.

Me reí de eso.

—No acortamos todo.

—Eres la única persona en el planeta que me llama Trav.

Le sonreí mientras conducía, mis ojos moviéndose entre la carretera y él.

—Trav suena bien.

—De todos modos —continuó ignorándome por completo—. Como decía, podemos salir, tomar una copa y bailar.

—¿Bailar? —dije, probablemente una octava más alta de lo normal—. No bailo.

—Sí, lo harás.

—No. No lo haré.

—Bailarás conmigo —dijo a la ligera en ese tono de "en vez de discutir deberías saber que lo harás" que odiaba y amaba a partes iguales.

—¿Quieres saber qué es lo que más quiero? —preguntó, mirando por la ventana—. Quiero quedarme en un lugar que tenga duchas en las que ambos podamos caber, y que tenga suficiente agua para que podamos pasar media hora juntos en la ducha, y quiero pasar el sábado y el domingo por la mañana en la cama contigo hasta la hora del almuerzo.

—Eso sí que puedo hacerlo.

Se quedó callado, sonriendo ante el paisaje que íbamos dejando atrás. Se estaba volviendo más claro cuando los púrpuras empezaron a tornarse azules en el horizonte mientras salía el sol.

—Oye, ¿quieres conducir? —pregunté.

—Ya te lo dije antes —respondió simplemente—, os sentáis en el lado equivocado del coche y conducís en el lado equivocado de la carretera. No, no quiero conducir. —Luego, Trav se tumbó un poco más hasta quedar casi recostado sobre el asiento con la cabeza apoyada en mi hombro y los pies en la ventanilla. Se caló el sombrero (mi viejo sombrero) hasta los ojos y sonrió—. Ahora cállate y déjame dormir.

RESERVÉ UNA HABITACIÓN doble en uno de los hoteles más bonitos de la ciudad, así que cuando la señora detrás del mostrador vio a Travis fuera junto a la vieja camioneta, no pareció importarle. Incluso bromeé con ella diciéndole que yo ocuparía la cama doble y él la individual.

Siempre existía ese miedo punzante de que alguien lo supiera. De alguna manera podrían decir que estábamos juntos. Sé que a Travis le importaba una mierda si la gente lo supiera...

Pero a mí sí me importaba.

No estaba preparado para eso. No estaba preparado para que Estación Sutton sufriera una muerte homofóbica porque otros granjeros no comerciarían, comprarían, venderían ni siquiera hablarían con un granjero gay.

Travis dijo que entendía. Y en casa, cuando estábamos nosotros solos, o incluso si Ma y George estaban cerca, no teníamos que ocultar nada. Éramos libres de ser nosotros.

Manteníamos nuestra vida privada en la granja y éramos completamente profesionales cuando trabajábamos, y los últimos seis meses habían sido jodidamente increíbles.

Pero éste era nuestro primer fin de semana fuera, juntos, como pareja. Y mentiría si dijera que no tenía ni un poco de miedo.

—¿Estás bien? —preguntó Travis. Me estaba mirando un poco raro—. Tienes cara de pensar demasiado.

No pude evitar sonreírle.

—Sí, todo está bien. —Le lancé la llave de la habitación del hotel y cogí nuestras maletas de la parte trasera de la camioneta—. Podemos descargar nuestras cosas y dirigirnos directamente al almacén.

Travis abrió la habitación del hotel y entró primero. Lo seguí con nuestras bolsas de viaje y lo encontré mirando la cama.

—O podríamos quedarnos aquí por un tiempo primero.

Dejé nuestro equipaje en medio de la gran cama tamaño doble, blanca y de aspecto suave.

—Por eso tenemos que ir primero al almacén —le dije—. Sé que, si nos quedamos aquí, nunca llegaremos a la tienda antes de que cierren.

Travis suspiró y su tono fue más profundo. Más ronco.

—Estoy seguro de que podremos conseguir todo el equipo que necesitamos en la mañana.

Estaba muy familiarizado con lo que significaba el cambio en su voz.

—Estoy seguro de que tampoco querrás levantarte de la cama por la mañana —dije.

—¿Quieres decir que realmente puedo dormir hasta tarde? —dijo—. ¿Más tarde de las seis? No hay perros que alimentar, ni caballos a los que dar de beber y alimentar antes de que salga el sol. Ma no estará aquí gritándonos que saquemos nuestros perezosos culos de la cama. ¡Dios, son como unas vacaciones!

Sé que no pretendía hacer daño, pero sus palabras dolieron un poco. Le sonreí, pero fue un esfuerzo.

—Supongo.

Puso su mano en mi cadera.

—Oye, no quise decir nada con eso —dijo—. Sólo bromeaba.

—Lo sé —respondí, todavía tratando de sonreír. Sabía que estaba bromeando, pero la verdad era que acababa de describir cada mañana de mi vida como si fuera algo malo. Necesitaba cambiar de tema—. Vamos, vayamos a limpiar mi cuenta bancaria en el almacén.

Y casi lo logramos. Bueno, no del todo, pero necesitaba reemplazar todo el alambre de cerca que habíamos usado la otra semana y comprar más de dos kilómetros de alambre de cerca no era precisamente barato. El pobre chico detrás del mostrador pensó que estaba bromeando cuando lo pedí, luego Travis pensó que el chico detrás del mostrador estaba bromeando cuando nos dijo el precio.

El gerente se acercó, un tipo mayor llamado Brian a quien conocía desde que era niño, llamándome por mi nombre cuando me vio y me estrechó la mano. Presenté a Travis como uno de mis ayudantes de estación y hablamos un rato: sobre la granja, sobre mi padre, a quien Brian había conocido toda su vida, luego sobre el clima y las noticias en la ciudad.

Finalmente, nos pusimos a pedir todo lo que necesitábamos, cerré nuestra cuenta, organicé todo para transportarlo en camión a la estación el lunes y listo.

Cuando volvimos a subir a la camioneta, Travis estaba en silencio.

—¿Estás bien? —pregunté.

—Sí —dijo rápidamente. Después de un tiempo, debió haberse dado por vencido. Pensé que podría haberse enojado porque lo presenté como personal, pero no fue eso, para nada —. Eso fue mucho dinero. Y sé que no es asunto mío preguntar, pero ¿en serio puedes permitírtelo?

Metí la marcha atrás y salí del aparcamiento riéndome.

—¿Te preocupa que las cuenta no estén claras?

—No, no —dijo sacudiendo la cabeza—. Sabía que iba a costar mucho, pero ¡Dios mío, eran treinta mil dólares! Si hubiera sabido que era tanto, no habría agregado todas esas cosas para el jardín de Ma.

—Unos pocos sacos de tierra, algunos tubos de agregados y algunas viejas traviesas de ferrocarril apenas hicieron mella en esa cantidad de dinero —le dije—. Además, a Ma le encantará. Tienes razón y lo sabes. Debería haberlo hecho hace años.

Se pasó la mano por el pelo y negó con la cabeza. No dijo nada durante un rato mientras conducía por la ciudad, pero cuando entré en el camino del hotel, me miró.

—Charlie, no tienes que responder a esto y puedes decirme que me ocupe de mis asuntos, pero ¿está bien económicamente la estación Sutton? No sé por qué nunca pensé en las implicaciones financieras de lo que hacemos. Tú te encargas de todo o lo envías a tu contable o lo que sea, ni siquiera lo sé, y no es de mi incumbencia —se encogió—, pero me lo dirías si las cosas no estuvieran bien, ¿verdad? ¿Lo harías?

Estacioné la camioneta y apagué el motor.

—Trav, las cosas están bien. Tuvimos una temporada bastante buena.

—Tengo algunas ideas sobre la diversificación —dijo rápidamente—. Podríamos establecer algunos corrales más pequeños…

—Trav —dije interrumpiéndolo—. No necesitas preocuparte. Todo está bien. Trabajamos con un colchón de cuatro años, como lo hacen la mayoría de los granjeros aquí. El dinero que gastamos hoy fueron ganancias de hace cuatro años. Permite algunos años de sequía o tiempos difíciles. Por supuesto, seguimos vigilando lo que gastamos, y presupuestamos y planificamos todo. Es la única manera de sobrevivir aquí. —Luego agregué—: Algunos no tienen tanta suerte y trabajan año tras año, pero como dije, nos va bien.

Él asintió, pero no parecía demasiado apaciguado.

—Simplemente no quiero ser una carga.

—¡Una carga! —Me burlé—. Travis, por favor.

—Está bien, tal vez esa fue la palabra equivocada —corrigió—. Pero sólo quiero ayudar si puedo.

—Ya lo haces, Trav. Más de lo que imaginas —dije y abrí la puerta de la camioneta—. Ahora, sobre esa ducha para dos... —Lo miré con una sonrisa—. ¿Quieres desperdiciar un poco de agua conmigo?

CAPÍTULO CINCO

EL VERDE REALMENTE ES MI COLOR.

LA NOCHE del viernes en Alice Springs difícilmente era la calle Oxford en Sídney. El pub era como cualquier otro bar rural en el que hubiera estado: fútbol y carreras de caballos en las pantallas de televisión colgadas en las paredes, clientes habituales en el bar y chicos jugando una partida de billar que nueve de cada diez veces se convertía en una pelea de bar a medianoche. Ciertamente no era un bar donde pudiéramos… bueno, ciertamente no era la calle Oxford.

Pensé que Travis podría estar decepcionado, dado que era tan abierto con quién era y yo no. Pero dijo que estaba bien.

—Solo quiero verte borracho.

Bebí mi primera cerveza e hice una mueca cuando el sabor amargo golpeó mi lengua.

—Bueno, no creo que lo hagas.

—¿Estás nervioso? —preguntó—. ¿Por qué estás nervioso?

Tomé un sorbo de mi cerveza nuevamente. Todavía no sabía mejor.

—No estoy nervioso —mentí un poco—. Simplemente ha pasado mucho tiempo desde que salí o tomé una cerveza.

—¿A qué sabe?

—Como una mierda.

Travis se rio.

—Después de unas cuantas, sabrán deliciosas.

—Después de unas cuantas, estaré en el suelo.

—Resulta que me gustas sobre el suelo.

—Travis —advertí en voz baja.

Dio un trago a su cerveza, completamente imperturbable, y asintió hacia las pantallas planas montadas en la pared.

—¿Qué deporte es ese?

—Fútbol.

Puso los ojos en blanco en una especie de "gracias por tu ayuda".

—¿Qué tipo? ¿Es rugby?

Negué con la cabeza.

—Futbol australiano. —Luego modifiqué—. Con reglas australianas.

Observó la pantalla durante un rato con la cabeza inclinada.

—No tiene sentido.

Me reí.

—¿Y el rugby sí?

Giró la cabeza para mirarme.

—¿Estás despreciando mi fútbol?

—¿Querías que empezara con el béisbol mejor?

La boca de Travis se abrió.

—¡No lo harías!

—Para empezar, vosotros os equivocasteis en el campo de cricket.

Sus fosas nasales se dilataron y bebió otro sorbo de cerveza mientras volvía a mirar el partido por televisión.

—¿Cómo diablos podéis jugar al fútbol en un campo redondo? Eso es una mierda.

Me reí de él.

—¡Y hockey! Vosotros deberíais intentar jugarlo sobre césped, no sobre hielo.

Me ignoró por un rato, murmuró un poco en voz baja y

siguió viendo el fútbol. Bueno, creo que en realidad estaba mirando a los jugadores altos, en forma y musculados con sus pantalones cortos ajustados y camisetas sin mangas porque tenía la cabeza inclinada. Podría habérsele caído la baba.

—Ya sabes —dijo a la ligera—. Este deporte no es del todo malo.

Oculté mi sonrisa con un sorbo de cerveza.

—Te dije que era mejor que el rugby.

Sonrió ante eso.

—Tengo hambre —dijo cambiando de tema por completo—. ¿Qué tienen aquí para comer?

Tomé el menú de la mesa y se lo entregué. Dos tazones de alitas de pollo y cuatro cervezas más tarde, el fútbol en la televisión quedó olvidado. Me importaban una mierda los jugadores de fútbol altos y sexis de la tele. Estaba más interesado en el estadounidense alto, musculado y en forma que me estaba pateando el trasero en un juego de billar.

Sólo ganaba porque yo estaba borracho.

Y porque estaba coqueteando con unas chicas que se reían de su acento y yo no podía jugar al billar cuando estaba enfadado. O borracho, al parecer.

Bien, entonces tal vez él no estaba coqueteando. *Ellas* estaban coqueteando y riendo como niñas cada vez que decía algo, así que, por supuesto, él seguía diciendo algo. Y luego estaba siendo completamente adorable y simpático, y lo que realmente quería hacer era empujarlo contra la mesa de billar y besarlo hasta que emitiera ese gemido, suspiro y jadeo que me doblaba las rodillas. Pero no podía hacer eso. Aquí no.

Quería enfadarme con él, pero él simplemente estaba siendo cortés. Me miraba muy sexi y luego jugaba sus tiros deliberadamente frente a mí, inclinándose sobre la mesa de billar, empujando deliberadamente su trasero en mi cara.

Bien, tampoco podía jugar al billar cuando estaba excitado. Me quedé sentado en el taburete bebiendo mi cerveza, agradeciendo que mis jeans ocultaran mi polla endurecida.

Y entonces, si pensaba que no podía empeorar, lo hizo.

Una de las chicas se acercó y me sonrió.

—Le estaba diciendo a tu amigo que deberíamos jugar dobles —dijo. Estaba siendo toda sugerente y toda esa mierda. Es decir, era gay, no estúpido. Reconocía una sugerencia cuando la veía: la sonrisa, la inclinación de la cabeza, los ojos brillantes y el movimiento de las tetas.

Y el lado positivo era que ya no tenía una erección.

—Claro —dije levantándome—. ¡Por qué no!

Parecía genuinamente complacida, algo aliviada y muy parecida al gato que atrapó al canario. Ella me tendió la mano para que la estrechara.

—Soy Brandi. Con una i latina.

Le estreché la mano, Luego resistí la tentación de limpiar inmediatamente los restos de su suave y fláccido agarre en mis jeans. No podía evitarlo. Me gustaban las manos duras y ásperas. Manos callosas y rudas.

Las manos de Travis.

—Encantado de conocerte, Brandi con una i latina —me presenté ante ella—. Soy Charlie.

Su sonrisa se hizo más amplia justo cuando Travis y la otra chica se acercaron. Estaba sonriendo, pero sus ojos eran jodidamente cautelosos.

—Entonces, ¿vamos a jugar al billar? —preguntó.

Levanté el dedo.

—Una condición —declaré—. Puedo elegir en qué equipo estoy. —Me reí de mi propio chiste increíble—. Trav y yo contra Brandi y…

—Maddy —se presentó la otra chica.

—¡Chicos contra chicas! —añadí.

Así que jugamos al billar un rato y las chicas estuvieron muy bien. Las invité una ronda de cerveza y las hice reír. No es que probablemente se lo diría a Trav pronto, en caso de que quisiera hacerlo de nuevo, pero lo pasé bien.

Bueno, yo estaba pasándolo bastante bien, hasta que

Maddy se acercó un poco más a Trav y eso empezó a irritarme. Era una chica agradable y no pretendía hacer daño. Pero él estaba aquí conmigo.

Debí haber estado observándolos hablar, y cuando Maddy puso su mano en el brazo de Travis, me aclaré la garganta. Pero no escucharon. Entonces Brandi se rio en mi oído.

—Creo que a Maddy le gusta Travis.

—Travis está comprometido —dije.

Bueno, ellos escucharon eso. Los ojos de Travis se dirigieron a los míos y luego, como Maddy, Brandi y yo estábamos mirándolo, dijo:

—Es verdad. Muy comprometido.

Bebí un poco de mi cerveza para ocultar mi sonrisa.

Entonces Travis dijo:

—Y mi novia se pone un poco celosa.

Casi me ahogo con mi bebida.

—Me da el trato silencioso —continuó diciendo. El cabrón estaba alardeando.

—Ay —dijo Maddy—. No suena muy madura.

Travis se echó a reír.

—¡Eso es lo que dije!

—¿Tienes novia? —me preguntó Brandi.

—Claro que sí —le dije.

Travis resopló.

—Ella es realmente genial. Tiene la paciencia de un santo.

—Es un dolor en mi culo —dije inexpresivamente.

Travis se rio de eso.

—Aunque es jodidamente buena. También es inteligente.

En ese momento, las dos pobres chicas estaban completamente confundidas. Era bastante obvio que había algo que no les estábamos contando. Me levanté de mi taburete.

—Será mejor que nos vayamos, pero me encantaría invitaros a otra bebida. Habéis sido una gran compañía e incluso nos dejasteis ganar una partida de billar.

Dejé un billete de veinte sobre la barra y le hice un gesto de asentimiento al barman hacia Brandi y Maddy.

—Para las damas.

Cogí mi chaqueta de mi taburete de la barra y me dirigí hacia la puerta. Miré hacia atrás para ver a Travis siendo encantador y un caballero, todavía haciéndolas reír a las dos mientras salía.

Se puso a caminar a mi lado y caminamos la manzana hasta el hotel en silencio. Cuando finalmente llegamos a nuestra habitación, Travis cayó de espaldas sobre la cama riendo.

—Estuviste tan divertido esta noche.

Lo miré fijamente.

—¿Qué quieres decir con divertido?

—Estabas totalmente celoso —dijo Travis. Parecía completamente divertido—. De chicas, nada menos.

—Te estaba tocando.

Simplemente se rio un poco más.

—Eran divertidas. Chicas amables, sin daño ni faltas.

Le refunfuñé en voz baja mientras me quitaba las botas. Travis tiró de su cinturón, desabrochándolo, pero dejándolo puesto. Se sentó en la cama y se sacó la camisa por la cabeza.

—No puedes jugar al billar ni una mierda.

—Estoy fuera de práctica —respondí. Caminé hasta que mis muslos se toparon contra la cama al lado de sus piernas —. Y no soy tu novia.

Travis se echó a reír, así que agarré su pierna más cercana a mí y lo giré, acercándolo al borde de la cama. Estaba inclinado allí, y yo estaba directamente detrás de él. Se rio entre dientes sobre la funda del edredón.

—Déjame desabrocharme los jeans —murmuró.

No sé si esperaba que consiguiera lubricante y comenzara a prepararlo, pero no lo hice. Tan pronto como sus jeans estuvieron desabrochados, los bajé por sus muslos, me arrodillé y abrí las mejillas de su trasero.

Y pasé mi lengua por la línea de su perineo y por su agujero.

—¡Joder! —gritó. Ahora no se reía.

Sonreí mientras lo hacía de nuevo. Sólo que esta vez pasé mi lengua sobre su agujero, luego una y otra vez, antes de empujar mi lengua dentro de él.

Travis gimió y todo su cuerpo se arqueó, así que agarré sus caderas para mantenerlo quieto y comencé a follarlo con mi lengua. Normalmente no era lo que más me gustaba hacer, pero después de unas cinco cervezas, lo quería. Y por la forma en que gemía y se agarraba la colcha, abriendo aún más las piernas para mí, supuse que Travis también lo quería.

Mientras lo trabajaba, soltó una mano de la colcha y la deslizó entre él y el colchón. La forma en que se balanceaba en el tiempo con mi lengua no me dejaba ninguna duda de que se estaba follando su puño. Los sonidos que hacía lo confirmaban.

—Joder, Charlie —jadeó—. Tienes que follarme ahora, por favor.

Me levanté y me desabroché los jeans, liberando mi polla dolorida de su jaula de mezclilla. Deslicé la punta de mi polla arriba y abajo por su raja, untando líquido preseminal sobre su agujero. Luego me incliné sobre él, dejándolo sentir mi longitud presionando contra él.

—Quería hacer esto sobre la mesa de billar —susurré besando su hombro y su columna—. Cuando te inclinaste sobre la mesa para beber de tu bebida, quería follarte allí mismo.

—Joder —susurró.

Sonreí por lo mucho que le gustaba que hablara sucio. Me retiré, sólo para coger el lubricante y untarlo sobre mi polla, y luego, después de un generoso chorro en dos de mis dedos, los empujé dentro de él.

—Hazlo, Charlie. Por favor. ¿Podrías darte prisa? Necesito

tu polla dentro de mí —dijo casi suplicando—. Necesito que me folles.

Entonces le di lo que quería. Empujé la cabeza roma de mi polla dentro de él y lentamente me hundí en su bienvenido calor. Travis se arqueó de nuevo, agarrando la colcha con el puño mientras yo lo penetraba. Agarrándome de sus caderas, me incliné lentamente sobre él, dándonos tiempo a ambos para adaptarnos, y le susurré bruscamente cerca de su oído:

—¿Es esto lo que quieres?

Él asintió rápidamente y cuando me quedé quieto por mucho tiempo, comenzó a balancearse hacia mí. Quería que me lo follara, así que eso fue lo que hice.

Empujé con fuerza, manteniéndolo inmovilizado en la cama con mi peso. Giré mis caderas, penetrando más fuerte y más profundamente dentro de él con cada embestida, hasta mis bolas en su trasero. Le mordí el omóplato, haciéndolo sacudirse y gemir.

—¿Te sientes bien con mi polla enterrada en tu culo? —grité con voz áspera, apenas conteniendo mi orgasmo.

—Sí, joder, Charlie —gritó. Todo su cuerpo se flexionó y se sacudió, y gimió prolongadamente en voz baja. Lo juro, cada centímetro de su cuerpo sucumbió al placer.

Me estrellé contra él una y otra vez mientras su orgasmo lo atravesaba. Travis corcoveó y se sacudió debajo de mí mientras se corría, llevándome junto con él. Cada centímetro de mí dentro de él surgió y se hinchó mientras bombeaba mi semilla en su trasero.

Me desplomé encima de él. Ninguno de nosotros habló durante un rato, hasta que nuestras respiraciones se estabilizaron un poco. Estábamos acalorados y sudorosos, aunque ninguno de los dos se movía. Supuse que le encantaba el contacto tanto como a mí.

Fue sólo cuando salí de él que gimió y se retorció debajo de mí.

—Entonces, um, los celos te excitan, ¿eh? —murmuró con una sonrisa.

Me aparté de él y arrastré su cuerpo todavía deshecho hacia el hueco de mi brazo. Se acurrucó, a pesar del desorden en sus abdominales y en toda la colcha. Ya estaba esperando la ducha que estaríamos tomando en breve.

—Yo no lo llamaría celos.

Trav resopló.

—Ja, estabas completamente celoso.

Resoplé y presioné mis labios en la parte superior de su cabeza.

—Ella seguía tocándote.

Se rio perezosamente.

—Oh, Charlie. Si dejar que las chicas me toquen el brazo hará que me folles así, lo haré más a menudo.

Le gruñí.

—Ni te atrevas.

—Por tu lengua en mi culo, lo haría sin pensarlo.

Nos di la vuelta y hundí mis dedos en sus costillas, logrando untarnos con semen frío a ambos.

—Creo que tenemos que tomar una ducha.

—¿Implica ducharse y beso negro celoso? —preguntó, sus ojos muy abiertos y divertidos y una sonrisa de suficiencia—. Porque estoy totalmente a favor de eso.

—No estaba celoso.

—Estabas jodiéndome el culo con la lengua para demostrar, ¿qué? —preguntó—. ¿Que mi trasero te pertenece a ti y a nadie más?

—Exactamente.

Travis se rio de una manera que decía "oh, bien, porque eso no es en absoluto estar celoso".

—Cierra el pico.

ME DESPERTÉ ANTES de que saliera el sol, pero cuando intenté levantarme de la cama, un fuerte brazo se deslizó alrededor de mí y me mantuvo quieto. Travis se acarició a mi costado y murmuró algo que sonó como "duerme hasta tarde".

Siempre me levantaba antes del amanecer y durante los últimos seis meses, Travis también. Pero hoy no. Plantó su cara en mi pecho y pronto estuvo roncando suavemente. Entonces, con una mentalidad de "si no puedes vencerlo, únete a él", me puse de costado, acurruqué a Travis, que aún dormía, en mis brazos y cerré los ojos.

No sé cuánto tiempo volví a dormir, pero algo en mi cerebro me decía que despertara. Algo más, la parte soñadora de mi cerebro, quería quedarse donde estaba. Estaba teniendo el mejor sueño sexual: caliente, resbaladizo, agotador y muy, muy bueno.

Luego, desde debajo de las sábanas, Travis se rio entre dientes y mi sueño se hizo realidad cuando me desperté sobresaltado. Sólo que no estaba exactamente soñando, porque la risa de Travis se convirtió en un gemido mientras deslizaba su boca por mi polla.

—Jesús, Trav —dije con la voz ronca por el sueño.

Hizo girar su lengua a lo largo de mi longitud y chupó la cabeza antes de soltarme.

—¿No te gusta despertarte con tu polla en mi boca?

Me reí, Todavía con sueño, pasé mi mano por mi estómago y atrapé mi erección.

—¿Terminaste de hablar? —pregunté. Travis pasó suavemente sus dientes por mi polla y entendí el mensaje. Así que dije un poco más amable, lo que fue más como un tono de súplica—. Me encanta despertarme con tu boca sobre mí polla. La sensación de tu lengua, tus labios... Dios, lo que me haces...

Me lamió desde la base hasta la punta, de la forma que él

sabía me volvía loco, y juraría que estaba sonriendo cuando me llevó nuevamente a su boca.

No pasó mucho tiempo hasta que me hizo entrar en un frenesí de agarrar sábanas, arquear la espalda y gritar ¡joder! Obtuve el placer de cada fibra de mi cuerpo, disparando fuego líquido a través de mis huesos. Acunó mis pelotas y gimió cuando me corrí, bebiendo cada gota que le di.

Me sentí como si estuviera hecho de melaza. Ni siquiera podía levantar mi maldito brazo. Sentí que la cama se hundía a cada lado de mí mientras Travis trepaba por mi cuerpo y presionaba sus labios contra los míos. Se rio mientras mis ojos se abrían, tratando de concentrarme en él.

—¿Te sientes bien? —preguntó con una sonrisa.

—*Me siento* mucho mejor que bien.

Se enderezó para poder sentarse a horcajadas sobre mi estómago, mostrándome su polla endurecida.

—¿Cuánto tiempo necesitarás antes de que sea mi turno?

Consideré decirle que cuando pudiera sentir mis piernas y brazos nuevamente, teniendo en cuenta que todavía estaban pesados y flácidos. Pero luego miré su hermosa polla que sobresalía orgullosamente sobre mi pecho con la cabeza hinchada y el presemen reluciente. Me lamí los labios.

—Dame de comer —susurré.

Travis rápidamente se levantó arrastrando los pies, con las rodillas a cada lado del pecho y, apoyándose en la cabecera, hizo exactamente lo que le había pedido.

Estaba bastante seguro de una cosa. Realmente deberíamos dormir hasta tarde más a menudo.

CAPÍTULO SEIS

REALIZACIONES Y COMPROBACIONES DE LA REALIDAD.

FINALMENTE NOS DUCHAMOS y nos dirigimos al centro. La calle principal de Alice Springs no era una avenida bulliciosa, pero encontramos una cafetería y desayunamos tarde.

Trav pidió el desayuno más grande que preparaban y un café elaborado. Estaba extrañamente emocionado, o simplemente muy feliz. Intenté no sonreírle, miré a la chica detrás del mostrador y solo levanté dos dedos.

—Que sean dos.

Él cogió el periódico de una mesa cercana y encontré una mesa en la parte trasera de la tienda. Se sentó en un asiento y empujó un periódico sobre la mesa, presumiblemente para mí. Pasó rápidamente *The Australian* hasta que encontró la página de noticias mundiales.

—Sabes, la tecnología es genial y todo eso. Es instantánea y gratificante y puedo leer cualquier periódico de cualquier parte del mundo en unos segundos, pero no hay nada como sentarse en una cafetería y leer un periódico de verdad.

Pasé las páginas del periódico local de Alice, *The Centralian*, a la sección de precios de acciones.

—Hace que uno se pregunte cuánto tiempo seguirán existiendo los periódicos reales —señalé—. La gente dejará de comprarlos con el tiempo, cuando puedan conseguirlo todo online.

Trav Levantó la vista del periódico que tenía delante. Pareció considerar mis palabras.

—Cierto. Aunque es una pena.

Miré lo que estaba leyendo. Era la página de noticias internacionales y supuse que estaba buscando noticias relacionadas con Estados Unidos. Me hizo pensar.

—¿Quieres empezar a encargar que entreguen un periódico en la estación? Simplemente llegará con el correo los lunes y viernes —le expliqué—. Mi padre solía hacerlo, pero con Internet nunca le vi el sentido.

Pareció considerarlo, justo cuando la camarera nos sirvió los dos cafés. Travis le sonrió, se llevó la taza a los labios y tomó un sorbo. Sus ojos se cerraron lentamente y tarareó ante el primer sabor, o tal vez fuera el aroma, pero tomé nota mental de comprarle una máquina de café. Valdría cada maldito centavo sólo para poder verlo así.

—Dios, está delicioso —murmuró—. Echo de menos un buen café. —Su mirada se fijó en la mía—. Quiero decir, el café de la estación es bueno. No me malinterpretes. Supongo que ya estoy acostumbrado.

Me reí y tomé un sorbo de mi café. Tenía que estar de acuerdo, era muchísimo mejor que la porquería que bebíamos en casa. Yo era más un bebedor de té, pero desde que llegó Travis, me había dado por tomar café.

—Está bien, Trav. Estoy de acuerdo. Este está mucho más bueno.

Llegó nuestro desayuno y, mientras comíamos, Travis leyó el periódico y yo busqué máquinas de café en mi teléfono y descubrí que uno de los grandes almacenes de Alice Springs tenía una marca popular.

—¿Por qué estás sonriendo? —me preguntó Travis con la boca medio llena. Él había estado mirándome mientras yo miraba mi teléfono—. Tu comida se enfriará. Cómetelo mientras esté caliente. Está más rico.

Aparté mi teléfono.

—Nada en particular —le dije. Comencé a comer de mi plato lleno de beicon, huevos, tomate, salchicha, frijoles y tostadas, ignorando las miradas de reojo que me lanzaba.

Cuando habíamos comido demasiado, tomamos un paseo y caminamos calle arriba bajo el cálido sol invernal.

—¿A dónde vamos? —preguntó.

—Allí arriba —dije señalando la tienda Harvey Norman.

—¿Qué estás buscando?

—Ya verás —dije. Cuando llegamos a la tienda, abrió la puerta y lo seguí.

Un vendedor nos recibió en el área de muebles.

—¿En qué puedo ayudaros caballeros?

Travis me miró y esperó con el vendedor a que respondiera. No pude evitar sonreír.

—¿Máquinas de café?

Seguimos al empleado a la sección de electrónica, y él hizo un gesto con la mano hacia una fila entera con dos docenas de tipos de máquinas de café y me miró.

—¿Buscaba filtrado, infusión, instantáneo o capsulas?

Parpadeé lentamente.

—Eh. —Miré a Trav en busca de ayuda—. No tengo ni idea.

—¿Es para mí? —preguntó genuinamente sorprendido.

—Por supuesto que sí —dije—. Tú eres quién lo bebe.

El vendedor nos miró a ambos, observando mis jeans desgastados, mis botas viejas y polvorientas y mi sombrero lleno de agujeros, luego miró a Travis. Y estaba bastante seguro de que él lo sabía. Teníamos *novios* escrito sobre nosotros. Nos dedicó una pequeña y forzada sonrisa.

Travis no se dio cuenta de nada estaba demasiado ocupado mirando las filas de máquinas de café.

—Estamos a tres horas de la ciudad —dijo Travis, sin

siquiera mirar hacia arriba para ver si el tipo todavía estaba allí—. ¿Para cuál sería más fácil comprar y almacenar café?

Hablaron de máquinas de café y yo me alejé y me encontré frente a enormes televisores de pantalla plana. Ciertamente no lo planeé, pero dos chicas parecieron encontrarme. Eran clientes, de unos veinte años, y nos pusimos a hacer el tonto delante de la cámara que nos situaba en la pantalla más grande de toda la planta. Sólo estábamos haciendo el tonto y pensé que no estaría de más que el vendedor pensara que estaba más interesado en las dos chicas que en comprar una maldita máquina de café gay con mi novio.

—¡Charlie! —gritó Travis.

Me giré para mirarlo y traté de actuar como si no acabara de estar tratando de caminar como un egipcio, haciendo reír a las chicas. Travis levantó su ceja de "¿qué demonios estás haciendo?"

Dejé a las chicas sin siquiera mirar atrás y caminé hacia Travis y el vendedor.

—¿Conseguiste sus números de teléfono? —preguntó Travis. Sonaba en broma, pero había un aguijón en su mirada.

—No, debo estar perdiendo mi toque —bromeé.

—O te vieron bailar —dijo inexpresivamente—. ¿En serio, "caminar como un egipcio"? ¿Eso es lo mejor que tienes?

—Bueno, no puedo ser MC Hammer sin los pantalones —dije sin querer decir eso en voz alta.

Travis soltó una carcajada, aunque creo que estaba tratando de enfadarse. Con un suspiro de que Dios me ayude, se volvió hacia el vendedor, ignorándome.

—Me quedo con esta —dijo dando palmaditas a una caja en el estante.

Recogí algunas cajas de las cápsulas de café que venían con ella y le entregué mi tarjeta de crédito antes de que Travis sacara su billetera de su bolsillo trasero. Travis estuvo callado durante toda la transacción, y cuando recogimos nuestros productos y salimos de la tienda, todavía no había hablado.

Yo llevaba la bolsa con las cápsulas de café dentro, él llevaba la caja y nos dirigimos calle abajo hacia donde habíamos aparcado la camioneta. Estaba nuevamente enfadado.

—Trav, ¿qué pasa?

—No puedo creer que estuvieras coqueteando con esas chicas.

—¿Qué? —pregunté incrédulo.

—Sí que lo hiciste.

—No he coqueteado con *ninguna* chica —respondí—. *Nunca.* Dulce madre de Dios, ¿cómo podría *eso*…? —Señalé la tienda—. Lo que hice allí, ¿ser clasificado como coqueteo?

Dejó de caminar.

—¿Por qué te alejaste en la tienda?

—No sé nada sobre máquinas de café —respondí sin convicción. Apestaba mintiendo.

Tomó un respiro profundo y exhaló lentamente, probablemente porque sabía que no le estaba diciendo la verdad. Luego hizo lo de esperar, lo que normalmente me hacía hablar.

—No quería que el vendedor pensara que éramos, ya sabes, una pareja.

Travis parpadeó, abrió la boca y luego volvió a parpadear.

—No soy como tú —admití en voz baja—. No soy tan valiente como tú. Lo de salir y que me importe una mierda. Ojalá lo fuera. Pero no. Tengo que pensar en mi negocio y para mí es diferente. Ojalá no lo fuera.

Travis suspiró y pareció derrotado. Mi admisión sólo lo hizo sentir culpable.

Entonces dije;

—No quiero que te sientas mal. Sólo quería que tuvieras una máquina de café. Te encanta el café y debería haberlo hecho hace meses. No fue hasta que vi tu cara e hiciste ese sonido sexual cuando probaste el café esta mañana…

—¿Sonido sexual?

Mi cara se calentó y supe que me estaba sonrojando.

—Sí. Como que tarareabas, gemías y suspirabas como lo haces cuando estás…

Me levantó una ceja y una comisura de su boca se alzó en una sonrisa.

—¿Está bien?

Asentí.

—Es mi sonido favorito.

Travis estaba sonriendo y negó con la cabeza. Empezó a caminar de nuevo y di unos pasos rápidos para alcanzarlo.

—Lo siento —le dije—. Fui un idiota.

—Sí, lo fuiste. Pero eres *mi* idiota. —Dejó de caminar e inclinó la cabeza—. Eso no salió bien.

Me reí de él y puso su mano en mi hombro y luego el bastardo me empujó hacia un cartel de la calle.

PASAMOS la tarde en el museo local y luego fuimos al cine. Quería que Travis viera algunas obras de arte locales, en particular piezas de arte aborigen, y también quería que hiciera algo tan simple como ver una película, algo que el aislamiento de la estación no nos permitía hacer con tanta frecuencia como probablemente le gustaría.

Salimos a cenar a un restaurante italiano, que pensé que tendría un menú de comida que quizá se habría perdido en los últimos seis meses. Y pidió un montón de cosas que yo nunca comería: quesos y champiñones, mariscos y pasta, y dulces y café, por supuesto.

Quería que experimentara todo lo que pudiera.

No quería que se perdiera nada y que se arrepintiera de su decisión de quedarse. O peor aún, se resintiera conmigo.

Y la verdad fue que la profunda comprensión era que por mucho que quisiera mostrarle, darle, dejarle experimentar en estos dos patéticos días en Alice Springs… todo lo que quería hacer era volver a casa.

—HAY MUCHO que decir sobre la terapia acuática —dijo Travis con voz ronca. Su cabello todavía estaba mojado, pero su cuerpo ahora estaba casi seco. Estaba acostado boca arriba en la cama, con los brazos extendidos y el trasero todavía ligeramente levantado. No se había movido. Había lubricante manchado en sus caderas de donde lo agarré, y sobre sus nalgas y bajando por su raja del culo, de cuando había estado dentro de él.

Anoche habíamos regresado al hotel después de cenar, demasiado llenos de comida y café para contemplar el sexo. Seguro que lo compensamos esta mañana. Riendo, me incliné sobre él y le besé la nuca.

—¿Terapia acuática?

—Ajá.

—¿Cuántas duchas vamos a tener?

—Muchas. —Se estiró y gimió—. Sabes mejor mojado.

Me reí y le di una ligera palmada en el trasero.

—Ve a darte otra ducha. Cargaré nuestras cosas en la camioneta. Será mejor que nos vayamos.

Suspiró con nostalgia. No sabía si era un suspiro de "no puedo esperar para irme a casa" o un suspiro de "no quiero volver".

Antes de que pudiera preguntarle, se levantó de la cama y caminó lentamente hacia la ducha.

—¿Estás bien? —le pregunté poniéndome los jeans—. ¿Estás adolorido?

Me miró por encima del hombro.

—Si por dolor te refieres a sentirme muy bien jodido y completamente saciado, entonces sí.

—¿Estás seguro?

Puso los ojos en blanco y cerró la puerta del baño. Desde que regresamos a nuestra habitación después de cenar, hubo un cambio en él. Estaba callado. No era su habitual ser hablador, sonriente y encantador. Parecía… distraído.

Infeliz.

Tratando de no pensar demasiado, cargué todo y cuando Travis salió de la ducha, estábamos casi listos para partir.

Compras.

Compras de comestibles para ser exactos. Era su propio tipo especial de infierno. Pero pensé que era algo que nunca habíamos hecho juntos, y tal vez eso lo haría soportable.

Pero cuando me detuve en el aparcamiento del supermercado para comprar la larga lista de compras de Ma, en lugar de entrar en *Woolworth's*, Travis caminó en dirección contraria.

—¿A dónde vas? —le pregunté.

—Justo por aquí —respondió. Siguió caminando hasta el parque al final del complejo. Era solo un parque pequeño, algunos niños habían pintado grafitis en los asientos y el equipo de juegos estaba un poco roto, pero había grandes arces hacia los que Travis se dirigió directamente. Se sentó en el sucio banco del parque y, cuando llegué a su lado, ya se estaba quitando las botas. Me miró y sonrió, luego se quitó los calcetines y puso los pies descalzos en el césped.

La hierba verde y alargada.

Me senté a su lado.

—Trav, ¿estás bien?

Me dio una pequeña sonrisa.

—Seguro. ¿Por qué no lo estaría?

—Es sólo que has estado un poco callado, eso es todo —dije evitando hacer contacto visual, mirando sus pies en vez de su cara.

—Sólo quería sentir la hierba bajo mis pies. —Él se encogió de hombros—. No me di cuenta de que extrañaría la sensación del césped.

Entonces me di cuenta. Travis sentía nostalgia.

Tragué el nudo que tenía en la garganta y apenas podía formar las palabras. En el mejor de los casos, eran un susurro.

—¿Quieres ir a casa?

Suspiró.

—Será mejor que primero le llevemos a Ma las compras, o nos despellejará.

No me entendió.

—No, quise decir *hogar*, tu hogar. —Me aclaré la garganta y respiré profundamente—. ¿Como Texas?

Me lanzó una mirada.

—¿Qué?

Me sentí un poco mareado al pensarlo, pero esa voz en mi cabeza que sabía que esto era inevitable en algún momento fue fuerte y clara. No quería oírlo, no quería que esto terminara nunca, pero tenía que saberlo.

—Tu hogar. ¿Lo extrañas?

No respondió por un rato. Podía sentir sus ojos sobre mí, quemándome, pero no podía mirarlo.

—Lo entenderé, Travis —susurré—. Sólo dilo.

—Charlie —dijo en voz baja—. Mírame. —Esperó a que mis ojos se encontraran con los suyos antes de continuar—. No te mentiré. Sí, lo extraño. Extraño a mi familia.

Asentí y respiré profundamente, tratando de mantener la calma.

—No te culpo —dije. Mi voz era ronca y me mordí el labio para contener el ardor en mis ojos. No podía soportar mirarlo, así que miré hacia los aparcamientos.

—Charlie.

Negué con la cabeza. No podía hacer esto. Ni aquí ni nunca. Quería levantarme y alejarme, pero parecía que no podía moverme.

—Charles Sutton, puedes detener eso ahora mismo.

Entonces lo miré y su rostro pasó de estar enfadado a "oh,

diablos no" cuando vio que estaba luchando contra las lágrimas.

Hizo como que se rio, pero pasó su brazo alrededor de mi hombro y me atrajo hacia él.

—No, no, no, Charlie, no. No voy a irme.

Levanté la cabeza de su hombro y lo miré a la cara.

—Pero extrañas tu hogar.

—Sí, extraño a mis padres, pero eso es natural. No quiero volver a casa, tal vez de visita alguna vez, sí. Pero no para siempre. —Sus ojos eran suaves y sonrió—. Charlie, estás esperando que te diga que se acabó, ¿no?

Tragué fuerte.

—Bueno, no te culparía.

—Bueno, ¿sabes qué? —preguntó—. Estás atrapado conmigo. Ya te lo dije. Mil veces.

—¿Pero no estás harto de esto? ¿Incluso un poquito? —pregunté—. El calor, el polvo, la monotonía de todo. Estar tan lejos de todo. Sé que no es una vida fácil.

Él sonrió, pero miró hacia un coche que pasaba.

—¿Sabes que me *molesta*, Charlie?

—¿Qué?

—El hecho de que sigo diciéndote que me quedo, que me encanta estar aquí, que te amo —dijo en voz baja—, y no me creas.

Quería tomar su mano. Quería tranquilizarlo con un toque. Pero no pude. Mi mano quería moverse, pero mi corazón palpitante no lo permitía.

—Te creo.

—Entonces, ¿por qué siempre piensas que me voy?

Me encogí de hombros.

—Porque lo entendería si lo hicieras. —Volví a mirar hacia los aparcamientos. Era más fácil que mirarlo—. Te creo. Lo siento si crees que estoy dudando de ti. Porque no dudo de ti. Dudo de mí.

—¿Cómo?

—Que lo arruinaré, o el hecho de que técnicamente no estoy fuera —admití. Sus cejas se fruncieron en esa forma que hacía—. Bueno, este fin de semana… reservé una habitación doble para que la señora detrás del mostrador no lo supiera, no bailé contigo, me alejé de ti en la estúpida tienda de electrónica y no te abracé. No te tome de la mano en el cine y eso no es justo para ti. —Me encogí de hombros de nuevo—. Lo estoy intentando, Trav, pero no es fácil para mí. Quería que este fin de semana fuera un poco especial y fracasé un poco.

—Nunca te pedí que me tomaras la mano en el cine —dijo obviamente confundido.

—Sé que no lo hiciste. Pero quería… quería tomar tu mano —admití en voz baja—. Y no pude hacerlo. Incluso en el cine a oscuras. En caso de que alguien nos hubiera visto… odio no poder… como ahora. Quiero hacer algo tan simple como tomar tu puta mano y no puedo.

Travis me miró fijamente durante mucho tiempo.

—Charlie. No me fallaste. Este fin de semana ha sido genial. Y nunca te disculpes.

Antes de que pudiera perder los nervios, le pregunté:

—¿Eres feliz? ¿Aquí conmigo?

No respondió. En lugar de eso, simplemente sonrió y negó con la cabeza en una frustrada expresión de "no puedo creer que seas tan jodidamente estúpido".

—Charlie, ¿me haces un favor?

Asentí.

—Claro.

—Quítate las botas y los calcetines.

—¿Qué?

Miré deliberadamente sus pies descalzos.

—Botas y calcetines. Quítatelos.

Consideré discutir. Consideré decirle que estaba en el centro de la ciudad, en el parque al lado del supermercado, y que quitarme las botas probablemente no era del todo correcto. Pero era Travis, y era inútil discutir, y considerando cómo iba la conversación, no me atrevía. Entonces me quité las botas y los calcetines.

—¿No se siente bien?

—Um…

—La hierba —dijo—. Bajo los pies.

Era como papel suave y… verde.

—Supongo.

—De todas las cosas, no pensé echar de menos esto.

—¿Césped?

Travis me miró y sonrió.

—Extraño, ¿eh?

Lo pensé durante un largo momento.

—Supongo que no. No si estabas acostumbrado de antes.

Él sonrió con nostalgia y suspiró.

—Charlie, puedo ver lo mucho que te estás esforzando este fin de semana.

—Quiero que seas feliz.

Esta vez sonrió más genuinamente.

—Se que te esfuerzas. Y soy feliz.

—¿Pero? —definitivamente parecía que se avecinaba un "pero".

—Me ha encantado este fin de semana aquí contigo. Ni trabajo ni nada. Solo nosotros.

—¿Y?

—Y lo único que quieres hacer es volver a casa.

—No, no quiero —mentí.

Volvió a levantar la ceja.

—Realmente eres un terrible mentiroso.

—Me ha encantado estar aquí contigo —dije rápidamente. Luego me encogí de hombros y opté por la honestidad—. Me siento muy… fuera de lugar.

—¿Puedo decirte algo?

Asentí, realmente no quería escuchar lo que tenía que decir.

—No perteneces aquí. —Él sonrió ante mi expresión—.

Perteneces a la estación Sutton. Es parte de ti. La inmensidad, los espacios abiertos, la tierra roja.

—Es lo que soy.

Él sonrió.

—Es a quien amo.

Entonces lo miré, lo miré fijamente. Se rio y negó con la cabeza. Permaneció así un rato más, moviendo los dedos de los pies en la hierba. Me senté con él, por supuesto, pero tan pronto como dijo:

—Vamos, será mejor que hagamos estas compras —me apresuré a volver a ponerme mis botas viejas.

CAPÍTULO SIETE

DONDE LA ASPIRANTE A MAESTRA DE ESCUELA DOMINICAL QUIERE REALIZAR UN EXORCISMO A TRAVIS EN EL PASILLO SIETE.

IR de compras con Travis fue divertido, bueno, tan divertido como podría ser en *Woolworth's*. Era algo tan doméstico, tan cotidiano, que la mayoría de las parejas probablemente lo daban por sentado, e incluso se quejaban. Pero a riesgo de parecer un colegial enamorado y con corazones en los ojos, era la primera vez que lo hacíamos.

Traté de dejar nuestra conversación anterior sobre la nostalgia en el fondo de mi mente y simplemente disfruté de esta tarea doméstica trivial tal como era.

Teníamos un carrito cada uno y una lista bastante larga de cosas que conseguir. En la estación éramos bastante autosuficientes, hacíamos pedidos online y recibíamos las cosas que necesitábamos, pero siempre había cosas que faltaban, y cada vez que alguien iba a la ciudad, le dábamos una lista de cosas que debía conseguir.

Nuestro viaje no fue diferente. Podríamos haber dividido la lista y hacerlo en la mitad de tiempo, pero no lo hicimos. Recorrimos, uno al lado del otro, cada pasillo. En el tercer pasillo teníamos un concurso de deslizamiento, que gané con autoridad.

—¡Hiciste trampa! —gritó Travis.

Me reí de él.

—No es hacer trampa sólo porque no puedas conducir en línea recta.

—La heterosexualidad nunca fue mi fuerte —dijo sonriendo a una vieja que nos miraba con el ceño fruncido. Creo que era la misma viejecita que estuvo a punto de atropellar en el pasillo dos—. Además, tengo una rueda torcida.

Me reí y metí un frasco de Nutella en mi carrito.

—Eso no está en la lista —señaló—. Ma no lo aprobará.

—Ma no se enterará —dije en voz baja—. Es sólo para… consumo privado.

Una lenta sonrisa en el rostro de Travis se convirtió en una gran sonrisa.

—¿Deberíamos añadir pinceles pequeños a la lista? Ya sabes, ¿arte corporal?

—¿Una brocha para extender? —pregunté encogiéndome de hombros.

Trav se rio.

—Añádelo a la lista. —Se apoyó en el carrito hasta que sus pies se levantaron del suelo y se deslizó hacia el pasillo cuatro —. Voy a ver qué otras cosas puedo encontrar.

Después de haber cogido diez kilos de harina, tres kilos de azúcar y dos cajas de leche UHT, encontré a Travis en el pasillo de higiene personal. Él estaba en el otro extremo, así que en mi camino hacia él, eché un montón de champús, acondicionadores, jabones, desodorantes y pastas de dientes en mi carrito. Fue entonces cuando me di cuenta de lo que estaba mirando.

Lubricantes.

Maldito infierno.

Le dio la vuelta a una botella naranja en su mano, leyendo la etiqueta, y cuando llegué a su lado, me miró y sonrió.

—¡Este hormiguea!

—Jesús, Travis.

—O hay sabor a uva. —Hizo una mueca—. ¿Por qué

diablos alguien decidió ese sabor? Si fue una buena idea, nunca lo sabré.

—Trav, estamos en un supermercado —susurré—. Estoy seguro de que no necesitamos discutir esto aquí.

Miró a la gente en el pasillo, que en su mayoría se ocupaban de sus propios asuntos, y se encogió de hombros.

—No saben que es para nosotros —dijo en voz baja.

Sabía lo que estaba diciendo, pero cielos, apenas me sentía cómodo estando en público donde cualquiera pudiera pensar que éramos pareja, mucho menos cómodo sería hablar de lubricación personal en medio del pasillo siete.

Poco a poco y respiraciones profundas, Charlie.

Suspiré y me volví. Estaba extremadamente interesado en el otro lado del pasillo, que afortunadamente eran las maquinillas y la crema de afeitar. Agregué algunos paquetes de ambos y luego vi las medicinas para el resfriado y la gripe y pensé que podría comprar algunas cajas para ayudar a Ma a quitarse la congestión.

Agregué algo para beber de limón, tabletas de equinácea y luego le agregué multivitaminas para mujeres, porque bueno, Ma era mujer y yo era hombre y tenía sentido hacer eso.

Volví a mirar a Travis para mostrarle lo que había elegido para Ma, cuando noté que estaba mirando hacia el final del pasillo, sosteniendo una botella de lubricante mientras se lo mostraba a alguien. Seguí su línea de visión y vi a la viejecita que casi atropelló en el pasillo dos, la misma señora que lo miró fijamente en el pasillo tres, le estaba devolviendo la mirada.

Luego Travis sostuvo el lubricante como si lo estuviera mostrando en *El Precio Es Correcto*. Incluso se giró, dándole una vista de la botella de izquierda a derecha.

—A base de silicona, dura tres veces más —dijo lo suficientemente alto como para que ella lo escuchara, con una voz falsa de vendedor.

—Jesús, Travis —le siseé—. ¿Qué estás haciendo?

Él siseó y susurró:

—La abuela está siendo muy malvada, y pensé que, si hay algo en esta tienda que necesita, ¡es esto! —Levantó el lubricante—. Sólo necesito encontrar la sección de consoladores para que ella pueda joderse.

Me froté las sienes.

—Trav, no venden consoladores en Woollies.

—¿Woollies? —preguntó obviamente confundido—. ¿Es eso un eufemismo para una cubierta para pene? Yo no pedí eso.

—*Woolworth's* —le expliqué.

—¿Ves? Vosotros *acortáis* todo. ¿Woollies? ¿En serio?

—Sí, Woollies. ¿Qué hay de malo en el nombre?

—Suena a calcetines o ropa interior térmica.

—¿Puedes dejar el lubricante? —pregunté.

Volvió a mirar a la dama de la mirada demoníaca y le dedicó una sonrisa cegadora. Me arriesgué a echar un vistazo rápido. Jesús, ella venía directamente hacia nosotros.

Ella medía metro y medio de alto, noventa centímetros de ancho y tenía un pelo que extrañamente se parecía a un casco gris. Joder, incluso llevaba perlas. Su vitriolo estaba dirigido directamente a Travis.

—Eres un gamberro, jovencito. Debería haberte denunciado —dijo con un tono lleno de desprecio—. Casi me golpeas ahí atrás, joven, y luego continuaste maniobrando de manera imprudente.

Parpadeé, atónito de que estuviera diciendo esa mierda y de que hablara en serio.

Trav, por otro lado, sonrió.

—¿Puede interesarle una encuesta sobre lubricantes personales? —Cogió una botella rosa y se la levantó—. ¿Sabor a fresa, tal vez?

Ella se llevó la mano al corazón y presionó sus delgados labios en un ceño fruncido.

—Bueno, yo nunca...

—Bueno, debería —dijo Travis. Luego sonrió con su mejor sonrisa de "no puedo no gustarle a alguien"—. Mi nombre es Travis, soy estudiante de sociología y psicología y llevo a cabo un experimento sobre la secularización de los consumidores y los comportamientos emotivos en los anuncios de confrontación. Me gustaría agradecerle por participar, un poco sin saberlo. —Luego puso su acento extrafuerte y se inclinó el sombrero—. No quise ofender, señora. Sólo estoy desempeñando un papel en mi tesis de fin de año. Y si no lo digo me sentiría mal, hizo su papel a la perfección.

La mujer parpadeó, claramente no esperaba esto de él.

—Yo, um, bueno, yo… —tartamudeó.

Me quedé atónito, pero de algún modo no me sorprendió para nada.

Travis, todavía sonriendo, inclinó un poco la cabeza. La mujer había cambiado la mirada demoníaca de sus ojos por una mirada confusa y aturdida.

—Su reacción fue la de un ciudadano ejemplar, preocupado y sin miedo a hablar. Bien hecho.

Él hizo girar su carrito y la dejó mirando, boquiabierta y en absoluto silencio. Me encogí de hombros a modo de disculpa y seguí a Travis. Cuando lo alcancé, estaba mirando en la sección de productos para bebés.

—¿Qué demonios fue eso?

Travis me miró.

—¿Qué fue qué?

—¿Qué le acabas de decir a esa señora? —susurré. Él sonrió, por supuesto—. No eres un especialista en sociología o psicología.

Rio.

—Ella no lo sabe. Es una maniobra táctica de autodefensa. Siempre lo he hecho. Alguien empieza a gritar, cambia de dirección. Simple.

—¿Simple? ¿Cómo fue simple? Todavía está en el pasillo siete, atascada en la palabra secularización.

Volvió a reír.

—¿Te gustó esa palabra?

Negué con la cabeza hacia él.

—Eres increíble.

—¡Verdad! —dijo con orgullo—. Sabes, cuando estaba en el instituto, me llamaron a la oficina del director por hacer una bomba fétida en ciencias.

—¿Una bomba fétida?

—Sí. Una parte de sulfuro de amonio, azufre de cal y ácido sulfúrico —dijo.

—Por supuesto que sí.

—De todos modos, el director empezó a gritar, así que me levanté muy preocupado y le pregunté si se sentía bien. Le dije que no tenía buen aspecto y pensaba que debería sentarse. Le pregunté si estaba tomando medicamentos para la presión arterial y llamé en voz muy alta a su secretaria para que viniera. —Él sonrió mientras hablaba—. De todos modos, se sentó tirando de su corbata, la recepcionista llamó al 911 y mi sermón y posterior castigo quedaron olvidados.

Dios, me hizo reír.

—Eres increíble.

Con los labios curvados en una sonrisa, como siempre, sacó un biberón de uno de los ganchos.

—¿Qué pasa con este?

—¿Para qué diablos?

—Para Matilda.

Ah, el maldito canguro.

—¿Qué tienen de malo los biberones para terneros que has estado usando?

—Son demasiado grandes y se ahoga un poco porque el flujo es demasiado rápido.

—¿En serio? —Ay, Dios mío. Hablaba en serio.

—¿Cuál sería el equivalente? —preguntó—. Esto dice que es para un mes de edad, pero no es que los bebés humanos y los bebés canguros sean iguales.

—Estaré en el pasillo del papel higiénico —dije dejándolo buscar el maldito biberón que quisiera.

Cuando me alcanzó, tenía toda la colección en su carrito.

—Pagaré por estos por separado.

—¿Tres botellas? —pregunté—. Creo que puedo permitírmelo. —Luego miré lo que había elegido—. ¿Eso es una bolsa de pañales?

—¿La pañalera?

—¿Para qué diablos necesitas eso?

—¿Qué pasa si necesito llevar biberones calientes?

Lo miré con la boca abierta, estupefacto. Intenté pensar en algo que decir: algo gracioso, algo razonable, algo, cualquier cosa. Al final, suspiré. Sabía que una vez que había decidido algo, no había vuelta atrás.

—¿Puedes conseguir papel higiénico extra suave? —preguntó, obviamente pasando de la conversación sobre la bolsa de pañales—. Ya sabes, considerando, ya sabes... —Miró a su alrededor y vio que nadie podía oírnos—. Lo que realmente le haces a mi culo, agradecería un poco de suavidad.

Recogí toallitas húmedas y se las mostré.

—¿Cómo éstas?

Él sonrió lentamente y me miró como si le acabara de regalar un ramo de flores.

—Oh, eres tan dulce.

Me hizo reír y miré a mi alrededor, decepcionado de que la loca del pasillo dos, tres y siete no estuviera allí para verlo. Tiré algunos paquetes en el carrito de Travis justo cuando sonó mi teléfono.

Era Greg Pietersen, mi vecino más cercano. Dirigía la estación Burrunyarrip, que estaba a 250 kilómetros al este de la estación Sutton. Lo ayudé a reunir algo de ganado a principios de año, y él vino a ayudar en la búsqueda de Travis cuando se perdió en el desierto. Respondí la llamada.

—¿Greg?

—Charlie —respondió cálidamente—. He oído que estás en la ciudad.

Debió haber llamado a casa primero.

—Sí, estoy en la ciudad. En realidad, en mitad de Woollies.

Se burló al teléfono.

—Suena interesante.

—Bueno, acabamos de tener una aspirante a maestra de escuela dominical que quería realizar un exorcismo a Travis en el pasillo siete.

Él se rio a carcajadas.

—¿Cómo le va? ¿La rodilla se cura bien?

—Sí, está bien. Cuando no está ofreciendo encuestas a viejecitas sobre lubricantes personales.

—¿Qué?

—No importa —respondí rápidamente—. ¿Qué puedo hacer por ti?

Primero tuvo que dejar de reír antes de poder hablar. Retiré el teléfono hasta que pudo hablar.

—Me uní a la Junta de la Asociación de Productores de Carne del Territorio del Norte. Y en realidad esperaba que te unieras a mí.

Dejé de caminar.

—¿Unirme a ti con qué?

—En la Junta —explicó—. Como director.

—¿Cómo qué? Con todos esos ancianos. La edad media es de ochenta años. Acabas de bajarla una década.

Volvió a reír.

—No del todo, pero ese es exactamente mi punto —continuó diciendo—. Necesitan una sacudida.

—Necesitan entrar en el siglo XXI.

—Exactamente. Por eso te quiero. La industria necesita sangre joven, no estos ganaderos de vieja generación que se niegan a aceptar que hoy en día se juega diferente.

Pasé mi mano por mi cabello. Me sentía halagado (en

realidad, honrado) de que me lo pidiera, pero simplemente no podía.

—Ah, Greg, desearía poder hacerlo, pero en este momento no puedo. Tengo muchas cosas que hacer. De hecho, me acabo de inscribir en la universidad para terminar mi carrera. Lo estoy haciendo externamente, pero aun así tengo evaluaciones, trabajos y exámenes. —No me molesté en explicarle que la prima de Billy venía a quedarse o el hecho de que dos de mis empleados se habían emparejado. No necesitaba escuchar mis problemas con el personal—. Además, estamos llegando a la reunión de invierno. Se me acabó el tiempo libre.

Suspiró y sonó muy parecido a una decepción.

—De acuerdo, no lo decidas ahora. Tendremos una reunión de granjeros del Territorio el próximo mes, y la Asamblea General Anual para decidir la Junta no será hasta mucho después de la temporada de reunión. Aún faltan algunos meses. Piénsalo. Estaremos en contacto.

Cuando colgué la llamada, Travis estaba parado frente a mí.

—¿Qué fue eso?

—Quiere que me postule para director de la Asociación de Productores de Carne.

—Eso es genial. Deberías hacerlo.

—Le dije que no puedo.

—¿Por qué?

—Porque algún capullo me apuntó para terminar la carrera, por eso —dije—. Además, reuniré el ganado en tres semanas.

—*Nosotros* reuniremos el ganado en tres semanas.

Lo ignoré.

—Trudy y Bacon se han emparejado, esa pobre chica Nara parece lista para correr en cualquier momento y alguien está despierto cada tres horas alimentando por la noche a una cría de canguro.

—¿Y?

Suspiré. Vale, fue más bien un resoplido. Y cuando todavía me miraba como "¿Eso es todo lo que tienes?". Miré a mi alrededor para asegurarme de que no hubiera nadie al alcance del oído.

—Y necesito pasar tiempo contigo —susurré.

Levantó una ceja.

—¿Necesitas? ¿Cómo una especie de necesidad de caridad?

Resoplé.

—No. Necesidad del tipo *"No sé qué haría si no lo hiciera"*.

Él sonrió de un modo especial.

—Y crees que no eres romántico.

Antes de que pudiera sonrojarme, empujé mi carrito y me dirigí a la caja.

—Nunca dije eso. —Luego me detuve en seco y me volví hacia él—. ¡Espera! ¿Acabas de decir eso?

Echó la cabeza hacia atrás y se rio.

—Eres demasiado fácil. —Pasó a mi lado con su carrito—. Vamos, será mejor que nos demos prisa y llevemos estas cosas a casa, o Ma enviará un grupo de búsqueda.

FUE EXTRAÑO VOLVER A CASA. Siempre había tenido una sensación de calidez, de familiaridad, una sensación de centro cuando conducía a casa. Normalmente, como si estuviera desalineado o fuera de lugar hasta que salíamos de la autopista Plenty, cada kilómetro que nos acercábamos a casa comenzaba a sentir que mi mundo estaba enderezándose.

Pero esta vez fue diferente. No es que no quisiera volver a casa, porque realmente quería. Simplemente no quería que terminara mi tiempo con Travis. El fin de semana pasado me di cuenta de algunas cosas y necesitaba entenderlas.

Para el momento que habíamos descargado todo y Travis

había instalado y probado su máquina de café, estaba casi oscureciendo y me encontré en la cocina con Ma.

No era que quisiera alguien con quien hablar exactamente… De todos modos, ella me conocía demasiado bien.

—¿Por qué estás rondando por mí cocina, cariño? ¿Necesitas hablar de algo? —estudió mi cara—. Pareces una mezcla de relajado y deprimido. ¿Qué pasó?

No podía mirarla. Antes de perder los nervios, Tragué saliva y le dije lo que yo esperaba y temía por igual.

—Creo que Travis quiere irse a casa.

CAPÍTULO OCHO

CUANDO LLUEVE, LLUEVE A CÁNTAROS.

MA SE PREOCUPÓ DE INMEDIATO.

—¿Qué quieres decir?

—Creo que él está… yo *sé* que él siente nostalgia. Creo que quiere volver a casa, a Estados Unidos.

Ma se quedó callada un rato y luego entrecerró los ojos.

—¿Crees? ¿O lo sabes?

—Dijo que sentía nostalgia. Lo admitió.

—Por supuesto que siente nostalgia, amor. Eso es natural. Está muy lejos de casa. ¿Pero dijo que quería irse o lo estás suponiendo?

Me encogí de hombros.

—¿Importa?

Ella suspiró, un sonido de alivio.

—Por supuesto que importa, Charlie. Asumir lo peor sin hablar de ello es una receta para el desastre. ¿Dijiste que lo admitió?

Respondí asintiendo, todavía mirando al suelo.

—Hay tantas cosas que extraña porque está atrapado aquí. Café, salir, divertirse, comida para llevar, césped.

—¿Es por lo que le compraste la nueva máquina de café?

Entonces la miré y le di una sonrisa triste.

—En realidad no se puede comparar, pero tenía que hacer algo.

—Bueno, está tremendamente satisfecho con ello. ¡Creo que lo hiciste muy bien!

Intenté sonreír, pero no me sentía bien.

—Se sentó en el parque en medio de la ciudad con los pies descalzos sobre el césped —dije casi en un susurro—. No puedo competir con eso.

—¿Competir?

Me sentí estúpido por admitir esta estupidez.

—Sí. Él es todo hierba verde y yo soy más bien un tipo de persona de tierra roja.

Ma puso su mano en mi brazo.

—Oh, cariño. Necesitáis tiempo para adaptaros. Ha sido un gran cambio de vida para ambos.

Estaba frunciendo el ceño y sintiendo una docena de matices de autocompasión.

—Bueno, aprendí algo más durante nuestro fin de semana fuera.

—¿Ah sí, y que fue?

—Que fue genial. Me encantó —admití—. Y que no puedo volver a ser como era antes de él. Sin él. —Luego susurré—: Si él se fuera, nunca lo superaría.

Ma suspiró.

—Yo también te diré una cosa, Charlie. Ambos sois tan tercos como el otro. Necesitáis hablar.

El sonido de la puerta trasera mosquitera al cerrarse detuvo nuestra conversación y esperamos a que quien fuera llegara a la puerta de la cocina. Supe por las pisadas quién era antes de verlo.

—¡Mira a quién encontré! —dijo Travis, su sonrisa hizo que mi corazón tartamudeara. Estaba sosteniendo a Matilda como si fuera un bebé humano, no una cría. Estaba apretada en su bolsa improvisada; lo único que sobresalía era la punta de su cola, sus orejas demasiado grandes y sus ojos de color marrón brillante.

—¿Tú la encontraste? —pregunté. No pude evitar sonreírle.

Parecía tan jodidamente feliz.

—Bueno, primero tenía que encontrar a Billy, luego juntos encontramos a Nara, quien hizo un excelente trabajo cuidándola. Y entonces encontramos a Matilda. —Miró el bulto que tenía en brazos—. Pero creo que es la hora del té de la tarde. Y pensé que podría probar uno de sus nuevos biberones.

Me volví hacia Ma.

—Piensa que las tetinas para terneros tienen demasiado flujo, así que compró algunos…

Ma me interrumpió.

—Los vi. —Luego miró a Trav—. Su fórmula especial está en el frigorífico.

Travis abrió la puerta del frigorífico con el pie y se arrastró, tratando de sostener a Matilda y tomar la leche al mismo tiempo. Fue casi cómico, hasta que miró a su alrededor y empujó el bulto de canguro en mis brazos.

—Toma. Sostenla.

Iba a objetar, hasta que miré hacia abajo y dos grandes ojos marrones con las pestañas más largas jamás vistas me miraron. Resoplé en su lugar, y Ma fingió no sonreír.

—No es gracioso —murmuré.

—Por supuesto que no amor —dijo mordiéndose el interior del labio, todavía tratando de no sonreír.

Travis tomó uno de los biberones nuevos del esterilizador y se ocupó calentando la leche y luego vertiéndola en uno de los biberones nuevos. Cuando estuvo listo, me quitó a Matilda. Una vez que estuvo nuevamente en sus brazos, tentativamente le puso la nueva tetina en la boca.

Ma y yo nos inclinamos para ver cómo lo tomaba y, he aquí, lo hizo de inmediato. Travis nos sonrió, y estaría mintiendo si dijera que eso no hizo que mi corazón latiera de manera extraña. Tenía esta manera de hacerme amarlo un poco más haciendo las cosas más simples. La más pequeña e insignificante de las cosas.

Tal vez me sorprendió mirándolo, o tal vez fue la forma en que él me devolvió la mirada de una manera que hizo que el mundo desapareciera, pero Ma se sonrojó.

—Vosotros dos chicos, seguid adelante —dijo en voz baja. Se aclaró la garganta y habló más alto—. Necesito mi cocina, o habrá un disturbio a la hora de cenar.

Ma nos empujó hacia la puerta y yo seguí a Travis hasta el salón. Se sentó en el sofá, todavía sosteniendo el bulto de bebé canguro como si fuera un bebé de verdad, observando cómo se alimentaba. Dándome cuenta de que estaba allí parado mirándolo mirarla y sin hacer nada productivo, me limpié las manos en mis jeans.

—Bueno, entonces estaré en la oficina —anuncié.

Trav me dedicó una sonrisa que pareció hacerse más amplia cuanto más tiempo permanecía allí. Me obligué a salir, me senté en la silla de mi oficina, negué con la cabeza porque Travis era tan sexi que me hacía estúpido, y revisé mis correos electrónicos. Estaban los correos electrónicos esperados del banco, la compañía telefónica, las facturas del proveedor de alimentos, el recordatorio de la compañía de transporte y el almacén de Alice Springs confirmando el pedido que habíamos hecho, que se entregaría mañana.

También había un correo electrónico de Greg.

Lo abrí y solo había leído la primera línea cuando suspiré. *¿Has reconsiderado mi oferta? Las nominaciones a la junta directiva de la Asociación de Productores de Carne del Territorio del Norte cierran en unas pocas semanas.*

Pulsé responder y traté de pensar en una forma educada de decirle a él, mi amigo, que se fuera a la mierda. No estaba interesado. Con todo lo que estaba pasando en la granja, simplemente no tenía tiempo, y aunque tuviera tiempo, me faltaban ganas. Para decirlo sin rodeos, no quería hacerlo. Yo lo ayudaría con cualquier otra cosa, cualquier cosa, pero no esto. Ya le había dicho que no una vez, pero eso no pareció funcionar. Simplemente no sabía cómo decir "no es jodidamente probable" de manera que no enfadara a mi vecino más cercano.

Cerré los correos electrónicos en lugar de responder y abrí la pestaña del clima. La revisaba todos los días para ver las previsiones, a corto y largo plazo. Recuerdo que mi padre se burlaba del meteorólogo de la televisión. Decía que si un granjero no sabía qué tiempo hacía por el comportamiento de los animales, no era un verdadero granjero.

Es decir, eso era algo cierto. Las hormigas, los pájaros y los caballos eran un buen indicador como cualquier instrumento barométrico, pero mi padre tampoco era granjero en la era de Internet. Miré la información habitual, sobre porcentajes, presión, previsiones y cifras. Y según todos los indicadores, además de la capa de nubes sobre Australia Occidental, iba a llover. A montones.

Entonces escuché a Travis, algo amortiguado a través de la pared.

—Nara, entra.

Nara hablaba tan suavemente que apenas podía oírla, y si entró en la casa, debió ser por algo importante. No es que estuviera escuchando a escondidas, pero apenas había conseguido más de dos palabras de esa pobre chica, así que estaba escuchando a escondidas.

—¿No es la cosa más linda que existe? —dijo Travis. Nara debió haber dicho algo, porque luego Travis dijo—: ¡No, hiciste un gran trabajo cuidándola! Puedes cuidarla en cualquier momento.

Escuché su suave murmullo, pero no pude distinguir las palabras.

Travis se rio.

—No, me encargaré esta noche. Deberías dormir más de tres horas seguidas esta noche. He tenido dos noches libres.

Hubo silencio por un segundo, y si Nara habló, no podría

decirlo. Pude escuchar la voz de Travis fácilmente cuando habló a continuación.

—Bueno, necesitaré tu ayuda mañana.

Esta vez sí la escuché.

—¿Para qué?

—Vamos a comenzar a reconstruir el jardín de Ma —le dijo—. Esperamos una entrega mañana en algún momento y necesitaré toda la ayuda que pueda conseguir.

Me levanté de mi escritorio y caminé lo más silenciosamente que pude hacia la puerta del salón. No me sorprendió que, si alguien en esta estación pudiera entablar una conversación con Nara, ese fuera Travis. Y tenía curiosidad.

Y era entrometido, y posiblemente un poco celoso. No locamente celoso, pero sí celoso, de que ella se acercara a Travis para hablar abiertamente, pero pareciera que preferiría huir al desierto cuando yo le hablaba.

Me detuve en la puerta y Nara, cuyos ojos se abrieron cuando me vio, fue a levantarse. Extendí la mano con la palma hacia delante.

—Puedes quedarte. Por favor quédate. Estaba en mi oficina —dije con una sonrisa, tratando de ser lo menos amenazante posible. Luego miré a Travis. Seguía sentado con Matilda y una botella vacía a sus pies—. Trav, te escuché mencionar el jardín. Acabo de comprobar el tiempo. Esperamos que llueva esta semana, por lo que es posible que desees posponer el inicio...

—O empezar más temprano —sugirió—. Sé que aquí no llueve mucho, pero solo es agua, Charlie. No me hará daño. —Miró a Nara y le puso los ojos en blanco dramáticamente. Estaba bastante seguro de que estaba tratando de mostrarle a Nara que yo no era alguien a quien temer—. Además, Nara me ayudará.

Pensé que ella iba a protestar. Parpadeó un par de veces y sacudió la cabeza.

—Yo, um...

Trav asintió con esa forma de "por supuesto que me va a ayudar" que significaba que Nara no tenía otra opción. Sólo tenía que sonreír y la mayoría de la gente hacía lo que él quería.

—Sí, no puedo hacerlo todo solo.

Era obvio que Nara no sabía qué decir (su boca se abrió y cerró un par de veces), así que asintió. Les sonreí y los dejé así.

—Voy a buscar a George.

Encontré a George en la parte trasera del cobertizo junto a los establos. Estaba limpiando cubículos, sin prestarme atención.

—¿Seguro que alguien más joven por aquí puede hacer eso? —pregunté.

Gimió cuando se enderezó y me tendió la pala.

—Sí. Aquí está.

—Alguien más joven y alguien que no sea yo —dije, pero tomé la pala de todos modos. Empecé donde él lo había dejado mientras George estiraba los músculos de su espalda —. ¿Por qué no usas la pala de mango más largo? —le pregunté mientras seguía paleando heno y mierda.

—Estaba usando ésta en el jardín y pensé en comenzar aquí —dijo—. Así que no me detuve.

Me reí de él.

—Disfrutas castigándote. Tu espalda te lo recordará durante una semana. —Luego me levanté y lo miré—. No es que seas demasiado mayor para esto.

Sonrió, lenta y cálidamente.

—*Soy* demasiado mayor para esto.

—Nunca —no estuve de acuerdo. Comencé a palear de nuevo y le dije—: Acabo de revisar el canal meteorológico. Estaban diciendo que esta semana caerán más de 5 centímetros de lluvia

—Lo sé.

Lo miré, a mitad de la palada.

—¿Tus huesos te dicen eso? ¿O la artritis, viejo?

—Me lo dice internet, culo inteligente.

Solté una carcajada y seguí limpiando, raspando la pala en el suelo del establo para recoger lo último de la paja. Apoyé la pala contra la pared y caminé sobre el montón de heno limpio.

—Bueno, ¿sabes lo que significan más de 5 centímetros de lluvia? —pregunté.

—Bajará Arthur Creek. Será intransitable.

—Sí. Y estaremos moviéndonos en dos semanas.

—Sí, lo sé —dijo de esa manera casual y siempre paciente que lo hacía—. Podríamos dirigirlos hacia el este y tráelos por encima de la línea de la cresta.

Asentí.

—Parece que tendremos que hacerlo.

George asintió con fuerza, sin duda ya haciendo planes mentales.

—Podemos sobrevolarlo mañana y determinar la mejor ruta.

—Oh, eso me recuerda —le dije—. Recibiremos una entrega mañana. Travis quería construirle a Ma un nuevo huerto de verduras.

—¿En serio?

—Sí —dije extendiendo otra capa de heno—. Dijo que era vergonzoso y un completo milagro que ella pudiera cultivar cualquier cosa.

—¿Dijo que?

—Sí.

—Nosotros lo construimos.

Lo miré y me reí.

—¡Eso es lo que dije!

George se rio entre dientes.

—Iréis y la malcriarás —dijo—. Me hace quedar mal.

—Le diré que fue idea tuya.

George se rio de eso.

—Entonces *sabrá* que estás mintiendo.

Caminé hacia la puerta lateral.

—Hablando de malcriar a nuestras chicas —dije dando a una expectante Shelby una caricia en la frente—. Puedes oler el heno fresco, ¿no, nena?

Sin paciencia, ella resopló y agachó la cabeza, haciéndome reír. Quité la mano del pestillo de metal de la puerta.

—Pisas fuerte y te haré esperar.

Entonces, por supuesto, pisoteó.

desbloqueé la puerta de todos modos y Shelby la abrió para poder entrar a su establo. George se rio detrás de mí.

—Nunca ibas a hacerla esperar.

—Está muy malcriada —refunfuñé. Luego hablé con Texas —. Vamos, tú también. Dios no permita que te quedes fuera.

—¿Estás molestando a mi caballo? —preguntó Travis acercándose. Estaba sonriendo, como siempre.

—¿Molestándolo?   —me   burlé—.   ¿Quieres   decir malcriándolo?

La sonrisa de Travis fue enorme y sus ojos alegres.

—Ah, ¿entonces estás tratando de que él te prefiera? ¿También le estás dando azúcar o algo así?

—No, pero es una buena idea —dije fingiendo considerarlo—. Excepto por el hecho de que Shelby me mataría si le diera azúcar a Texas y no a ella.

Trav negó con la cabeza, luego me miró y dijo lo obvio.

—Estás sudando.

—Es lo que tiene limpiar los establos.

Trav parecía genuinamente alarmado.

—Oh, podría haber hecho eso. —Se dirigió hacia los establos.

—Tengo brazos y piernas. No soy completamente inútil —dije siguiéndolo—. De todos modos, George empezó. Me sentí mal, así que lo terminé.

George, que estaba observándonos, habló lenta y pacientemente, como siempre.

—Le hice pensar que tenía la espalda dolorida. Él hizo todo mientras yo miraba.

Travis cogió un cepillo para caballos del estante y empezó a cepillar el cuello de Texas.

—Me quedé atrapado hablando con Nara.

—¿Todo bien?

—Sí. Cuidó muy bien de Matilda mientras estábamos fuera. La alimentó por la noche y todo.

—Parecía feliz.

Travis me miró con cautela.

—¡Oh, por favor dime que no estás celoso!

Mis ojos se dirigieron a George, quien simplemente negó con la cabeza y se rio mientras caminaba de regreso a la casa.

—No —siseé—. Dios, no.

—Es una niña —dijo Travis volviendo a cepillar su caballo—. Y ella es una ella.

Resoplé en voz baja.

—Me alegra que hable con alguien, eso es todo. Parece que se va adaptando bien. —Era una pregunta de búsqueda de respuestas.

Travis asintió.

—Es mucho más feliz aquí. Eso es todo lo que realmente ha dicho al respecto.

Jugué un rato con la melena de Shelby.

—Parece tenerme miedo.

—Creo que te tiene un poco. —Travis se encogió de hombros—. Está nerviosa. De dondequiera que viniera no pudo haber sido nada bueno. Aunque se está adaptando. Dale tiempo.

Tenía razón y ambos lo sabíamos.

—Parece que le gustas.

—Le pedí que cuidara a Matilda para que se sintiera necesaria y apreciada —dijo encogiéndose de hombros—. Lo mismo con el jardín mañana.

—Ha sido una buena idea. Muy inteligente —le dije—.

Pero podría ayudarte con eso, si quieres. Quiero decir, supongo que llevará unos días, y va a llover así que cuanto más rápido mejor…

—Usted, señor académico, tendrá la nariz metida en los libros de texto.

—¿Qué?

—¿Tu título universitario? ¿Lo recuerdas?

Mierda.

—Oh, ¿en el que me inscribiste sin mi permiso?

Sonrió sin vergüenza.

—Correcto.

—Realmente no tengo tiempo…

Se detuvo frente a mí con su cara seria.

—Cuatro días de lluvia es tiempo suficiente para hacer algunas evaluaciones. De todos modos, estarás loco después de cuatro días de lluvia.

Una avalancha de recuerdos se arremolinó en mi cabeza.

—¿Recuerdas la última vez que tuvimos cuatro días de lluvia?

Travis se rio, un sonido cálido y gutural. Creo que fue en parte un gemido.

—Nunca lo olvidaré. Me quedé en cama con la rodilla dolorida. —Se inclinó muy cerca para que pudiera sentir su aliento en mi oído y susurró—: Y nosotros *intercambiamos*.

Recordé que estaba boca arriba con la rodilla vendada, y me senté a horcajadas sobre sus caderas y me acomodé sobre él. Podía sentir mis mejillas calentarse mientras el recuerdo calentaba mi sangre. Mi voz fue áspera.

—Bueno, no podías moverte mucho… así que era justo.

Travis apoyó su rostro contra el mío, nuestros ojos estaban cerrados y mi respiración se aceleró. Hizo ese gesto de empujarme con la nariz, apenas un toque, y un fantasma de beso. Mi corazón latió desenfrenado y mis rodillas se debilitaron.

Entonces recordé dónde estábamos.

Di un paso atrás y negué con la cabeza, más para aclarar mis pensamientos que para decir un no.

—No deberíamos estar haciendo eso aquí —dije sin aliento.

Travis, pareciendo borracho de besos, miró alrededor del cobertizo.

—Aquí no hay nadie más que nosotros.

Me aclaré la garganta.

—No es eso —aclaré—. No puedo pensar con claridad cuando haces eso, y yo —reajusté mi polla—, podría tirarte al heno.

Travis sonrió por mis palabras.

—Estoy seguro de que a Shelby no le importará.

—Le importará. Acabo de ponerle heno limpio.

Resopló.

—Sí, bueno, si te sirve de consuelo, hueles a sudor y mierda.

—No parecía importarte en este momento.

—Resulta que me gusta cómo hueles por estar trabajando —dijo volviendo a cepillar a Texas—. Así que tal vez en los próximos días pueda ver cómo hueles por estar estudiando.

A LA MAÑANA SIGUIENTE, durante el desayuno, donde George y yo solíamos repasar todo lo que había que hacer ese día, esta vez fue Travis quien habló. Normalmente solo decíamos lo que había que hacer y él simplemente escuchaba y lo hacía, pero esta vez nos lo dijo.

—La entrega de la cooperativa debería ser alrededor de las nueve y media de esta mañana. Viene todo, incluido el equipo para la valla, pero también vamos a arreglar el huerto de Ma. Estaba pensando que Nara y yo podríamos empezarlo, ¿Billy también, si quiere? Travis miró a Billy; era más una oferta para permanecer cerca de su prima que una petición de ayuda.

Billy me miró, probablemente prefiriendo recibir órdenes mías. Sólo me encogí de hombros.

—Aparentemente no depende de mí.

Travis o no captó mi indirecta hacia él, o no le importó.

—Pero nos faltan unas dos horas antes de que el camión llega aquí… —Me miró y luego a George—. Así que, a menos que me necesitéis para algo, me gustaría empezar con el jardín.

Intenté pensar en algo que no fuera gracioso o inapropiado y no encontré nada. En cambio, me encogí de hombros. George estaba tratando de no sonreír. Dijo:

—Bueno, estaba pensando que probablemente deberíamos dirigirnos a Arthur Creek. Si las previsiones de lluvia se cumplen, el agua debería bajar el miércoles. Nos da tres días para llevar a los primeros rebaños al sur del río. Ernie, Trudy, Bacon y yo podemos hacerlo con bastante facilidad. Será más fácil cuando llegue el momento de reunir.

Travis debió haber sabido que estaba a punto de decir que me uniría a ellos, o tal vez fue cómo mi rostro se iluminó ante la idea de pasar el día con Shelby en el desierto en lugar de estar atrapado estudiando.

—Charlie tiene que hacer una evaluación —dijo rápidamente. Todo el mundo simplemente me miró fijamente, y a él. Entonces Travis agregó—: Terminará su carrera universitaria.

Le di una patada en el pie.

—Ay, no me patees —dijo.

Lo ignoré y la forma en que todos estaban tratando de no sonreír. Excepto Billy. Él simplemente me estaba sonriendo abiertamente. Respiré profundamente, me tranquilicé y expliqué:

—Se decidió, no por mí, claro está —agregué dirigiendo una mirada furiosa directamente a Travis—, que podría terminar mi curso universitario, mientras que alguien aquí. —

Entrecerré los ojos hacia Travis de nuevo—. No hace mucho que terminó *su* grado y probablemente debería hacer todo el mío. Porque fue su idea, y no *me* preguntó antes de fingir *ser* yo e inscribirme.

Travis se llevó la taza de café a los labios, probablemente para ocultar la jodida sonrisa.

—Me gusta mucho mi nueva máquina de café, gracias.

Solté un gruñido que hizo reír a George y se levantó. Me dio una palmada en el hombro.

—Bien. Está todo arreglado. —Miró a Trudy, Bacon y Ernie, quienes creo que estaban un poco confundidos y muy divertidos al ver este lado mío y de Travis—. Cogeremos los Land Rover y saldremos en media hora —les dijo George, volviendo al asunto. Todos asintieron y se marcharon. Travis salió con Billy y Nara, dejando la habitación vacía y en silencio, mientras yo resistía la tentación de golpearme la cabeza contra la mesa del comedor.

—Ya comiste suficiente, amor —preguntó Ma. No la había notado entrar, con la cabeza apoyada en la mesa y todo.

Levanté la mirada hacia ella.

—Él es realmente imposible.

Se rio entre dientes y se sentó en lo que normalmente era la silla de George.

—Todos lo son.

Suspiré.

—Es tan exasperante.

—Y lo peor —añadió—, es que normalmente tienen razón.

—¡Esa es la peor parte! —me quejé.

Ma me dio unos momentos para suspirar de nuevo y pasarme las manos por el pelo unas cuantas veces antes de empezar a recoger algunos de los platos.

—Déjalos. Ahora los recojo —dije. Luego cambié de tema por completo—. ¿Quieres una taza de té? —pregunté—. Si pones la tetera a hervir, recogeré y luego tú y yo podremos tomarnos una taza de té.

Me dio unas palmaditas en la mano y sonrió, pero me dejó recoger y apilar platos y bandejas. Cuando terminé, la taza de té recién hecho ya estaba preparada.

Lo primero que preguntó fue cómo le iba a Matilda. Le dije que según Travis le gustaban más los biberones nuevos.

—¿Sigue haciendo las tomas nocturnas?

—Sí. Dos veces por noche. No se queja, dice que no le importa en lo más mínimo —dije—. Pero él vuelve a la cama y me pone los pies fríos.

Ma se rio, pero su sonrisa pronto se desvaneció.

—Travis está tan cautivado por ella.

—Lo sé —dije en voz baja—. Será difícil para él cuando tenga que deshacerse de ella.

Ma asintió con tristeza. No tenía que explicarle lo peligrosos que podían ser los canguros rojos adultos.

—Es una pena.

—Lo es —estuve de acuerdo con un suspiro—. No quiero hacerlo infeliz.

—Sé que no es así. Él también lo sabe —afirmó. Luego, cuando no dije nada, ella me incitó—. ¿Las cosas entre vosotros están bien?

—Sí, quiero decir que lo están. —Mis hombros se hundieron—. Estoy de acuerdo en que necesitamos hablar más, pero todavía no lo hemos hecho. No precisamente. Anoche habló por Skype con su madre y luego aparecieron su hermana y su hermano y estuvieron hablando durante mucho tiempo. Les estaba contando todo lo que había estado haciendo y les mostró el canguro.

—¿Y?

—Creo que los extraña más de lo que cree.

—¿Hablaste con él sobre eso?

Negué con la cabeza.

—¿Por qué no?

—Bueno, ya era tarde cuando terminaron. —Dejé escapar

un largo suspiro y susurré la verdad—. No quiero hablar con él sobre eso porque ¿qué pasa si dice que quiere irse?

—Sabes, Charlie, me encanta que puedas contarme estas cosas. No cambiaría eso por nada del mundo. Pero se lo estás contando a la persona equivocada. Tienes que contarle todo esto a él.

—Es más fácil decírtelo.

Ma se rio.

—¿Por qué?

—Porque no me romperás el corazón. —Quise pensar eso, pero estaba bastante seguro de que lo dije en voz alta.

Sus ojos se suavizaron.

—Oh, amor. Ojalá pudieras ver la forma en que te mira.

—¿Qué?

—La forma en que Travis te mira. Como si fueras y colgaras la luna para él.

Sonreí en mi taza de té.

—¿De esa manera?

Negó con la cabeza con asombro y muy posiblemente con un poco de "Dios, ayúdame es tan estúpido".

—Hazme un favor, cariño.

—Claro.

—Cuando os vayáis a la cama esta noche, intentad hablar, ¿vale?

Estoy seguro de que me puse una docena de tonos de rojo. Tosí mi vergüenza.

—Yo, ¿lo intentaré?

Ma me dio unas palmaditas en la mano.

—Bueno, ha sido una pequeña charla estupenda, pero no puedes posponer la lectura de libros para siempre. —Asintió hacia la puerta—. Ve. Cuanto antes empieces, antes terminarás.

Así que me senté en mi oficina, leí mis correos electrónicos, clasifiqué pagos y supe que había llegado a mi límite para posponer cosas cuando comencé a presentar la solicitud. Con un suspiro petulante, abrí el correo electrónico y, usando el inicio de sesión que me enviaron, inicié sesión en el perfil de estudiante online de la universidad. Había leído esto brevemente con Travis el otro día, pero realmente no le habíamos prestado atención. Lo estaba hojeando y yo estaba besando su cuello sin mirar la pantalla. Tomó un libro de texto y me senté en el sofá, diciéndome que leyera, pero solo pasaron unos diez minutos antes de que estuviera descansando allí conmigo y estábamos susurrando dulces cosas que tenían menos de cero que ver con la agronomía.

Así que ahora lo leí correctamente. Después de clasificar qué era importante y qué era una tontería, repasé mis unidades principales y agregué fechas de evaluación a mi calendario.

Mi primera evaluación debía entregarse en tres semanas, al mismo tiempo que la reunión de ganado de invierno. Y mi segunda evaluación cuatro semanas después. Leí la lista de libros de texto que se esperaba que leyera y las discusiones grupales en las que se suponía debía participar y pude sentir que mi tensión arterial aumentaba al pensar en ello.

Estaba oficialmente abrumado. Y mi primera evaluación sobre que el metaanálisis era un enfoque prometedor en las ciencias agrícolas y ambientales me hizo querer gritar, dormir o rendirme. No podía decidirme.

Afortunadamente, el sonido de un camión que se acercaba fue mucho más atractivo.

Primero descargamos el equipo de la valla. Todos los alambres, mallas, goteros y estacas en forma de estrella fueron llevados al cobertizo más alejado, y luego el camión retrocedió y dejó caer unos cuantos metros cúbicos de tierra orgánica, algunas tuberías de drenaje y grava donde Travis estaba separando las viejas camas de cultivo.

Me sorprendió lo mucho que había hecho. Sólo había estado ocupado durante dos horas, pero había cosechado todos los cultivos, los que ahora Nara clasificaba y limpiaba, y él movía viejas traviesas de ferrocarril con una palanca.

Volcar la tierra nueva significaba tener que moverla dos veces, pero Trav quería hacerlo correctamente. Primero quería eliminar toda la tierra vieja que no servía para nada, luego instalar las gomas de riego por goteo y agregados y volver a recolectar el agua filtrada para obtener su valor nutritivo.

Estaba empezando a pensar que simplemente le encantaba trabajar. Siempre ocupado, siempre sonriendo. Se sentía más feliz cuando hacía algo, cuanto más constructivo, mejor.

Tan pronto como firmé por la entrega y el camión se fue, Travis tomó la palanca nuevamente y continuó sacando los viejos travesaños. Estaba manipulando ambos extremos poco a poco y esforzándose por hacerlo. Los músculos de sus brazos estaban tensos, su cara estaba roja e incluso en el aire fresco del invierno, estaba sudando.

—Espera —dije agarrando la palanca—. Te ayudare.

—Se supone que deberías estar estudiando —dijo todavía tratando de tirar de la palanca para mover la tierra vieja—. ¿Con qué diablos asegurasteis esto? —preguntó—. Es como el maldito cemento.

Me agarré mejor de la barra y lo ayudé.

—Arcilla cocida, ¿recuerdas? —dije moviendo la palanca adelante y atrás y tirando de la barra con tanta fuerza como él. Estaba empezando a moverse—. Jesús, creo que el travesaño de madera se ha petrificado.

Trav soltó una carcajada, pero el travesaño finalmente se rindió y rodó mientras levantábamos la palanca debajo de él.

—Puedes ayudar con esto —dijo pateando a los otros travesaños restantes—. Pero luego tienes que volver a tus libros.

Ambos sujetamos la palanca debajo del siguiente travesaño y comenzamos el proceso de nuevo.

—Me acordé de algo —le dije poniendo mi espalda en el trabajo—. Acerca de mi título universitario.

—¿Qué? —dijo con la cara enrojecida mientras se esforzaba, empujando la palanca.

—Que lo odio.

Esta vez se rio y movió la palanca al otro extremo del travesaño. Ambos volvimos a empujarlo hacia abajo hasta que la vieja madera se movió un poco.

—Sabes —dije mirando las nubes que se acercaban—. Si esperas a que llueva, estos travesaños de ferrocarril se moverán muchísimo más fácilmente. Básicamente se deslizarán sobre la arcilla.

Ni siquiera levantó la vista. Siguió moviendo la palanca, mientras una gota de sudor le corría la nuca.

—Quiero bajar las tuberías de drenaje antes de que llegue la lluvia. Puedo hacer el resto bajo la lluvia, pero necesito ver cómo corre el agua para poder hacerlo bien.

Le sonreí, aunque él no lo vio. Tal vez era mejor que no viera la expresión de "eres tan jodidamente adorable" en mi cara. Creo que los perros la habían visto desde donde estaban encadenados, porque empezaron a ladrar.

—Oh, callaos —me quejé.

Travis dejó de empujar la palanca.

—¿Estás bien? ¿Tienes conversaciones contigo mismo otra vez?

—No tengo conversaciones conmigo mismo —me defendí. Luego, como no podía mentir, agregué—: Es más en mi cabeza que conmigo mismo —dije.

Travis se rio y cuando miré a Nara, ella nos estaba mirando. Estaba sonriendo un poco.

—Se está burlando de mí —le dije.

—Bueno, no lo pones difícil —dijo Travis.

—¿Quieres hacer esto tú solo? —pregunté justo cuando el travesaño testarudo se movió. Ambos nos agachamos, recogimos cada extremo del tronco de madera y lo trasladamos a la otra pila de travesaños ya movidos.

Travis se acercó y sujetó la palanca.

—Bueno, en realidad, sí.

Se la arrebaté de las manos.

—Te harás daño intentando hacer esto por tu cuenta.

Así que manipulamos, sujetamos y movimos los siguientes cuatro travesaños sin hablar. Una vez que estuvieron apartados del camino, Trav tomó una pala. Dios mío, iba a intentar mover esto a mano.

—Espera —dije con quizás más frustración de la prevista—. No puedes moverla con una pala. Déjame traer el tractor más pequeño. Eso llevará quince minutos en lugar de cinco horas y te salvará la espalda. O tu rodilla. Sólo tienes que girarla mal una vez y volverás a usar muletas.

No esperé a que discutiera, simplemente caminé hacia el cobertizo de maquinaria. De ninguna manera le dejaría hacer ese trabajo a mano. Podía discutir todo lo que quisiera, pero esas nubes no estaban mejorando.

Conduje el tractor con el cucharón pequeño por el otro lado de la casa y entré al huerto deconstruido debajo del gran árbol.

—¿Dónde quieres lo viejo? —grité por encima del rugido del motor.

Señaló hacia donde vine, así que no dudé. Raspé y recogí con el cucharón la mayor cantidad de tierra vieja y deteriorada que pude. Creo que una vez Trav vio cómo el tractor luchaba por raspar la sección inferior y se dio cuenta de que no había manera de haberlo hecho a mano. Aunque todavía no se había detenido. De todos modos, estaba paleando y removiendo la tierra, deteniéndose para sentirla en sus manos de vez en cuando.

Cuarenta minutos después y la zona estaba despejada. Apagué el motor.

—¿Hay algo más que debamos hacer? —pregunté.

—No lo lleves demasiado lejos —dijo caminando hacia el tractor. Agarró la barra antivuelco y se subió al reposapiés—. ¿Tienes una barrena para este tractor, tal vez de veinte centímetros? —Extendió los dedos a unos buenos veinte centímetros de distancia.

Sonreí y dije:

—Sé lo que son veinte centímetros.

Puso los ojos en blanco.

—¿Un accesorio para cavar hoyos y trincheras?

—Sí, tenemos una barrena.

—¿Puedes ponérsela? —preguntó—. ¿O quieres que me encargue?

En ese momento, Ma abrió la puerta trasera.

—Chicos, almuerzo.

No me había dado cuenta de que Nara no estaba fuera, pero cuando entramos, me sorprendió encontrarla en la cocina. Estaba de pie frente a la mesa, que estaba cubierta de zanahorias, maíz, espinacas y patatas, todas las verduras que había cosechado y limpiado del viejo huerto. Llevaba el pelo recogido en una coleta ordenada y sonreía con orgullo.

—Vaya —dije—. Eso es mucha comida.

—Lo prepararemos todo, lo coceremos y lo congelaremos —dijo Ma—. Ese es el trabajo de esta tarde, ¿no es así, Nara?

La chica asintió. Parecía genuinamente feliz. Me gustó mucho verlo.

—Ah, bueno —bromeé—. Porque pensé que almorzaría la ensalada más grande del mundo.

Travis resopló detrás de mí y Ma puso los ojos en blanco.

—Vuestro almuerzo está en la mesa —dijo agitando la mano en dirección al comedor. Luego nos miró a ambos de arriba abajo—. Pero ni siquiera penséis en sentaron a esa mesa hasta que os hayáis aseado.

Colgué mi sombrero en el gancho mientras caminábamos hacia el pasillo que conducía al baño y Travis hizo lo mismo. Me lavé las manos y la cara con agua y jabón, y cuando me incliné sobre el lavabo, Travis puso sus manos en mis caderas y se frotó contra mi trasero. Podría haberme movido un poco para él y haber ampliado mi postura.

—Oh, Jesús —gimió.

—Tú empezaste —dije poniéndome completamente erguido. Me limpié la cara con la toalla y me hice a un lado, haciéndole espacio.

Travis mantuvo sus ojos en mí, pero se inclinó tan lentamente como pudo, sacando su trasero lo más que pudo. Se agarró al borde y se balanceó hacia adelante, emitiendo un gemido bajo y poniendo los ojos en blanco.

—Uf —gemí teniendo que reajustar mi polla—. No juegas limpio.

Se echó a reír y empezó a lavarse las manos.

—Pero siempre gano.

Aun sosteniendo la toalla, la doblé y le azoté el culo.

—¡Ay! —dijo frotándose la cara con jabón—. Ay, me entró jabón en el ojo.

Me reí todo el camino hasta la mesa del comedor. Aproximadamente un minuto después, cuando entró, tenía el ojo izquierdo enrojecido y hacía pucheros, lo que podría haberme hecho reír un poco más. Se sentó en su asiento habitual, me incliné y le besé suavemente el rabillo del ojo, luego la mejilla y la comisura de la boca.

—¿Mejor?

Se encogió un poco de hombros.

—¿Qué pasa con dónde me azotaste con la toalla?

—Tengo toda la intención de besarlo para que mejore más tarde esta noche.

Su puchero cambió a casi una sonrisa.

—Igual de bien.

Le empujé el plato de sándwiches y fruta primero.

—Después de ti.

Cogió medio sándwich de carne y ensalada y se lo comió todo antes de hablar.

—Gracias por ayudarme —dijo tomando otra mitad de un sándwich.

—Perdón por el jabón en el ojo.

—Consideraré perdonarte —dijo con la boca medio llena —. Depende de qué tan bien beses mi herida después de azotarme con la toalla.

Me reí y me metí el resto del sándwich en la boca.

—Trato.

—Y puedes ayudarme a cavar las líneas de drenaje, pero luego tienes que estudiar.

Podría haberme quejado.

—Lo odio. Es muy aburrido.

—¿Y preferirías estar cavando en la tierra conmigo?

Asentí rápidamente, esperando que fuera una invitación.

—Oh, sí.

No lo fue. Él simplemente sonrió y cambió de tema.

—¿Cuál es tu primera evaluación?

—Metaanálisis en agronomía o algo así.

Travis se rio mientras mordía un trozo de manzana.

—¿Cuál será tu enfoque?

—Tú.

Soltó una carcajada y masticó lo último de su fruta.

—No creo que tu profesor aprecie tu experiencia en ese tema.

—Al menos aprobaría.

—Con honores.

—Incluso una gran distinción.

Trav se rio y me acercó lo que quedaba de la fruta cortada.

—Come. Tenemos trabajo que hacer.

Mordí la manzana, llevé el plato a la cocina y pasé la siguiente hora colocando líneas de drenaje para Travis. Se mantuvo frente al tractor con la barrena a sus pies y me dirigió, gritando lo que quería que hiciera. Maniobré la máquina según sus órdenes y en poco tiempo habíamos formado una cuadrícula de líneas, de diez metros por quince.

Los cielos se agitaban y retumbaban con nubes pesadas, y cuando dejé el tractor en el cobertizo y caminé de regreso al patio, pude sentir el cambio en el aire. Llamé a Travis:

—Tienes treinta minutos antes de que comience a llover.

Miró hacia el cielo y, al ver cómo las nubes se estaban volviendo bajas y oscuras, asintió. Subí al porche y entré para comunicarme por radio con George y decirle que se dirigiera a casa si aún no lo había hecho. Y sabiendo que realmente tenía que comenzar con esta maldita evaluación, cogí mis libros y salí directamente.

Pensé que, si tenía que leer toda esta mierda, bien podría hacerlo donde pudiera disfrutar del aire fresco y la vista. Y por vista me refería a Travis. Porque sabía muy bien que trabajaría bajo la lluvia, y lo único mejor que un Travis acalorado y sudoroso era un Travis mojado. Eso, y el olor a lluvia era puramente una ventaja.

Entonces ahí estaba yo en el porche trasero fingiendo leer, pero en realidad solo estaba mirando a Trav. Estaba paleando las trincheras, dejándolas perfectas sin duda, y luego paleando grava cuando caían las primeras gotas de lluvia. Para empezar, era solo una ligera llovizna, pero el olor que traía era celestial. Era un olor a limpieza de la tierra que calmaba y curaba de alguna manera, y el olor por sí solo podía evocar recuerdos de veranos de la infancia o de noches de hacer el amor y no dormir con el sonido de la lluvia sobre un techo de hojalata.

Observé mientras colocaba las tuberías agrícolas en las zanjas, y cuando las estaba rellenando con una mezcla de grava y la tierra que habíamos excavado, la lluvia fue más intensa. Pero nunca se detuvo. Había abierto los desagües hasta llegar al otro extremo donde yo había usado el tractor para excavar lo que sería un punto de captura filtrado. Fue idea suya, por supuesto, para que toda la escorrentía rica en nutrientes pudiera recolectarse y reutilizarse. Lo había visto utilizado en escalas mayores de riego de cultivos, por lo que, en teoría, debería funcionar.

Para cuando cubrió el estanque con una lona de poliéster negra y puso el contenedor para agua que había solicitado en el almacén, ya estaba empapado. Su sombrero mantenía la mayor parte del agua fuera de su cara, pero se estaba acumulando en el ala, sus jeans estaban oscurecidos por el agua y su camisa se pegaba a él de una manera que realmente agradecía.

—¿Si quiera estás leyendo algo de eso? —gritó.

No me di cuenta que había parado de trabajar y me estaba mirando. Le sonreí, sin siquiera pretender mirar el libro en mi regazo.

—Cada línea.

Simplemente se rio y siguió trabajando. Arrodillándose en el barro, fijó codos a las tuberías y empezó a unir todos los drenajes.

Fue sólo cuando escuché a los demás regresar a la granja que comencé a leer un poco. No era como si pudiera dejar que me vieran simplemente holgazaneando, comiéndome con los ojos a Travis mientras él hacía todo el trabajo duro. Aunque eso era exactamente lo que estaba haciendo.

Sólo George y Billy subieron a la casa, los demás se dirigieron a sus respectivos hogares. George asintió y sonrió maliciosamente mientras pasaba; Billy llevaba su sonrisa habitual.

Fue entonces cuando vio a Nara, sentada bajo la lluvia sobre la enorme pila de tierra del viejo huerto. Estaba rebuscando en esta los gusanos y arrojándolos al cubo que tenía a sus pies. Estaba cubierta de barro y empapada, y cuando levantó la vista y vio a Billy, sonrió. Era fácil ver que estaban relacionados cuando ella sonreía así.

—¿Divirtiéndote? —gritó Billy.

Ella asintió.

—Sí.

Entonces Billy me miró.

—¿Ha estado bien?

Volví a mirar a Nara.

—Creo que ha tenido un día realmente bueno —le dije—.

Travis mencionó que deberíamos haber recogido las lombrices para el nuevo huerto y ella simplemente salió bajo la lluvia y comenzó a cavar. —Luego le dije—: También ha estado ayudando a Ma toda la mañana.

Billy sonrió y pareció muy aliviado.

—Entonces la dejaré entretenerse con eso —dijo—. George y yo estaremos en el cobertizo. Los demás ya han terminado, creo, señor Sutton. Esta lluvia no es muy buena para trabajar.

Levanté el estúpido libro de texto que no estaba leyendo.

—Cuéntame sobre eso.

En ese momento, George volvió a salir, sosteniendo un biberón lleno de leche. Iba a decir algo gracioso, pero luego me lo entregó. Estaba caliente, lo que significaba una cosa. Lo miré desde mi asiento con lo que estaba seguro era mi mejor cara de "no lo creo".

—No dispares al mensajero —dijo rotundamente.

La puerta trasera se abrió y Ma la sostuvo mientras cierto canguro de treinta centímetros de altura e inestable sobre sus patas demasiado grandes salía lentamente. Matilda dio unos pasos más, con las patas delanteras hacia abajo mientras las traseras las alcanzaban, y miró a su alrededor. Por supuesto, ella me vio sosteniendo la botella y se dirigió hacia mí.

No era más grande que un gato, sus patas traseras eran el doble de largas que ella, sus orejas eran del tamaño de su cabeza y su cola apenas era lo suficientemente larga para mantenerla estable. Observé en silencio horrorizado cómo ella extendía sus patas delanteras, se tambaleaba un poco y luego ponía sus manitas en mi pierna.

Oh, tienes que estar bromeando.

Miré a George, que ni siquiera intentaba ocultar su sonrisa, y a Billy, que seguía sonriendo, y luego a Ma, que me miraba como si algo estuviera mal en mí.

—Recógela —me dijo—. Tendrá frío.

Miré hacia la lluvia y encontré a Travis quieto, con la pala en el aire, mirándome y sonriendo con esa jodida sonrisa engreída.

Con un suspiro de "esto es demasiada mierda", dejé el libro en el asiento a mi lado, puse el biberón a mis pies y con una mano en la base de su cola, levanté a la canguro y la metí en mi brazo, un poco como sostener un balón de fútbol.

Cogí la botella y se la metí en la boca, ignorando las risas de todos los que miraban y la forma en que sus pequeñas patas tocaron mi mano o cómo sus ojos se cerraban mientras se alimentaba.

Miré mal a Travis, porque todo esto era culpa suya, e incluso bajo la lluvia creía que podía ver esa mirada en sus ojos sobre la que habló Ma de "yo colgándole la luna", e hizo que mi corazón latiera fuera de ritmo.

Negué con la cabeza hacia él.

—Oh, cierra el pico.

CAPÍTULO NUEVE

PELEAS: DE LAS TONTAS.

CUANDO TRAVIS FINALMENTE ENTRÓ, empapado hasta los huesos y temblando, se dirigió directamente a la ducha. Después de cenar, cuando todos se habían ido y Travis le había dado a Matilda otro biberón, nos dirigimos a la cama.

Desnudos hasta quedar en ropa interior, nos acostamos juntos. Travis sonrió sugerentemente y pasó sus dedos por el costado de mi cara. Consideré besarlo con el sonido de la lluvia, pero después de las sabias palabras de Ma de probar todo el asunto de hablar en lugar de sexo, tomé su mano, entrelazando nuestros dedos, y él se estremeció.

Desenredando nuestros dedos, giré su mano, e incluso en la habitación oscura pude ver que las palmas de sus manos estaban rojas.

—Tienes las manos lastimadas.

—Es lo que hace palear todo el día.

Tracé suavemente la piel hinchada. Estaba caliente.

—Deberías haberme dejado ayudarte.

Trav sonrió y cerró los ojos. Después del trabajo que había hecho hoy bajo la lluvia, no tenía ninguna duda de que estaba cansado y dolorido.

—Está bien —murmuró adormilado—. Fue idea mía.

Deslicé mi mano por su mejilla y tracé su ceja con mi pulgar. Él suspiró y se durmió mientras yo me quedaba allí tumbado, mirándolo. Parecía tan pacífico, tan hermoso. Sus pestañas proyectaban sombras iluminadas por la luna sobre sus mejillas, sus labios parecían de un color violeta plateado, ligeramente abiertos, ligeramente sonrientes.

Levanté la manta hasta nuestro pecho, suavemente tomé sus dedos debajo de las sábanas y sencillamente sostuve su mano entre nosotros. Le susurré que lo amaba, y el fuerte dolor del arrepentimiento se deslizó en mi pecho por no decírselo cuando estaba despierto.

SEGUNDO DÍA DE LLUVIA, y ya hacía frío. Sin embargo, eso no detuvo a Travis. Contento con el sistema de filtrado y drenaje, comenzó a colocar los travesaños en su lugar para los límites del nuevo huerto.

No quería mi ayuda, lo que me molestó, y me dijo que intentara hacer algo de estudio real, *porque esa evaluación no se escribirá sola*, lo que me cabreó aún más.

—Esta evaluación es una tontería —grité.

—Aún tienes que hacerla.

—No es relevante. Tal vez para alguna pequeña granja en algún lugar de la costa, pero aquí no vale para nada.

—Entonces escribe eso.

—No se puede escribir que la premisa de toda la tarea es una tontería —le dije—. Estoy seguro de que a mi profesor, quien probablemente escribió toda la puta cuestión, le encantaría que algún paleto del interior le dijera que no sabe nada.

Travis respiró hondo.

—Charlie, eso es exactamente lo que deberías decirle, solo dile por qué. Puedes desacreditar cada punto que exponga, siempre y cuando puedas respaldarlo y justificar tus razones.

Resoplé y arrojé mi bolígrafo sobre el escritorio.

—Es una mierda.

—¿Sobre qué se supone que debes escribir? —preguntó con calma—. Exactamente, palabra por palabra.

—Necesitamos evaluar la calidad de los metaanálisis realizados en agronomía con la intención de formular recomendaciones e ilustrar estas recomendaciones con un estudio de caso relativo al impacto de las actividades agrícolas en el medio ambiente o la biodiversidad. Utiliza los siguientes ocho criterios definidos para evaluar la calidad del bla, bla, bla.

Travis me sonrió poniendo los ojos en blanco.

—Mira, Charlie, lo estás pensando demasiado. Dime qué tiene de malo.

—No es relevante para la agricultura aquí.

—¿Por qué?

Puaj. Como si necesitara deletrearlo.

—Porque todo lo que hacemos es diferente. Están basando sus *ocho criterios* únicamente en datos regionales de Nueva Gales del Sur, lo cual no es relevante para lo que abordamos, pero se supone que debo utilizarlos como base de mi evaluación. Ellos usan el término *heterogeneidad de datos*, sin embargo, los dos modelos, por definición, no son comparables en absoluto. Deberían analizarse con modelos de efectos aleatorios y ponderarse en consecuencia.

Una lenta sonrisa se dibujó en su rostro.

—Tienes que escribir eso.

—¿Que parte?

—Todo.

Resoplé.

—No estás ayudando.

—Por lo que parece, no necesitas mi ayuda.

—Sí.

Respiró hondo, pero se le dilataron las fosas nasales y, en lugar de responder, simplemente regresó al jardín. Trabajaba bajo la lluvia con una de las viejas chaquetas largas de Driza de mi padre, que al menos lo mantendría seco. Tenía las botas cubiertas de barro, pero sólo se detuvo para almorzar. Y después de comer, volví a mi asiento en la terraza y encontré a Ernie fuera, bajo la lluvia, ayudándolo.

Lo cual no me cabreó precisamente.

Picó.

Así que, por supuesto, me senté allí y los miré y me enfadé con el hecho de que no era a mí a quien quería ayudándolo. De hecho, parecía que yo era la última persona en el mundo de la que quería ayuda. Creo que salté entre el enfado y el dolor una buena docena de veces y, al final, cogí mis libros y entré.

Pataleé un poco, resoplé y suspiré como un maldito mocoso, pero me senté en la silla de mi oficina y leí el estúpido libro de texto. Resalté cosas y tomé notas estúpidas, poniéndome más irritable con cada maldita cosa cuanto más tiempo pasaba allí sentado. Me di cuenta de que era cerca de la hora de cenar por el olor que flotaba en la casa, y pensé en decirle a Ma que no tenía hambre, pero decidí que sería más satisfactorio sentarme a la mesa de mal humor para que todos pudieran disfrutarlo, incluido Travis.

Especialmente Travis.

Entonces, ¿qué hizo? Me ignoró.

Y ¿Quién hubiera pensado que mi nivel de enfado podría aumentar? Pasó de un tipo de enfado soleado a un tipo de enfado nuclear.

Y mientras tanto, la lluvia no paraba. Casi como si lo supiera, como si estuviera tratando de enfriar y calmar cuando lo único que hacía era empeorar las cosas.

Así que regresé a mi oficina y fingí estar leyendo más, mientras Travis fingía que eso era lo que yo quería. Esperé a que se fuera a la cama, luego fingió estar dormido cuando me metí dentro, y yo fingí que eso no causaba que me doliera el corazón en el pecho.

La mañana no fue mejor.

Y todavía estaba lloviendo. El pronóstico decía que no se detendría pronto, así que cerré mi ordenador portátil con más fuerza de la necesaria y abrí el maldito libro de texto. Sabía que no era racional estar tan enfadado; ni siquiera sabía con qué diablos estaba enfadado. Quizás con todo. Estaba enfadado por todo. No necesitaba una razón. Y no necesitaba estar atrapado en la puta casa leyendo un estúpido libro escrito por algún granjero de la ciudad que no tenía ni puta idea de cómo era la realidad.

Cogí mi sombrero del gancho de la puerta principal y, sin siquiera detenerme ante la lluvia, salté desde el porche y crucé el patio hasta el cobertizo. Necesitaba hacer algo más, algo constructivo, algo destructivo, no importaba. Sólo algo más.

Así que conecté la amoladora angular al enchufe en el banco y recogí todas las herramientas que pude encontrar y comencé a afilarlas. El poder, el ruido, la fuerza del refinado del metal, el olor, se sentía bien.

Había terminado todas las palas y cinceles y había empezado con las pinzas para cerca cuando Travis habló detrás de mí.

—¿Vas a afilar cosas aquí todo el día?

No miré hacia donde estaba.

—Sí.

Esperó a que terminara la que estaba trabajando.

—¿Charlie? ¿Quieres decirme qué te molesta?

—Nada me molesta.

—Sí, claro.

—¿Quieres decirme por qué me ignoraste anoche?

—¿Estás bromeando? —grito. Su ira me hizo girarme y mirarlo—. ¿Quieres saber por qué? Te ignoré porque te estás comportando como un maldito niño, por eso. ¿No es eso lo que dicen que se debe hacer cuando un niño pequeño tiene una rabieta? ¿Ignorarlo? Así que lo hice. Si quieres tener una conversación como un puto adulto, entonces empezaré a escuchar. —Se dio la vuelta y volvió a caminar bajo la lluvia, y yo me quedé allí sin palabras.

Sabía que debería haberlo perseguido. Mi corazón palpitante me decía que lo llamara, que le pidiera que regresara, que le dijera que tenía razón y que lo sentía. Pero mis pies cargados de orgullo no se movían.

Así que agregué mal humor a mí ya colorido estado de ánimo de ira irracional y orgullo petulante. Si fuera sincero, probablemente podría agregar infantil, tonto y un montón de terquedad y estupidez.

No fui tras él. No lo llamé. No quería enfrentarme a nadie. Considerando la lluvia torrencial fuera, difícilmente podía llevarme a Shelby y desaparecer en el desierto, así que hice lo mejor que podía hacer. Entré a mi oficina, cerré la puerta detrás de mí y la bloqueé, algo que sólo hacía cuando quería absoluta y jodida soledad.

Oí la voz baja de Ma al otro lado de la puerta, probablemente diciéndole a alguien que se mantuviera alejado. Ni siquiera podía sentirme mal. La hora de la cena llegó y pasó y, a pesar de que mi estómago protestaba, no aparecí. Era infantil y lo sabía. Pero suponía que nadie querría verme mucho en este momento tampoco.

Normalmente, cuando me encontraba en estados de ánimo como este, preparaba comida y me dirigiría a la laguna por uno o dos días y el espacio me aclararía la cabeza. No es que me hubiera sentido así en mucho tiempo. No desde mi padre…

Joder.

Me hundí en mi silla y me regodeé en el odio hacia mí mismo mientras miraba el techo hasta que me fui a la cama. Travis estaba dormido. Esta vez de verdad, sus ronquidos suaves y uniformes lo delataban. Estaba hecho un ovillo en el otro lado de la cama y yo me metí en la cama lo más silenciosamente que pude.

Lo miré, con tantas ganas de tocarlo, demasiadas ganas,

pero no me atreví a despertarlo. Quería sentir su piel, quería abrazarlo contra mí, oler su cabello, besar su cabeza.

Pero no pude.

Había puesto esta distancia entre nosotros y no tenía ni idea de cómo arreglarlo. Estaba siendo irracional y era como un tren fuera de control que simplemente no podía detener. No quería sentirme así, ciertamente no quería hacerle daño. Simplemente no sabía cómo detenerlo.

Lo cubrí con las mantas para que estuviera cálido y dejé que su olor a sueño me invadiera. Me recosté y recordé cuánto adoraba verlo en mi cama cuando pensaba que era sólo temporal, fugaz, y aquí estaba, dándolo todo por sentado.

Como si no fuera la cosa más maravillosa del mundo. Como si no fuese a matarme cuando él se fuera.

Porque en realidad era sólo cuestión de tiempo.

EL LADO de la cama de Travis estaba vacío y frío cuando me desperté. Lo sentí sólo para estar seguro.

El desayuno fue tranquilo, todos desconfiaban de mi estado de ánimo, lo que me hizo sentir mucho peor.

Travis me dio una sonrisa tensa y traté de devolvérsela, pero supongo que no pude hacerlo bien. Afortunadamente era el fin de semana libre para todos y todos se dirigían a la ciudad después del desayuno. Necesitaban tiempo de inactividad y yo necesitaba espacio. Estaba seguro de que cuando regresaran el domingo por la tarde, ya no estaría de tan mal humor y todo volvería a la normalidad.

Entonces George preguntó lo inevitable.

—Travis, ¿vas a la ciudad?

Me congelé, esperando que respondiera, esperando la guillotina caer.

Se aclaró la garganta.

—No, hoy terminaré el huerto.

George me miró.

—¿Charlie?

Aparté mi plato.

—Yo, um, tengo… cosas que hacer aquí. —Pero miré a todos y les di la mejor sonrisa que pude ofrecer—. Gracias, chicos. Ha sido una buena semana. Nos vemos el domingo.

Todos se fueron con un gesto de asentimiento o un cortés y *tenso* adiós, excepto Travis. Él no se movió.

—Charlie —comenzó.

—Lo lamento —solté.

En ese momento, Ma entró y, al vernos sentados a la mesa, retrocedió.

—Oh, lo siento. Lo siento. —Casi intentó salir corriendo de la habitación.

—No, Ma, espera —grité, deteniéndola. Tenía a todos caminando sobre cáscaras de huevo y eso me estaba matando—. Lo siento —dije patéticamente—. Lo lamento. No quiero que todos se sientan tan incómodos. —Me puse de pie—. Esta también es vuestra casa, estoy siendo egoísta y lo siento.

Caminé hacia la puerta y me detuve. Los miré a ambos, pero no se me ocurrió nada más que decir. Bueno, nada que justificara mi comportamiento ni lo explicara. Intenté pedir perdón nuevamente, pero no sabía si las palabras saldrían. Sólo llegué hasta el pasillo.

—¡No me ignores, Charlie! —gritó Travis. Estaba cuatro pasos detrás de mí, apuntándome con el dedo—. Si tienes un problema con algo, entonces háblame.

—No tengo ningún problema.

Travis miró al techo y respiró hondo. Estaba tratando de mantener la calma.

—Charlie, ¿qué está pasando? ¿Por qué me alejas?

—Jesús, Travis. No sé. Ya dije que lo sentía.

—Estás excluyéndome.

—No lo hago —dije, luego modifiqué—: No es mi intención.

—¿Por qué estás tan enfadado conmigo? —preguntó. Creo que era la primera vez que lo veía tan inseguro—. No sé lo que hice.

—No eres tú. Soy yo.

Levantó las manos.

—Oh, eso es jodidamente encantador. No eres tú, soy yo. ¿No se te ocurre nada más original?

—Soy yo, Travis —le grité—. Este es mi verdadero yo. Esto es lo que soy. Soy el jefe de este lugar y necesito administrarlo como soy. Lamento que no te guste lo que ves.

—Entonces, ¿está hablando Charlie el jefe o Charlie el novio?

—Ambos. Soy ambos. Lo sabías cuando fuiste tan jodidamente inflexible en quedarte.

Parecía como si lo hubiera abofeteado.

—¿Quieres que me vaya? —preguntó en voz baja—. ¿Es eso lo que pasa?

—Argh. —Pasé mis manos por mi cabello—. ¡No!

—Sigues diciendo las palabras, pero todo lo demás que haces dice que sí.

Entré al salón con las manos en la cabeza.

—No sé qué me pasa.

—Por favor, Charlie —gritó, suplicando—. Háblame.

—No sé cómo.

Él me estaba mirando, directamente a mí. Parecía vulnerable y dolido.

—Dime lo que sientes, por favor, Charlie.

—No lo sé —dije. Giré los hombros, como si estuviera luchando contra mi propia piel y lo intenté de nuevo—: Me siento… atado.

—¿Qué?

—¡No sé! —Suspiré—. Atado. Restringido, confinado, no lo sé.

—¿Por mí? —susurró.

—No —respondí rápidamente—, no por ti. Este lugar, la lluvia, la responsabilidad. Siento que no puedo estirarme adecuadamente.

Él simplemente se quedó allí, sin decir nada.

—Tú no —dije de nuevo—. Eres la única persona que ve mi verdadero yo.

—Charlie…

—Culpable. Me siento culpable. —Ni siquiera quise decir eso. No sé de dónde vino. Simplemente salió.

—¿Por qué? —preguntó. Estaba muy preocupado y eso me hizo sentir peor.

—No lo sé —dije de nuevo. Sé que era tonto, pero era la verdad. No lo sabía. No podía encontrar las palabras para describirlo—. Es un peso. Aquí —dije presionándome contra mi pecho—. No te merezco.

—No eres tu padre.

Sus palabras me detuvieron en seco. Parpadeé.

—¿Qué?

—Tienes que dejarlo pasar, Charlie. Pensé que lo habías hecho. O al menos pensé que lo estabas intentando.

—¡Lo estoy intentando! ¡No sé si alguna vez podré hacerlo! —Suspiré—. No lo sé, Travis. Este soy yo. Esto es lo que soy.

Negó con la cabeza.

Entonces le dije:

—He cambiado. Hace un año, era feliz estando aquí, estando solo. Así era yo, así tenía que ser, y estaba bien con eso.

—¿Eras feliz?

—No, me sentía jodidamente miserable.

Sonrió un poco, a pesar de la conversación.

—Y ahora, ahora no puedo hacer nada. Es como si todo lo que hago no fuera lo suficientemente bueno.

—Eso no es cierto.

—No importa si es verdad o no —le respondí—. Así es como me siento.

—¿Por qué?

—No quiero decepcionarte. Es como una presión y no proviene de ti. Es de mi parte. Lo sé. Porque no quiero decepcionarte ni hacer que te arrepientas de tu decisión de quedarte.

—Oh, Charlie —susurró.

Pasé mis dedos por mi cabello y solté una carcajada.

—¿Quieres saber algo? Te miro cuando duermes y pienso en lo increíble que es, en cómo renunciaste a todo lo que conocías para estar aquí conmigo, y ni siquiera puedo atreverme a decir dos pequeñas y malditas palabras en voz alta. —Negué con la cabeza—. ¿Qué tan patético es eso?

—No es patético Charlie —dijo en voz baja—. Elegí quedarme aquí, ¿recuerdas?

—No fue justo. Decidiste vivir en el otro lado del planeta por mí —dije—. Regresaste al armario por mí y nunca me perdonaré por pedirte que hagas eso.

Sus ojos se entrecerraron.

—No, no lo hice.

No lo entendía.

—No puedo ser la persona que quieres que sea, Travis.

Suspiró y se dio vuelta para irse, pero no lo hizo. Parecía… atascado. No me miró.

—No sé qué puedo decir que te haga… —Tragó con dificultad. Su voz era apenas un susurro—. Parece que estás diciendo que es demasiado difícil. Como si no quisieras esto…

Negué con la cabeza.

—Lo quiero demasiado. Quizás ese sea el problema. Tal vez me estoy aferrando demasiado.

Travis estaba de pie junto a mí, todavía mirando al suelo.

—Si es un problema, entonces tal vez necesites dejarme ir —susurró y salió por la puerta.

Quería decirle que no se alejara, que no se fuera, que no me odiara. Pero no podía hablar. Apenas podía respirar.

Me quedé mirando dónde había estado, parpadeando para contener el arrepentimiento y las lágrimas desgarradoras, cuando una puerta se cerró de golpe, haciéndome girar. Era Ma. Parecía pálida y enfadada, y todo un mundo de tristeza.

—Me dijeron que me mantuviera al margen —dijo con los dientes apretados—. Pero no me quedaré quieta y tampoco guardaré silencio. ¿Quieres estar solo aquí para siempre, Charlie? Quieres ser como tu padre, si quieres alejar a todos y odiarlos y resentirte con todos, entonces sigue adelante. Pasa todos los días del resto de tu vida siendo tan miserable como él. Estaba amargado y eso lo llevó a una tumba prematura.

—Ma —traté de hablar, y las lágrimas ardieron en mis ojos.

—No he terminado de hablar —soltó—. No todas las relaciones están destinadas a durar Charlie, pero lo que Travis y tú tenéis no está muriendo. Lo estás matando. Como si no pudieras ser feliz hasta que lo hayas ahuyentado para poder pasar el resto de tu vida miserable, ¿entonces qué? ¿Dices que tenías razón desde siempre?

No podía hablar. Sacudí la cabeza y lágrimas calientes se derramaron por mis mejillas.

—¿Sabes qué? —dijo Ma—. Deberías irte. Toma a Shelby y desaparece por un tiempo, aclara tu mente, decide qué es lo que quieres y, cuando regreses, querrás esperar que ese hombre todavía esté aquí. —Ella cruzó los brazos sobre el pecho—. Si quiere irse, no lo detendré.

—No —dije secándome las estúpidas lágrimas—. Ma no sé qué me pasa.

—¿Qué hará falta para que te des cuenta, Charlie?

Dejé escapar un suspiro tembloroso, negué con la cabeza y me encogí de hombros.

—No lo sé.

Ma me dejó así, rodeado por un silencio rotundo y doloroso.

NI SIQUIERA RECUERDO HABERME SENTADO en el sofá, y no sé cuánto tiempo estuve ahí mirando a la nada, pero dos patitas negras en mi muslo me sacaron del aturdimiento.

Matilda.

Me miró con sus grandes ojos marrones de alguien diciendo por favor ámame y se inclinó sobre las puntas de sus pies para que su naricita nerviosa pudiera olerme. Ella quería comida.

La levanté y la abracé como lo hacía Travis y entré a la cocina. La casa estaba en silencio. Vacía. No era de extrañar que Matilda viniera a verme; nadie más estaba aquí. Yo era su último recurso, una ironía que probablemente habría encontrado divertida si no me doliera tanto.

Cuando su biberón estuvo caliente, me senté en el salón y le di de comer. Era extrañamente reconfortante, el calor de ella contra mí, el aleteo de los latidos de su corazón, esta pequeña cosa viviente.

Y creo que me di cuenta en ese mismo momento de por qué Travis se negaba a deshacerse de ella.

—No estoy diciendo que tuviera razón —le dije, mi voz era ronca y hueca.

Ella parpadeó mientras bebía en lo que estaba bastante seguro qué era idioma canguro para: "por supuesto que no lo harías, idiota".

Suspiré y me recosté en el sofá. Las últimas cuatro noches sin dormir pesaban mucho y debí haber cerrado los ojos. No quise quedarme dormido ni soñar con lo que dijo Ma, pero la frase *¿Qué haría falta para que me dé cuenta?* me despertó.

Matilda todavía estaba acurrucada en mi brazo, cómoda,

cálida y profundamente dormida. Alguien había avivado el fuego y había una manta sobre mis piernas. No sé quién me había visto, quién todavía se preocupaba lo suficiente como para asegurarse de que estuviera caliente. Pero me sentía horrible. No de una manera enfermiza, sino de una manera de "qué he hecho".

Senté mi cuerpo dolorido, con cuidado de no despertar a Matilda, pero ella se movió y se despertó de todos modos. La ayudé a meterse en su bolsa improvisada que colgaba de la manija de la puerta y fue entonces cuando noté que había dejado de llover. Podía escuchar voces bajas desde la cocina, que pronto me di cuenta de que eran Ma y George.

No tenía idea de si Travis todavía estaba aquí y, francamente, no quería saberlo. Era estúpido e infantil, pero si él se había *ido*, cuanto más tardara en averiguarlo, más tiempo podría posponer que me arrancaran el corazón.

En lugar de ir con Ma y George y contarles cuánto lamentaba haberme comportado como un imbécil, entré al baño. Evité el contacto visual conmigo mismo en el reflejo y casi me reí cuando vi la pila de ropa sucia de Travis todavía en el suelo.

Significaba que tal vez no había dejado mi lamentable trasero.

O tal vez no se la llevó cuando se fue. De todos modos, era mí ropa, él simplemente la usaba. Así que tal vez sólo se llevó lo que trajo aquí. Tal vez Ma y George estaban en la cocina tratando de decidir cómo decirme que se había ido.

Recogí la ropa y pasé por la cocina. Y lo que vi me detuvo en seco. Ma y George estaban allí, al igual que Travis. Debería haberme alegrado de que todavía estuviera aquí. Emocionado, incluso extasiado. Debería haber dejado caer la estúpida ropa sucia y sentarme y rogarle que me perdonara, pero no lo hice. Las miradas en sus caras me detuvieron.

De alguna manera lo sabía. De alguna manera, sin necesidad que me lo dijeran, supe que se iba. Sus caras me lo dijeron. Había correo esparcido sobre la mesa y un periódico; había olvidado cómo el otro día había organizado que se los entregaran. Era curioso las cosas estúpidas que pensabas en momentos como ese, pero pensé: Ahora tendré que cancelarlo.

—¿Charlie? —llamó Ma.

—Estaré haciendo la colada —susurré y de alguna manera logré mover mis pies de piedra. Dejé mi brazada de ropa sucia en el suelo de la lavandería y comencé a clasificarla a ciegas. Me ardían los ojos, me dolía el pecho y la bilis subía a mi garganta. Escuché la puerta abrirse detrás de mí, pero no pude darme la vuelta. No quería oírlo. Si él no lo decía, entonces no estaba sucediendo, y no todo sería por mi estúpida culpa.

Metí algo de ropa en la máquina, la encendí y comencé a volver a clasificar la ropa en el suelo. Levanté sus jeans rojos, sucios y del revés.

—Ya es bastante malo que dejes tu mierda en el suelo y yo tenga que recogerla y ordenarla, pero ¿es demasiado pedir que puedas darle la vuelta a los jodidos jeans de la manera correcta? Quiero decir, haré todo el lavado, no me importa un comino… —Contuve el aliento entrecortadamente y traté de no llorar.

—Charlie —dijo con sólo un susurro. Casi no lo escuché por los golpes en mis oídos.

—¿Pero podrías al menos intentar ayudar? —pregunté secándome los ojos con la manga—. Quiero decir, no es mucho pedir, pero algo de esta suciedad necesita ser remojada.

—¿Quieres callarte? —gritó—. Sólo durante dos malditos segundos. Sé que puede que te sorprenda, pero el mundo no gira en torno al puto Charlie Sutton.

En realidad, fue sólo cuando dejé de hablar y lo miré, quiero decir, realmente lo miré, y debería haber sabido que algo no estaba bien. Estaba sosteniendo unos trozos de papel blanco medio doblados, con la mano en el muslo. Estaba un poco pálido y muy asustado.

—¿Trav? —pregunté, mi voz era muy tranquila y había una sensación de temor subiendo por la nuca—. ¿Qué es eso?

—Es una carta —susurró en respuesta—. Para mí. Del Departamento de Inmigración de Australia.

Oh.

—Oh.

Tragó con dificultad.

—Me devuelven a Texas, Charlie. Han dicho que no puedo quedarme.

CAPÍTULO DIEZ

NO ES UNA VERIFICACIÓN DE LA REALIDAD. ES UN PUÑETAZO AL CORAZÓN.

TRAVIS LEVANTÓ el papel y pude ver la insignia del gobierno australiano en la esquina. Lo levantó y sus ojos escanearon mientras lo releía.

—Me dan veintiocho días y necesito haber salido del país.

Negué con la cabeza, tratando de asimilar lo que estaba diciendo.

—En realidad —dijo en voz baja—, ya son veintiún días, considerando lo que tardó la carta en llegar aquí.

—No.

Travis me miró.

—En realidad, sí. —Levantó los papeles—. Lo dice aquí mismo.

Lo estaban haciendo irse. No dependía de él ni de mí. No se trataba de si quería irse o no, o si ya estaba harto de mi estúpido comportamiento, o si odiaba el desierto. Era culpa de algún burócrata que ni siquiera lo conocía.

—No.

—¿Te quedarás ahí, negarás con la cabeza y dirás que no? Como si eso arreglara cualquier cosa. ¿Eso es todo lo que tienes, Charlie? —dijo con los ojos llenos de lágrimas—. Porque esto es real. —Me tendió la carta y empezó a llorar—.

Así que eso es todo, Charlie. Parece que obtuviste lo que querías, no te culpo. Debes sentirte jodidamente aliviado.

—No —dije de nuevo, acercándome a él sin siquiera pensarlo conscientemente. Lo acerqué a mí y lo envolví en mis brazos. Lo abracé fuerte y sollozó en mi cuello—. Travis, no.

Me abrazó con la misma fuerza, la carta ahora solo eran papeles arrugados en mi espalda.

—Charlie —murmuró mi nombre una y otra vez—. Te he extrañado.

Me aparté un poco y tomé su rostro entre mis manos. Sequé sus lágrimas con mis pulgares y besé sus mejillas, sus ojos, su nariz y sus labios.

—Lo siento mucho. Soy tan *idiota*. Lo siento.

Su rostro se contrajo y nuevas lágrimas cayeron.

—Me obligan a irme, Charlie —murmuró como si no hubiera escuchado nada de lo que había dicho.

—No —dije, clara y categóricamente—. No permitiremos que eso suceda.

Sonrió, todavía llorando, y deslicé mis brazos alrededor de él, una mezcla de abrazarlo demasiado fuerte y no lo suficiente. Y nos quedamos así en la lavandería, todos abrazados, hasta que las lágrimas cesaron y la temperatura bajó. No quería dejarlo ir.

Finalmente dijo:

—¿Entonces no quieres que me vaya?

Pasé mi mano por su cabello y besé un lado de su cabeza.

—Nunca.

Él se apartó y me miró. Tenía los ojos hinchados y tristes y susurró:

—No sé qué hacer. No sé cómo arreglar esto.

—¿Qué? ¿*Nosotros*? —pregunté—. Hablaremos más. *Yo* necesito hablar más, y prometo compensarte por ser tan imbécil, y necesito hablar cuando las cosas se ponen demasiado intensas. Sólo necesito que me ayudes a aprender y…

Estaba sonriendo aun con sus lágrimas cayéndose. Levantó la carta.

—Quise decir esto.

—Ah. —Me reí—. Bueno, eso es fácil.

—¿Fácil? —preguntó con los ojos muy abiertos—. ¡Charlie, es el Departamento de Inmigración!

Lo besé, suave y dulce.

—Si te vas de aquí, será porque soy un idiota y es imposible aguantarme, no porque algún traficante de bolígrafos en Canberra lo diga, ¿de acuerdo?

Sonrió y presionó su rostro contra el mío. Susurró:

—Te extrañé.

—Yo también te extrañé —respondí, sosteniendo su rostro para poder mirarlo a los ojos—. Y lo siento por ser un idiota. Realmente lo soy.

—Realmente eres un idiota, sí lo sé —dijo con una sonrisa—. Te he visto en toda tu gloria idiota toda la semana. —Puso su mano en mi cara y luego me miró seriamente—. No lo vuelvas a hacer. —La forma en que lo dijo fue muy definitiva. No había ninguna cláusula de "te patearé el culo" al final. Sabía que quería decir que no habría una segunda oportunidad.

Asentí y dije algo que debería haber dicho cientos de veces.

—Te amo, Travis.

Sonrió.

—Sé que me amas.

Tomé su mano y salimos de la lavandería.

—Vamos. Necesitamos ir a llamar al gobierno. Alguien deseará no haber contestado el teléfono.

Sólo llegamos hasta la puerta de la cocina. Cuando vi a Ma y a George en la cocina, ambos serios y tristes, me detuve. Ma me miró y luego, al ver mi mano sosteniendo la de Travis, suspiró aliviada.

—Oh, gracias a Dios —dijo—. Charles Sutton, tú y yo vamos a tener una pequeña charla, ¿me oyes?

Liberé la mano de Travis, entré a la cocina, la rodeé con mis brazos y la levanté.

—Claro, Ma —le dije, bajándola de nuevo—. Pero primero sólo necesito hacer algunas llamadas y solucionar este lío de visas, ¿de acuerdo? —Ma sonrió un poco y, cuando entré a mi oficina con Travis, estaba bastante seguro de que la escuché decir algo que sonó como "malditos niños".

Me detuve al lado de mi escritorio y arreglé la carta algo arrugada sobre mi escritorio y la leí entera.

La visa original de Travis, con la que vino aquí, era una visa de trabajo temporal. Cuando decidió que no regresaría a Estados Unidos, hizo que la ampliaran. El problema, como recién nos estábamos enterando, era que sólo se renovaba por seis meses, no por dos años como suponíamos. Una visa temporal de seis meses, en vigor desde la aprobación de la visa original extendida, significaba que en veintiocho días (ahora veintiún días) se esperaba que se fuera. En realidad, se esperaba que en veintiún días ya se hubiera ido.

Cogí el teléfono y marqué el número que decía la carta. Era un número de Sídney, y después de seis instrucciones diferentes activadas por voz, todo lo que recibí fue:

—Gracias por llamar al Departamento de Inmigración y Protección Fronteriza. El horario de oficina es de lunes a viernes, nueve de la mañana a cinco de la tarde… —Miré por la ventana y vi que estaba oscureciendo—. ¿Qué hora es?

Travis miró su reloj de pulsera.

—Casi las seis.

—Mierda. —Suspiré—. ¿Cómo diablos ha pasado el tiempo tan rápido?

Travis se encogió de hombros.

—Pasaste la mayor parte del tiempo con la cabeza metida en el culo, ¿recuerdas?

Escuché la risa ahogada de George desde la cocina y la rápida respuesta de Ma diciéndole que se callara.

Abrí mi ordenador portátil y busqué rápidamente el sitio web de inmigración del gobierno.

—Tiene que haber otro número —dije más para mí que para nadie—. Uno en Perth. Allí todavía no son las cinco. Entonces, después de buscar un poco, encontré el número de una oficina en Perth. Después de hablar con tres máquinas diferentes, hablé con dos personas diferentes que, debido a que estaba en un estado diferente, probablemente fueron menos útiles que las malditas máquinas, luego, antes de que pudiera estallar un vaso en mi maldita frente, me pusieron en contacto con un empleado que, con mucha calma, me dijo que no podía ayudarme y que tendría que hablar al número de Sídney que figuraba en la carta.

A lo que respondí rápidamente y un poco ruidosamente:

—No puedes simplemente cambiar la vida de alguien entre las nueve y las cinco, idiota.

Él respondió con el tono de colgado.

Le gruñí al teléfono que tenía en la mano, así que Travis lo tomó y me lo quitó antes que lo lanzara contra la pared.

—Los llamaremos mañana.

—Mañana es sábado.

—Entonces los llamamos el lunes.

Suspiré y, sintiéndome desanimado e inútil, lo acerqué a mí. Pasé mi mano por su espalda, por su nuca y por su cabello. Se sentía tan bien con sólo tocarlo.

—Lo lamento.

—No te disculpes —murmuró. Luego retrocedió—. En realidad, tienes que ir a pedir perdón a Ma y a George. Y esta vez correctamente.

—Lo sé.

Él frunció el ceño.

—Charlie, por favor dime que solucionaremos esto. No quiero irme.

—Trav. —Puse mi mano en su rostro y besé suavemente sus labios—. Haré lo que sea. Todo. Lo que sea necesario.

Tomé su mano y nos fuimos a la cocina. Ma sonrió un poco más cálidamente esta vez, aunque todavía parecía triste, y dolía saber que yo era la razón.

—¿Dónde está George? —pregunté.

—Tomando una ducha.

—Lo siento mucho —le dije de nuevo—. Nunca debí haberme comportado como lo hice la semana pasada.

—No, no deberías haberlo hecho. Ya no eres sólo tú Charlie.

—Lo sé —dije—. Y le pediré disculpas a George cuando salga.

Ella asintió.

—Sí, lo harás. Y a los demás cuando regresen el domingo.

Me sentía como un niño regañado y, a la luz de cómo me había comportado, probablemente lo merecía.

—Y a los demás.

Miró a Travis y luego de nuevo a mí.

—Nada como una fría bofetada del departamento de Inmigración para hacerte entrar en razón, ¿eh?

Asentí.

—Seguro que sí.

Trav respiró hondo.

—Necesitamos llamarlos el lunes.

Ma sonrió con tristeza.

—Lo he oído.

Apreté la mano de Travis.

—Lo solucionaremos. Seguramente es sólo cuestión de realizar algunas llamadas telefónicas o rellenar algunos formularios. Quiero decir, hay gente que llega a Australia todos los días, ¿verdad? —Miré a Travis—. ¿Fue difícil cuando presentaste la solicitud?

—Solo solicité una visa de trabajo temporal —dijo—. O tal

vez escribí algo mal... no lo sé. —Negó con la cabeza—. ¿Y si dicen que no?

Dejé caer su mano y lo rodeé con mi brazo.

—Me gustaría verlos intentarlo. Si crees que me has visto ser testarudo antes, entonces espera a ver de qué soy realmente capaz —dije con una sonrisa, tratando de que él hiciera lo mismo. Lo cual hizo, más o menos.

—¿Queréis sopa de verduras para cenar? —preguntó Ma. Como que me olvidé de que estábamos de pie en medio de su cocina—. No estaba muy segura si siquiera comeríais, así que es todo lo que hice. Podéis serviros vosotros mismos.

—Ah, claro —le dije—. Podemos hacerlo. ¿Quieres que haga un damper? —pregunté.

—Eso estaría bien, Charlie —dijo ella. Luego miró a Trav y frunció el ceño—. ¿Estás bien, cariño?

Él le dedicó la mejor sonrisa que pudo esbozar y, para ser sincero, me dolió el corazón verlo luchar.

—En realidad —dijo—, una noche tranquila frente al televisor con sopa suena bastante perfecto.

Entonces Trav se sentó junto a la mesa y observó mientras yo hacía damper, amasando harina y agua hasta obtener una masa redonda que parecía una hogaza. Sólo me detuve un par de veces para besarlo y ponerle huellas de harina pegajosa en la cara.

Cuando George entró en la cocina, le pedí disculpas por básicamente ser un mocoso. Sabía que al hacerle daño a Ma lo lastimé a él y le dije que lo sentía mucho. Ma echó un vistazo a la cocina, a la harina que había por toda la mesa, el suelo y sobre mí, y simplemente se dio la vuelta y salió. Mis esperanzas de tener una ducha realmente rápida con Travis mientras el pan se horneaba en el horno fueron reemplazadas por la limpieza del desorden, pero no me importó. A Travis tampoco pareció importarle. No se alejó demasiado de mí y realmente lamenté haber perdido los últimos cinco días.

Nos sentamos todos en el salón y comimos nuestros

tazones de sopa y una rebanada de pan recién hecho y aun humeante. Fue lo más familiar que habíamos hecho en mucho tiempo, y no creía que nunca me hubiera sentido más parte de una familia que esa noche.

Trav puso su cuenco vacío en el suelo frente a nosotros, enganchó su brazo alrededor del mío y tiró de mí para que estuviéramos acostados, de espaldas a mí, y luego pasó mi otro brazo alrededor de su cintura. No lo soltó.

Apenas cabíamos en el sofá acostados así, pero no me atreví a sugerir lo contrario. Me puse un cojín debajo de la cabeza lo mejor que pude y él se acurrucó nuevamente contra mí. Vimos el fútbol y de vez en cuando le besaba la nuca, pero estaba inquieto y retraído. Muy diferente al Travis habitual.

Con la carta del departamento de Inmigración y la forma en que me había comportado estos últimos días, supuse que había tenido una semana bastante horrible.

Tenía que compensárselo.

Cuando Ma y George se fueron a la cama, salí de detrás de él, apagué la televisión y nos guie a la cama. Se quitó el suéter y luego lo ayudé a ponerse la camiseta y a quitarse los jeans. Mientras él se metía en la cama, me desnudé hasta quedar en ropa interior y me acosté a su lado.

Habían sido cinco días desde que habíamos hecho algo remotamente sexual: el mayor tiempo que nos habíamos abstenido. Y por mucho que quisiera remediar eso, tenía la sensación de que Travis necesitaba algo un poco más cariñoso.

—Estaba pensando que tal vez podríamos hablar esta noche —comencé.

Incluso en la habitación a oscuras, pude ver sus ojos parpadear con algo parecido a confusión o diversión.

—Claro.

—Estás tan cansado —dije suavemente, pasando mis dedos por el cabello de sus sienes—. Has tenido una semana de mierda y lo siento.

Él sonrió y cerró los ojos por un largo momento.

—Sigues disculpándote.

—Porque lo digo en serio.

—Sé que sí —dijo simplemente—. ¿Querías hablar?

Realmente no sabía qué decir y no quería hablar sobre su visa casi vencida, así que pensé que sería mejor pedirle que fuera primero.

—Cuéntame algo que no sepa sobre ti.

—¿Qué?

—Dime algo que no sepa sobre ti —repetí—. No sé. Algo de tu infancia, algo que hiciste cuando eras niño.

—Um, está bien —dijo dándome una media sonrisa cansada en la habitación iluminada por la luna—. Había un niño en la escuela primaria que solía molestar a mi hermana, así que mi hermano y yo aflojamos todos los tornillos de su bici. Sólo recorrió media manzana hasta casa y se derrumbó debajo de él. Mordió el pavimento y nunca volvió a molestarla.

Me reí.

—¿Lo hicisteis?

—Sí. Rueda delantera, horquilla y manillar. Incluso el asiento —continuó diciendo—. Yo apenas estaba en primer año, así que creo que tenía unos seis años. Mi hermano tenía unos once años. Él asumió la culpa.

—¿Os pillaron?

—Encontraron la llave inglesa en la mochila escolar de mi hermano.

Me reí.

—¿Os metisteis en problemas?

—No. El chico se lo merecía. —Luego suspiró—. Creo que mi madre estaba un poco orgullosa. Siempre nos decía que teníamos que cuidarnos entre nosotros.

Solté su mano y me acerqué para que pudiera apoyar su cabeza en mi pecho. Deslicé mi brazo alrededor de su hombro.

—Cuéntame algo más.

—Me rompí la muñeca cuando tenía doce años —dijo. Me di cuenta de que estaba a punto de quedarse dormido; su acento era más marcado, su voz más profunda cuando estaba casi dormido—. Nos fuimos de vacaciones a Colorado para ir a esquiar. Y se suponía que debía bajar por la pendiente de principiantes, pero quería bajar por la pendiente rápida…

—Eso no me sorprende.

Podía sentirlo sonreír contra mi pecho.

—Bueno, hay una razón por la que tienen pistas para principiantes.

Me reí.

—Supongo que sí.

—Me rompí la muñeca en dos lugares —dijo con voz aún más somnolienta—. El médico dijo que tuve suerte de que no fuera mi cuello.

—Nunca he estado en la nieve.

Travis me acercó un poco más y murmuró:

—Te llevaré algún día.

Tracé círculos en su espalda mientras se dormía. Y simplemente disfruté la sensación de él respirando contra mí. Su calor corporal, su peso, su olor… todo lo que había anhelado estos últimos cinco días.

Besé la parte superior de su cabeza y sonreí, pensando que deberíamos hablar de nuestras cosas más a menudo.

Estaba casi dormido cuando escuché un extraño chasquido ronco. Me tomó un minuto darme cuenta de que no lo estaba imaginando; luego me tomó otro minuto darme cuenta de lo que era.

Era Matilda.

Froté mi mano por el brazo de Travis, pero estaba profundamente dormido. Estaba exhausto y estresado y no tuve el valor de despertarlo. Así que con mucho cuidado me lo quité de encima, me puse unos pantalones cortos y fui en busca del canguro hambriento.

Estaba bastante seguro de que su bolsa improvisada estaría colgada del pomo de la puerta del salón, y siguiendo el ruido, ahí fue donde la encontré. Tenía la cabeza asomando, buscando comida humana a su alrededor. Ella gritó más fuerte, ese extraño ruido de cloqueo que hacía cuando me veía. Consideré dejarla ahí colgada mientras preparaba su biberón, pero la forma en que agitaba sus manitas era un poco linda e inquietante, así que la levanté, con bolsa y todo, y la llevé a la cocina conmigo.

Encontré tres botellas preparadas en el refrigerador, calenté una en el microondas y me senté a la mesa de la cocina mientras ella se la bebía.

—¿Necesitas orinar después del biberón por la noche? —pregunté en voz alta. Ella no respondió, por supuesto, sólo me miró fijamente con esos grandes ojos marrones—. Porque hace frío fuera y no te llevaré.

Me estremecí, estando sólo a medio vestir y lejos del fuego. Consideré llevarla al salón, pero ya casi había terminado así que esperé que se bebiera toda la botella, dejé esta en el fregadero y colgué su bolsa en la manija de la puerta del salón.

Volví a la cama y rápidamente me envolví en un Travis muy cálido, y ahora me daba cuenta de por qué me ponía los pies fríos cuando regresaba a la cama. Besé su omóplato y cerré los ojos.

Juro que solo llevaba un minuto dormido cuando ese maldito chasquido me despertó de nuevo. Me caí de la cama y salí a trompicones al salón, preguntándome si Matilda realmente necesitaba orinar y descubrí que en realidad eran las dos de la mañana. Y hacía mucho frío.

Eché un poco más de leña al fuego, dejé a Matilda en su bolsa y fui a buscar su botella. Esta vez me senté en el salón junto al fuego y comencé a darle de comer. Aproximadamente un minuto después, Travis salió, todavía medio dormido y todavía en ropa interior. Murmuró algo que sonó como "cama fría, te levantaste", y luego se sentó a mi lado, acurrucándose junto a mí. Había una manta tejida que colgaba en la parte trasera del salón, así que levanté la mano y lo tapé.

Tenía a Matilda bajo un brazo, a Travis bajo el otro y lo siguiente que supe fue que era la mañana siguiente.

Me desperté con un nudo en el cuello y la sensación de estar siendo observado. Abrí los ojos lentamente y me di cuenta de que no estaba en mi cama, y encontré a Ma de pie, mirándome mientras sonreía.

—Mírate —susurró.

Travis ahora estaba acostado sobre mí y Matilda estaba despierta pero bastante feliz. Bueno, ella no me estaba pidiendo comida.

—¿Qué hora es? —pregunté.

—Las cinco y media.

Puaj. Intenté mover el cuello y los hombros, pero mis músculos protestaron.

—Dame —susurró Ma, extendiendo la mano para tomar a Matilda—. Déjame llevarla. Ella querrá un biberón pronto.

Una vez que la levantó, con bolsa y todo, me estremecí por la pérdida de calor. Intenté cubrirme más con la manta, lo que hizo que Travis se moviera. Se sentó, claramente confundido sobre dónde estaba o por qué.

—Salí a alimentar a Matilda y me seguiste —le expliqué.

Frunció el ceño, sus ojos aún no se habían acostumbrado a estar abiertos y se encogió de hombros.

—Ah. —Luego parpadeó hasta que estuvo despierto—. ¡No le di de comer!

—Le di yo —dije.

Se dejó caer en el sofá y suspiró.

—Este no es un sofá cómodo. —Luego se miró a sí mismo y miró debajo de la manta—. No tengo ropa puesta. Está un par de niveles por encima de vergonzoso.

Me reí.

—Tienes ropa interior puesta.

—Estoy seguro de que Ma no lo apreciaría como tú.

Aparté la esquina de la manta que apenas me cubría.

—Al menos tengo pantalones cortos. Me los puse cuando me levanté por primera vez.

—No puedo creer que no la escuché. Lo siento.

Puse mi mano en su pierna.

—Estabas exhausto. Y eso es mi culpa. Era lo mínimo que podía hacer. ¿Por qué no te vistes y te preparo un café?

—Sí. —Gimió mientras se levantaba y me dio una vista frontal completa de su erección matutina mientras reajustaba la manta a su alrededor.

—Jesús.

Se rio entre dientes mientras se alejaba, dejándome para pensar en cosas desagradables, como el olor de destripar a una bestia asesina para obtener carne, antes de tener que ir a la cocina para enfrentarme a Ma. Lo último que necesitaba era verme duro.

Quitándome ese pensamiento de la cabeza, fui a la cocina y encendí la máquina de café para calentarla. Me puse un abrigo en la puerta y salí a dar de comer a los perros. Lo primero que noté fue las nuevas camas de cultivo. Travis casi había terminado el huerto y yo no tenía idea. Realmente me había perdido mucho estos últimos días.

Con los perros alimentados, iba a volver a entrar cuando Ma colgaba la bolsa de Matilda en el tendedero.

—Esto necesita airearse —dijo.

—Hizo un trabajo increíble —dije mirando el nuevo jardín.

—Ciertamente lo está dejando perfecto —dijo con una sonrisa cariñosa.

—Lo siento mucho, Ma —dije de nuevo—. Cree un problema con toda la situación.

Ma asintió.

—Sí. Casi lo pierdes, Charlie.

—Lo sé.

Parecía complacida, ya fuera con mi respuesta o con mi sinceridad, no estaba seguro.

—Entra. Hace mucho frío aquí. Tomemos un desayuno caliente y charlemos un poco.

Tenía la sensación de que esto no iba a ser precisamente agradable (la charla, no el desayuno) y no estaba muy equivocado.

No sería tan desagradable como palear excremento de caballo; sería desagradable en un "oh, Dios quiero morir", por la incomodidad.

—Toma asiento —dijo Ma. Travis ya estaba sentado a la mesa de la cocina, sosteniendo a Matilda con ojos brillantes dentro de mi viejo suéter, que aparentemente era su nueva bolsa.

—Iba a decirle esto sólo a Charlie, pero creo que ambos necesitáis escucharlo —dijo seriamente—. Charlie, la forma en que trataste a Travis la semana pasada fue vergonzosa.

—Lo sé —acepté—. Me he disculpado...

Ella me dio unas palmaditas en la mano.

—Escucha, cariño, no he terminado. —Respiró hondo y empezó de nuevo—. El período de luna de miel se detuvo bruscamente, ¿no?

—¿El qué?

—El período de luna de miel. El comienzo de todas las relaciones, cuando todo es nuevo y emocionante —explicó—. Entonces la realidad entra en acción y le quita brillo. Vosotros dos vivís y trabajáis juntos. Eso no es fácil. Una vez que, ya sabéis, lo caliente y fuerte...

Me estremecí.

—Ma, no es necesario tener esta conversación. En serio, no es así. Por favor...

Ella se encogió de hombros y lo reformuló.

—Una vez que dejáis de follar como conejitos.

Mi boca se abrió.

—¡Ma!

Lo intentó de nuevo.

—Una vez que la intensidad…

Mi cara ardía de vergüenza.

—Me gusta más la intensidad que lo del conejito.

Ma suspiró, un suspiro de pérdida de paciencia.

—Charlie, una vez que la intensidad disminuye un poco, debéis trabajar en el lado de la comunicación de vuestra relación.

—No soy muy bueno hablando de sentimientos y esas cosas —dije deliberadamente sin mirar a ninguno de los dos. Al menos hablar de emociones no era hablar de sexo—. Quiero decir, lo estoy intentando, pero es más fácil pasar el día en el desierto persiguiendo ganado que hacer eso.

Ma esperó a que la mirara antes de responder.

—Necesitas aprender. Las relaciones son un trabajo duro, Charlie. Pero valen el esfuerzo.

—George y tú no necesitáis trabajar en nada…

Ella levantó su ceja de "¿Estás jodidamente bromeando?".

—Charlie, debes trabajar en tu corazón y en tu cabeza, antes que en tu vida sexual.

Acabábamos de volver a caer en la incomodidad.

—No hagas muecas —me reprendió—. Y no seas un niño. —Ahora hablaba en serio—. ¿Quieres pasar tu vida solo? ¿Quieres que se vaya?

El pavor y el miedo me recorrieron el cuerpo ante la mención de ello. Tenía los ojos muy abiertos y miré a Travis. Negué con la cabeza.

—No.

—Entonces empiezas a anteponer sus necesidades a las tuyas. Empiezas a pensar "qué querría Travis" antes de decir o hacer algo estúpido. Y Travis, tú también, cariño. No estás en mi lista de mierda como Charlie, pero no eres inocente en esto. Ambos debéis trabajar en esto ahora, o no quedará nada que arreglar. ¿Me escucháis?

Ambos asentimos.

—Ahora idos y pasad el día en algún lugar lejos de aquí. Necesitáis hablar y yo necesito un día de paz y tranquilidad.

Me levanté rápidamente, deseando estar en cualquier lugar menos allí, y Travis no estaba muy lejos detrás de mí.

—Podríamos llevar los caballos al norte —sugerí.

—Gran idea —intervino Travis. Entregó a Matilda a los brazos de Ma que la esperaba y salimos de allí. Nos dirigimos directamente al cobertizo que unía los establos, ensillamos rápidamente a Shelby y Texas y atravesamos el prado del norte sin decir una palabra.

Estaba avergonzado y sin saber exactamente qué decir. Todo lo que Ma acababa de decir era la pura verdad divina y, al decirlo en voz alta, era una campana que no podía dejar de sonar. Pasaron unos buenos diez minutos antes de que Travis hablara. Parecía tan incómodo como yo.

—Bueno, eso fue…

—¿Extraño? —terminé por él.

Exhaló aliviado.

—Pensé por un minuto que nos iba a dar la charla de los pájaros y las abejas.

Ahogué una carcajada.

—Un poco tarde para eso.

Travis sonrió, pero poco a poco se desvaneció.

—¿Crees que podría ser, ya sabes, verdad?

—¿Verdad? ¿Qué necesitamos hablar más? —pregunté sin esperar realmente que él respondiera—. Porque ya habíamos acordado eso.

—No —dijo con una sonrisa—. Que algún día dejaremos de follar como conejitos.

Solté una carcajada.

—No puedo creer que ella haya dicho eso.

Travis se rio.

—Fue casi tan malo como cuando mis padres hablaron conmigo sobre el sexo gay.

Lo miré fijamente.

—No lo hicieron.

—Sí que lo hicieron.

—Ay, dios mío. ¿Querías hacerte un ovillo y morir? —pregunté—. Seguro que yo lo habría hecho.

Travis se rio de nuevo, luciendo mucho más feliz que en toda la semana.

—Estoy bastante seguro de que mi padre quería vomitar. Estaba un poco verde. —Negó con la cabeza, sonriendo ante el recuerdo—. Mi madre comenzó a hablarme de la importancia de la protección y la lubricación…

—Oh, tío. ¿En serio?

Asintió y sonrió.

—Cuando me preguntó si sabía si preferiría atrapar o lanzar, mi padre pareció horrorizarse, arrojó el libro "La alegría del sexo gay" en mi regazo, básicamente me dijo que lo leyera mientras él salía corriendo de la habitación.

—¿Le pareció bien? —pregunté—. Quiero decir, simplemente no hay manera de que mi padre alguna vez hubiera hecho eso.

—Sí, lo aceptaron. Simplemente no me gustaron los aspectos logísticos, ¿sabes? Como insertar la pestaña A en la ranura B.

Solté una carcajada.

—Pobre.

—¿Pobre de él? —gritó Travis—. ¿Cómo crees que me sentí?

Me reí ante la expresión de su rostro.

—¿Entonces cómo estuvo?

—Acabo de decírtelo. Fue mortificante.

—No la charla. El libro —aclaré—. El libro sobre el sexo gay.

Travis sonrió.

—Impresionante. Ese libro me enseñó más que cualquier otro. Un chico de quince años probablemente debería leerlo.

Lo usé para… investigación. —Suspiró—. Durante años, en realidad. Se deterioró, lo usé mucho.

Me eché a reír.

—¿Cómo supiste si te gustaba atrapar o lanzar, como decía tu madre?

—Una zanahoria.

—¿Una qué?

Él soltó una carcajada.

—Una zanahoria. Era una zanahoria muy bien dotada y completa. Primero tuve que excitarla un poco.

Me reí tanto que casi me caigo del caballo.

Trav simplemente sonrió sin vergüenza.

—Estaba solo en casa, así que pensé en ver si podía enrollar un condón con la boca como lo hacían en las películas porno, cosa que, por cierto, no pude. Mi yo de quince años pensaba que el sabor era repugnante.

—Mi yo de veintiséis años piensa que el sabor es repugnante.

Resopló ante eso.

—Entonces me quedé solo, la zanahoria ya estaba lavada y envuelta en el condón, y pensé por qué demonios no. Al principio no estaba seguro, pero sentí la suficiente curiosidad como para intentarlo. El libro decía que podría ser extremadamente placentero si se hacía bien.

—Las zanahorias son mi nueva verdura favorita.

Travis se rio muy fuerte.

—Así que tenía el libro, tenía la casa para mí y el lubricante que me dieron mis padres.

—¡¿Te dieron lubricante?!

—Y los condones.

—La conversación de Ma sobre follar como conejitos no parece tan mala —murmuré—. ¿Realmente te dieron todo eso?

Asintió.

—Sí.

—Dios, y pensé que la mayoría de la gente de Texas era conservadora. Me parecen bastante abiertos —dije—. Tienes mucha suerte de contar con gente de mente tan abierta.

—Lo sé —dijo seriamente. No fue una respuesta mordaz, pero había algo en su tono.

—¿Entonces ya les habías confesado? —pregunté. Nunca había preguntado los detalles. Sabía que a sus padres no les importaba su sexualidad, al igual que él sabía que mi padre odiaba la mía—. ¿Cuándo supiste con seguridad que te gustaban los chicos?

—Creo que siempre lo supe —dijo simplemente—. Pero a los catorce años, seguro.

—¿Con seguridad? —pregunté—. Suena un poco definitivo.

—Bueno, me besé con mi mejor amigo, así que…

—Supongo que eso sería suficiente.

Sonrió, pero no era estrictamente feliz.

—Mi primer novio. Habíamos evitado un poco el tema, pero una vez él se quedó a dormir en casa y empezamos a preguntarnos sobre los primeros besos (nuestro amigo Jackson había besado a Louisella y ella les dijo a todos que él era malo en eso) y dije: "Deberíamos practicar los primeros besos antes de los verdaderos primeros besos", y él dijo: "Tal vez nosotros podríamos practicar", y luego trató de echarse para atrás, pero no lo permití y le dije: "Realmente me gustaría eso" y lo besé.

Podría imaginarme un Travis, de catorce años, haciendo exactamente eso.

—¿Cómo fue tu primer beso?

—Estaba muy nervioso y todo en mi cabeza decía que estaba mal, pero me sentía muy bien. —Suspiró y se quedó en silencio por un rato—. ¿Y cómo fue tu primer beso?

—Ya te lo dije. Cumplí dieciocho años, los chicos me llevaron a la ciudad para emborracharme y echar un polvo. Terminé en los baños con un chico cualquiera, borracho, besándonos y chupando pollas. —Me moví en mi silla. Toda esta charla sobre sexo y no haber hecho nada durante cinco días estaba empezando a pasar factura—. Es decir, estaba seguro de que era gay, pero sí, que George me atrapara cuando estaba de rodillas frente a algún chico prácticamente selló el trato.

Travis resopló.

—Tan elegante.

—¡Tenía dieciocho años! Tenía mucho con lo que ponerme al día.

—Algún chico —me imitó—. ¿Conseguiste siquiera un nombre?

—No. Estaba borracho. Recuerdo mirar dos veces a un chico, él asintió y entró a los baños. Lo seguí, me empujó hacia el cubículo. Al principio pensé que me iba a dar un puñetazo, pero me desabrochó los jeans... —Me detuve en eso. Supuse que no necesitaba detalles—. George vino a buscarme.

—Y te encontró.

Recordé la expresión del rostro de George y me encogí.

—No fue mi mejor momento —dije—. Entonces, nombres. ¿Cómo se llamaba tu primer novio?

—Ryder Newell.

—¿Ryder? —me burlé—. ¿No les agradaba a sus padres o algo así?

Lo dije como una broma, pero Travis ciertamente no se rio.

—Bueno, al final no les agradó.

No me gustó cómo sonó eso.

—¿Al final?

—El padre de Ryder no era muy... —pareció tener dificultades con la palabra—. Tolerante. Solía hacer chistes de maricas y predicaba sobre los pecadores. No sólo sobre los homosexuales, sino también sobre las malas palabras, la bebida y el sexo antes del matrimonio. Era muy estricto.

—¿Era un hombre religioso? —pregunté.

—No todas las personas religiosas son malas Charlie. —Frunció el ceño—. Mis padres son religiosos. Van a la iglesia y dan las gracias antes de la cena del domingo, y no son malas personas.

Empecé a disculparme.

—No quise decir eso...

Travis me hizo caso omiso.

—No, el padre de Ryder era un hombre cruel. Usaba la Biblia para disfrazar su odio, y esa es la peor clase de persona.

La voz de Travis adquirió un tono diferente. Uno que no había oído de él antes. Decidí simplemente callarme y escuchar.

—Ryder y yo éramos casi inseparables a esas alturas, pero él tenía problemas con lo que hacíamos. Le encantaba estar conmigo y hablaba de que huiríamos juntos, pero sólo éramos niños. Yo realmente no sabía lo que significaba todo eso en ese momento. Solo estaba haciendo lo que me parecía correcto y bueno, ¿sabes? Pero a él... le costaba.

Suspiró, largo y profundo. Mantuve mis ojos en Travis, sin poder apartar la mirada. Podía sentir en mi estómago, en los pelos de mi nuca, que esta historia no terminaba bien.

—Ryder se ahorcó en el árbol de su propio patio trasero —dijo. Muy casual, como si estuviera describiendo que su amigo se fue a un campamento de verano. Tiré de las riendas y Shelby se detuvo por completo, pero Travis no debió haberse dado cuenta. Continuó—: Estaban a dos ranchos de distancia, pero mi madre dijo que escuchó a la señora Newell gritar cuando salió el sol. —Dejó de hablar cuando se dio cuenta de que no estaba a su lado. Miró hacia atrás por encima del hombro y todo lo que pude hacer fue sentarme sobre mi caballo en un jodido silencio de asombro.

Dio la vuelta a Texas y regresó a donde yo estaba. Intenté pensar en algo que decir, pero mi mente daba vueltas. Travis giró su pierna y desmontó. Levantó la mano y me dio unas palmaditas en el muslo.

—Charlie, baja.

Mecánicamente, hice lo que me pidió. Me deslicé de Shelby y él puso sus manos en mi cara.

—¿Estás bien?

—¿Estoy bien? —pregunté—. Eso no importa. ¿Estás *tú* bien? Jesús, Travis, eso es… lo peor que he oído en mi vida. ¿Y me lo estás diciendo ahora mismo?

Sonrió.

—Hice las paces con eso hace mucho tiempo.

Negué con la cabeza, tratando de procesar esta información.

—Ni siquiera sé qué decir.

Travis tomó mi mano y, buscando un lugar adecuado, me llevó a un pequeño claro y se sentó. Dio unas palmaditas en el suelo a su lado.

—Toma asiento.

Miré alrededor. Estábamos en medio de la nada. Nada a nuestro alrededor excepto tierra roja, arbustos de sal y un cielo muy, muy azul.

—¿Aquí?

Rio.

—Aquí mismo.

Me senté a su lado y él tomó mi mano.

—Lo que le pasó a Ryder cambió mi vida. Yo tenía sólo quince años y me tomé muy mal su muerte. Fue horrible. Las semanas siguientes fueron las peores. Mi madre sospechó que había algo más y me preguntó si lo había amado. Dijo que vio la forma en que nos mirábamos. Ella dijo que no le importaba. —Travis respiró hondo—. Dijo que vio por lo que pasó la señora Newell, y mi mamá me juró allí mismo que me amaría de todos modos. Le pregunté qué pensaría mi padre de algo así y me dijo que no importaba, que se negaba a perder un hijo como le ocurrió a la señora Newell.

No me di cuenta que estaba llorando hasta que Travis me secó la mejilla.

—No llores —susurró—. Fue horrible, algo muy horrible que me cambió la vida, y pasé por todos los escenarios de *¿Y si hubiera escuchado más?* y *¿Y si me hubiera escapado con él?* en mi cabeza. Hice esa mierda durante mucho tiempo, pero ¿sabes de qué me di cuenta?

Negué con la cabeza.

—¿Qué?

—Lo que le pasó a Ryder me dio mi vida.

—¿Tu vida?

Asintió.

—La vida que tengo ahora. Me permitió ser sincero conmigo mismo, ser completamente honesto con quién soy y no disculparme por ello. A menudo me preguntaba si Ryder no hubiera muerto, si mi madre no estuviera tan asustada de que yo eligiera el mismo destino, ¿habría sido tan comprensiva? —Él se encogió de hombros—. No lo sé. Incluso ella admite que no lo sabe.

—¿Hablas de eso con ella? —pregunté—. ¿Acerca de que aceptara que fueras gay?

—Hablamos de todo —dijo—. Ese es exactamente mi punto. ¿Tendría esa relación con mis padres ahora si Ryder no se hubiera quitado la vida? No lo estoy racionalizando ni poniendo precio a su vida, pero si puedo sacar algo bueno de su muerte, entonces puedo ver qué es eso.

Apreté su mano y me senté con él por un rato, procesando lo que estaba diciendo.

—Te dio libertad.

—En muchos sentidos sí. No fue tan fácil como lo estoy haciendo ver —dijo—. Quiero decir, yo era gay, tenía quince años, estaba en el instituto y vivía en Texas. Pero nunca me disculpé por ello, y tenía mi familia… incluido un hermano mayor que le habría dado una paliza a cualquiera que se hubiera metido conmigo.

Me reí entre dientes y lo miré. Estaba sentado allí bajo el sol, como si hubiera sido hecho especialmente para mí. Su cabello castaño claro ahora era más largo, incluso desgreñado, su piel parecía besada por el sol y sus ojos eran de un azul penetrante.

Tomó mi mano entre las suyas y la sostuvo, como si tuviera miedo de que yo fuera a correr. Tragó con dificultad.

—Es por lo que entiendo lo que pasó entre tu padre y tú —dijo en voz baja. Quise retirar mi mano, pero él la agarró—. Charlie, lo que pasó con Ryder, bueno, es un poco como lo que pasó contigo. Y cuando me contabas lo que te dijo tu padre, me sonó familiar. Y sabía que tenía que conseguir que hablaras de ello, que intentaras dejarlo atrás. Tenía que hacer algo…

Oh.

—Yo, um… —Tragué el nudo en mi garganta, sin estar seguro de qué decir.

Se inclinó y fue a besar mi mejilla, pero atrapé sus labios con los míos y lo besé apropiadamente. Fue un beso lento, de agradecimiento, que él devolvió con un beso de "de nada".

Me retiré antes de dejarme llevar demasiado, habían pasado cinco largos días desde que habíamos tenido intimidad, e incluso el más dulce de los besos estaba poniendo a prueba mi determinación.

—Uf —gimió ajustándose su erección—. Sé que se supone que debemos hablar, pero ¿crees que podríamos hacer un descanso e intimar un poco, ¿algo rápido? —parecía esperanzado—. Tal vez incluso corrernos un poco, porque me estás volviendo loco.

Me reí, pero no perdí el tiempo lanzándome hacia él, empujándolo hacia atrás para quedar encima de él. Le aparté el pelo de la frente y apoyé mi peso sobre él.

—Quiero arreglar esto contigo. Esto de estar enamorado. Quiero hacerlo bien.

Su sonrisa se desvaneció.

—No quiero irme en tres semanas, Charlie.

Me incliné y lo besé.

—No vas a ir a ninguna parte.

Se aferró a mí, sus brazos alrededor de mi espalda y sus pies enganchados alrededor de mis piernas. Deslicé mi mano debajo de su cuello y sostuve su cabeza mientras exploraba su boca con mi lengua. Giré mis caderas, presionando nuestras pollas entre nosotros a través de la mezclilla.

Pero no era suficiente. Necesitaba más, y por la forma en que me suplicó en voz baja, estaba claro que él también. Apenas había bajado la mano por la parte delantera de sus jeans, envolviendo mis dedos alrededor de él para darle una caricia antes de que se corriera. Se sacudió y gritó mientras derramó su orgasmo entre nosotros, y eso era todo lo que necesitaba. Ni siquiera me desabroché los jeans, solo frotarme contra él y verlo correrse me llevó al límite. Me desplomé encima de él; me rodeó con sus brazos y besó un lado de mi cabeza.

Y allí, holgazaneando en la tierra roja con el sol de invierno en la cara, pasamos el resto del día hablando de todo tipo de cosas (intrascendentes e importantes), besándonos y haciéndonos reír.

No fue hasta que Shelby se acercó, mirándonos con las riendas colgando sobre mi cara, que pensamos que deberíamos irnos a casa. Nos levantamos y nos sacudimos el polvo lo mejor que pudimos y nos dimos cuenta de que Texas se había desviado un poco.

Y por un poco me refiero a unos buenos cientos de metros. Al menos estaba en dirección a casa. Travis intentó silbarle, lo cual por supuesto que no funcionó. Texas simplemente sacudió su melena como si no estuviera escuchando.

Me levanté sobre Shelby y le tendí la mano a Travis.

—Vamos, iremos a buscarlo.

Refunfuñó un poco, pero me dio la mano. Saltó y se sentó detrás de mí en la silla, poniendo sus brazos en mis caderas. Le di un par de caricias a Shelby en el cuello y le dije a Travis:

—Solo ten cuidado donde pones los pies. Puede que sea

muy inteligente y plácida, pero sigue siendo un caballo. Le das una patada en los flancos y ambos caeremos al suelo.

Nos dirigimos hacia Texas quien al vernos acercarnos se dirigió hacia casa.

—Ese hijo de puta —gritó Travis—. ¡Se va a ir sin mí!

—¿Se va a ir? —dije—. Ya se fue.

A unos cien metros por delante de nosotros, Texas hacía cabriolas de esa forma especial que hacen los caballos, y cada vez que nos acercábamos, galopaba de nuevo, haciendo más cabriolas. Me reí y Travis se enfadó, pero no haría correr a Shelby con los dos en su espalda. Cuando llegamos a casa, Texas ya estaba esperando en la puerta, como si no hubiera hecho nada malo.

George estaba en el cobertizo y Ma cruzaba el patio para reunirse con él. Ma negó con la cabeza.

—Pensé que algo andaba mal hasta que os escuchamos reír y os vimos venir por el patio —gritó.

Shelby se detuvo en la puerta y Travis se alejó, refunfuñando sobre su caballo. Me reí mientras me bajaba y tomaba las riendas de ambos caballos. Travis señaló con el dedo a Texas.

—Si crees que te voy a echar comida, te espera otra cosa. ¿Qué tal si le doy el doble a Shelby y nada a ti, considerando que así es como regresamos a casa? —Travis me quitó ambas riendas y, todavía murmurando, sermoneando a Texas, condujo a los caballos a sus establos. Sonó como si hubiera dicho—: Qué bastardo eres. No vale la pena alimentarte con la avena.

Yo todavía le sonreía, aunque no podía oír lo que decía, y Ma me sonreía a mí.

—Habéis tenido un buen día —dijo, en realidad no era una pregunta.

—El mejor. —Luego agregué—: Gracias. Pasamos todo el día hablando de cosas. Fue grandioso.

—Me alegro de haber ayudado —dijo. Entonces ella miró en mi ropa y finalmente en mi cabello—. Hablado, ¿eh?

Me cepillé con las manos el abrigo y los jeans, luego mi cabello y sonreí mientras nubes de polvo se elevaban de mí.

—Sobre todo hablar, sí.

Ella puso los ojos en blanco, pero sonrió cálidamente.

—Ve y ayúdalo a acomodar los caballos y luego asearos. Los demás volverán pronto a casa.

Asentí y me volví para irme, pero ella me detuvo.

—¿Charlie?

—¿Sí?

—Es bueno verte sonreír.

Seguro de que me sonrojé antes de entrar donde Travis todavía estaba regañando a su caballo.

CAPÍTULO ONCE
LUCHA: DEL TIPO DEFINITORIO.

INSISTÍ en que Travis se duchara primero, sabiendo que, si se nos acababa el tiempo antes de la cena, Ma me frunciría el ceño a mí y no a él. También ayudaba que él estuviera desnudo y mojado en la ducha del baño, y que yo estuviera completamente vestido en la cocina con Ma, porque estaba bastante seguro de que si entrara allí con él, ninguno de los dos llegaría a tiempo a cenar.

Como era de esperarse, todos habían regresado de su fin de semana en Alice Springs y se escuchaba la charla habitual sobre lo que sucedía en el comedor. Sin embargo, todo quedó en silencio cuando entré y recordé lo mal que me había portado la semana anterior. Los tenía caminando sobre cáscaras de huevo porque había estado de muy mal humor.

Les sonreí y tomé asiento a la cabecera de la mesa justo cuando Ma traía la última fuente de comida. Pensé que no había mejor momento que el ahora para conseguir tachar de la lista esta tarea vergonzosa.

—Antes de comenzar, sólo quería disculparme por mi comportamiento la semana pasada. Estuvo fuera de lugar y, francamente, estoy un poco sorprendido de que todos volvieran a trabajar para mí.

Se podría haber oído caer un alfiler.

Miré alrededor de la mesa.

—A menos que todos hayan regresado para decirme que ya no trabajarán para mí…

George se rio y Travis enganchó su pie alrededor del mío debajo de la mesa.

—Bueno, se necesita más que eso para deshacerse de mí —dijo Ernie, aunque creo que solo quería empezar a comer. Estaba mirando la comida como si no hubiera comido en todo el fin de semana. Probablemente no lo había hecho.

—Por favor, comed —les dije—. No faltemos el respeto a la cocinera dejándolo enfriar.

Se escuchó el habitual ruido de cucharas tintinear sobre los platos, pero antes de que alguien hubiera probado un bocado, Travis dijo:

—Um, supongo que debería decirles a todos que el departamento de Inmigración me está echando del país. —Hubo un silencio absoluto y todos los pares de ojos en la mesa estaban puestos en él—. Me han dado tres semanas para irme.

Casi cómicamente, todos lentamente pasaron de mirar a Travis a mirarme a mí.

Les di la mejor sonrisa que pude lograr.

—No se va a ir. —Luego, como eso sonó un poco psicópata, agregué—: A menos que sea su elección.

Nadie se movió. Demonios, nadie siquiera parpadeó. Entonces Travis dijo:

—Charlie parece pensar que es sólo una confusión o algo así. Llamaremos mañana para solucionarlo.

—¿Pueden obligarte a irte? —preguntó Trudy en voz baja.

Travis se encogió de hombros.

—Supongo.

—Está bien, señor Travis —dijo Billy, con su habitual sonrisa ladeada—. Puedo esconderte. Si alguien viene a buscarte, ven conmigo. Nadie te encontrará. Ni siquiera un rastreador.

Travis lo miró seriamente.

—¿Seguiría vivo? Porque eso sonó como que no estaría vivo.

Billy se rio, y era el tipo de risa que hacía sonreír a los demás. Entonces, cuando el estado de ánimo volvió a ser divertido, dije:

—Por favor, comed.

No necesitaron que se los dijeran dos veces. Se comieron todo, en poco tiempo, y mientras hablaban de su fin de semana, la conversación generalmente volvía a Travis. Estaba bastante claro que ellos tenían tantas ganas de que se quedara como yo. Bueno, tal vez no tanto como yo, pero casi, estaba seguro que estas personas eran sus amigos, su familia australiana.

Cuando todos se fueron a sus dormitorios, en lugar de sentarse conmigo, Travis se tumbó en el suelo frente al fuego. No me importó ni un poquito. Significaba que podía sentarme en el sofá y mirarlo en lugar de ver la estúpida televisión. Tenía consigo a una Matilda completamente despierta. Estaba fuera de su bolsa, tambaleándose, todavía inestable sobre sus patas demasiado grandes, como tratando de subirse a él. Ella ponía sus pequeñas patas delanteras sobre su pecho o su cara, y él se reía cuando sus bigotes le hacían cosquillas en la nariz.

Era una cosita linda, aunque nunca le diría eso a Travis.

No habíamos hablado más sobre lo que pasaría con Matilda. Y ahora que todo este lío de inmigración se cernía sobre él, no quería sacar el tema. No quería pelear con él, no quería molestarlo, porque había ese minúsculo destello de duda, ese sentimiento hundido, de no poder siquiera contemplar, que tal vez necesitaría irse antes que ella.

—¿Qué pasa? —preguntó Travis, mirándome desde el suelo. Estaba de lado, de espaldas al fuego, Matilda ahora se acurrucaba contra su pecho.

—Nada, ¿por qué?

—Estabas frunciendo el ceño.

—¿Lo fruncía? —pregunté—. Estaba pensando, eso es todo.

Travis elevó sus cejas.

—¿Acerca de?

—Mañana.

—¿El departamento de inmigración? —preguntó.

—No —mentí. Me froté la cara con la mano y suspiré—. Deberíamos cubrir ese jardín con una malla de sombreo para que la escarcha no mate las plántulas. Y tenemos que empezar a vallar el primer potrero del sur para cuando bajemos el ganado. Los reuniremos en dos semanas.

Travis sonrió ante la mención de ello.

—Genial.

Miré mi reloj y, dado que era domingo, era casi la hora de su sesión semanal de Skype con casa. Miré lo cómodos que estaban él y su canguro y me levanté.

—Iré a por el ordenador portátil. Tienes que llamar a tus padres.

Cuando llevé el ordenador portátil al salón y la enchufé, Travis estaba señalando con el dedo a Matilda, imitando la voz de E.T. diciendo sobre llamar a casa.

—Eres un idiota —dije sacudiendo la cabeza.

Le tapó las grandes orejas con las manos.

—No uses ese lenguaje delante de los niños —dijo Trav.

Negué con la cabeza y abrí el ordenador portátil.

—*Fair Dinkum*.

—¿*Fair Dinkum*? —dijo Travis. La expresión de su rostro era una mezcla entre confusión y preocupación—. ¿Qué demonios significa eso?

Hice doble clic en el ícono de Skype y, mientras se cargaba, dije:

—No sé. Sólo algo que decimos. Es como "sí, joder" o "¿hablas en serio?" Quizá una mezcla de ambas expresiones.

—Nunca me piques por las expresiones que digo —dijo sacudiendo la cabeza—. *Fair Dinkum*.

—Exactamente. Esa fue una buena. —Hice clic en el perfil de su madre y presioné marcar.

Él entrecerró los ojos hacia mí.

—No la estaba usando, estaba tomándote el pelo.

—Estás entendiendo este dialecto australiano.

Travis gruñó justo cuando su madre apareció en la pantalla. Ni siquiera saludó.

—Oh, gracias a Dios, alguien que habla americano.

—¿Qué dices cariño? —dijo su madre.

—Charlie está usando palabras como *Fair Dinkum* y caray.

—Nunca dije caray —grité defendiéndome. Luego puse la cabeza frente a la pantalla—. Hola, señora Craig. Me alegro de verla.

Hubo un retraso de dos segundos, y luego sonrió.

—Ah, hola, Charlie. ¿Cómo has estado?

—Muy bien, señora. ¿Y usted?

Travis empujó mi cabeza fuera del objetivo.

—Oh, estoy bien mamá, gracias por preguntar —dijo sarcásticamente.

—Oh, santo cielo —gritó—. ¿Es el canguro bebé? ¡Mírala! No está durmiendo.

Travis se rio.

—No está en su bolsa, no.

—Michael, ven rápido a ver a Travis —le gritó al padre de Travis. Se oyó un ruido de arrastrar los pies y luego dijo—: Míralos.

Un momento después, escuché la voz de su padre, con un profundo acento texano.

—Parece una ardilla mutada.

Me reí y Travis sonrió. Todo su rostro brillaba un poco.

—Hola, papá.

—¿Cómo estás, hijo?

Me levanté del suelo y lo dejé a solas para pasar un rato tranquilo en familia con sus padres. Su historia anterior sobre ese niño, Ryder, decía mucho sobre su familia, y me dolió un poco el corazón saber que los extrañaba mucho, pero que en cambio quería estar conmigo.

Ordené nuestra habitación, guardé la ropa y, en general, me ocupé mientras intentaba darle a Travis algo de privacidad. Cuando terminó, me buscó en mi oficina.

Estaba sosteniendo a Matilda nuevamente en su bolsa y dándole el biberón. Miró el escritorio y vio la carta frente a mí. Estaba arrugada y un poco manchada, un poco hecha jirones.

—Releerla no cambiará las palabras que contiene.

—Lo sé —dije. Le di una pequeña sonrisa. Me levanté, caminé alrededor de mi escritorio y apoyé mi culo contra mi escritorio, luego le tendí la mano—. Ven aquí —susurré. Se acercó y se detuvo entre mis piernas, y lo acerqué aún más, con cuidado de no aplastar a Matilda—. ¿Cómo van las cosas en casa?

—Bien. Todos están bien. Mi hermano está haciendo una barbacoa para la cena. Cada uno va a su casa —afirmó. Me di cuenta de que estaba tratando de no parecer decepcionado por no estar allí. Me imaginaba que eran las pequeñas cosas como esas las que más extrañaba—. Les hablé del tema de la visa.

—¿Ah? ¿Qué dijeron?

—Mamá acaba de decir que todo saldrá bien. —Él se encogió de hombros—. Ese es su lema sobre la mayoría de las cosas.

—¿Estaba un poco emocionada? ¿Al mencionar que regresarás a casa?

Travis se echó hacia atrás.

—¿Pensé que habías dicho que no iba a volver?

Le di una sonrisa tensa.

—¿No escuchaste a Billy? Dijo que te escondería en el desierto —le recordé.

—¿Notaste que no me respondió? —dijo Trav seriamente—. Cuando le pregunté si estaría vivo, no respondió. He visto

Wolf Creek, ya sabes.

Resoplé una carcajada y lo acerqué de nuevo y lo abracé un poco demasiado fuerte. Lo único que pude ver fue tela, un biberón, una cola de canguro y dos orejas grandes.

—¿Ha acabado?

—Casi —dijo en voz baja. Las palabras retumbaron en su pecho contra mi oído—. Entonces es hora de dormir para esta pequeña.

—Es hora de dormir para nosotros también, ¿sí?

Travis se reclinó en mis brazos para poder ver mi cara. Tenía esa mirada en sus ojos, esa que era una mezcla de deseo y necesidad. Asintió rápidamente, antes de mirar a la cría en sus brazos.

—Simplemente la acomodaré.

Sabiendo que necesitaría un poco de tiempo en el baño para prepararse, me levanté.

—Espera, yo la llevaré.

Me entregó el bulto caliente y me besó, una muestra de lo que estaba por venir, antes de desaparecer por el pasillo. Esperé lo que pareció una eternidad para que ella terminara su biberón y me pregunté si así era la paternidad: sexo, intimidad, tiempo entre papás obstaculizado por una cosita hambrienta que simplemente no esperaba.

Saqué esa maldita idea ridícula de mi cabeza y colgué su bolsa en la puerta del salón antes de echar algunos leños al fuego y enjuagar el biberón, dejándolo en el fregadero para lavarlo después.

Tenía cosas más importantes que hacer esta noche.

Apenas había entrado a nuestra habitación y me había quitado la camisa cuando Travis salió del baño cubierto solo con una toalla y cerró la puerta detrás de él. Entonces estaba sobre mí. Sus labios estaban en mi cuello, sus manos en mi espalda y luego en la bragueta de mis jeans.

—Quiero tomarme mi tiempo contigo —dije con brusquedad.

—Charlie, si no estás *dentro de mí* en los próximos cinco minutos, estoy bastante seguro de que moriré. —Me reí y él se detuvo y retrocedió—. Estoy hablando en serio.

Tomé su rostro entre mis manos y lo besé. Sonrió contra mis labios, sabiendo que había ganado, y en la habitación a oscuras se deslizó sobre la cama. Me quité los jeans, tomé la botella de lubricante de la mesita de noche y la dejé sobre la cama junto a él. Me subí sobre el colchón tras él.

—No podemos permitir eso, ¿verdad?

ESPERAR a que llegaran las nueve fue una tortura. Había estado levantado desde las cinco, a pesar de lo tarde que nos dormimos. Estaba inquieto, pero lo disimulé lo mejor que pude para que Travis no lo viera. No quería que supiera que tenía alguna duda de que todo este lío de la visa no podría solucionarse con una simple llamada telefónica. No quería que supiera lo aterrorizado que estaba. Sabía que se suponía que íbamos a trabajar en todo el asunto de la honestidad, pero si le decía que tenía miedo, si admitía que tenía una pizca de duda, entonces estaba admitiendo que él podría irse.

Y eso era algo en lo que simplemente no podía soportar pensar.

Cuando *finalmente* fueron las nueve en punto, hora de Sídney, eran las ocho en punto en la hora del Territorio, nos sentamos en mi oficina, y estaba bastante seguro de que Ma estaba en el pasillo, escuchando, mientras Travis hacía la llamada. Marcó el número y lo atendió el estúpido robot de activación por voz con el que hablé el viernes anterior. Después de estar en espera durante una eternidad, y justo antes de que mis nervios me partieran el cráneo, habló con una persona real.

Por supuesto, solo pude escuchar su versión de la conversación, pero repasó los detalles que hacían perder el tiempo, como números de referencia, números de visa y luego final-mente llegaron al motivo de su llamada.

—Creo que ha habido algún tipo de error —dijo—. Estoy seguro de que completé el formulario 887...

La persona al otro lado de la llamada habló un poco y Travis se mordió el labio y escuchó. Se volvió más silencioso y pareció encogerse un poco en su asiento, y ciertamente no haría contacto visual conmigo. Anotó algunos números, agradeció a la persona por su ayuda y colgó el teléfono.

—¿Qué te ha dicho? —pregunté sin paciencia.

—Tengo que llamar a este número —dijo mirando el papel en el que acababa de escribir—. Es una extensión oficial. —Se encogió de hombros—. Es local. Está en Alice, lo cual es bueno. Supongo que es más comprensivo.

—¿Qué más dijeron? —pregunté—. Quiero decir, hablas-teis durante mucho tiempo, tuvisteis que hablar más que eso. ¿Qué fue lo del formulario que dijiste?

Suspiró y sonrió, pero a mí me pareció más un intento de respirar.

—El funcionario parece pensar que tendré que volver a presentar mi solicitud. Dijo que era sólo una extensión de visa temporal, no permanente. Quiero decir, para ser honesto, no recuerdo haber pensado nada en eso cuando la rellené. Sólo quería más tiempo aquí. No pensé que importara...

No parecía muy esperanzado.

—¿Entonces solo tenemos que llamar a estas personas? —dije mirando el número—. Entonces los llamaremos. Ellos lo solucionarán y podrás volver a presentar la solicitud.

Susurró:

—No creo que sea tan fácil, Charlie...

—¿Por qué? ¿Qué dijeron?

Se encogió de hombros.

—Dijo que, si no podíamos cambiarlo, entonces probable-mente tendría que irme mientras se determinaba una nueva solicitud. Sólo porque esté siendo tramitada no significa que pueda quedarme.

Negué con la cabeza y luego negué un poco más.

—No. llamaremos a esta otra persona, este chico local, y lo arreglará. —Miré mi reloj. Eran sólo las ocho y media aquí en el Territorio. Teníamos que esperar media hora.

Fue posiblemente la media hora más larga de mi vida.

Tratando de mantener una actitud positiva, sugerí que sacáramos la vieja malla de sombreo del cobertizo trasero.

—Veremos en qué estado está —dije—. Quizá podamos usarla en el jardín.

Me miró como si hubiera perdido la cabeza, o más concretamente, como si no me importara la llamada telefónica pendiente que tenía que hacer. Miró el reloj de la pared.

—Um, está bien.

—Esto nos llevará algo de tiempo —le dije ya saliendo por la puerta trasera.

Dio unos pasos rápidos y me alcanzó, pero nunca dijo nada. Incluso cuando estaba subiéndome encima de cajas viejas y sacando cosas por todos lados, estaba en silencio.

Finalmente encontré lo que estaba buscando.

—Sabía que estaba aquí en alguna parte —dije lanzando la malla de sombreo doblada a sus pies y bajando nuevamente —. Solíamos poner esto sobre el corral redondo cuando domábamos los caballos durante el verano. Pero no sirvió de mucho para eso, así que construimos el que tenemos actualmente. —Pensé que hablar era mejor que estar en silencio—. De todos modos, a mi padre no le gustaba tirar nada. — Desdoblé el toldo sin mucha ayuda de Travis—. No sé en qué condiciones se encuentra, pero incluso si no sirve, tendremos que usarlo hasta que podamos conseguir algo mejor.

Travis asintió y le entregué una esquina.

—Toma, sostén esto y lo sacaremos afuera. Probablemente se desmoronará tan pronto como vea la luz del día.

—¿Es probable que salte algún bicho que esté escondido? —preguntó, tomando el extremo del material doblado.

—Bueno, es probable que sí —dije con una sonrisa—. Pero no es con lo que *salta* con lo que hay que tener cuidado. Es con lo que *muerde*.

—Sigue sin tener gracia —dijo inexpresivamente y salió del cobertizo.

La dejamos caer al suelo y comenzamos a desplegarla. No hubo sorpresas desagradables, al menos de tipo deslizante, pero hubo algunas arañas de lomo rojo. Travis simplemente las pisoteó a todas de manera casual y me reí.

—¿Recuerdas cuando te asustaste al ver a una de esas?

Entrecerró los ojos.

—Yo no me *asusté*. ¡Y son mortales!

—Oh, por favor. Nadie ha muerto por la picadura de una lomo rojo en sesenta años —dije alisando la tela de sombra—. De todos modos, ahora simplemente las estás pisoteando como un verdadero local.

—Sí, genial —dijo pateando las esquinas de la malla de sombreo, tratando de aplanarla—. Me pregunto si el departamento de inmigración tendrá eso en cuenta. Quizá debería escribir eso en mi solicitud.

—Trav —dije en voz baja—. Lo solucionaremos. Te lo prometo.

Resopló y murmuró algo en voz baja, luego se pasó la mano por el pelo, miró hacia el otro lado del prado.

—No puedes prometerme nada. No depende de ti.

Levanté el extremo del gran cuadrado de tela para sombra.

—Vamos, coge por ese lado y la llevaremos al huerto —le dije. Esperé hasta que hizo lo que le pedí, y cuando la dejamos caer al suelo cerca de su nueva cama de cultivo, dije —: Y puedo prometerte lo que quiera.

Sacudió la cabeza hacia mí.

—Sabes, algunos días simplemente no te entiendo. Un día

te quejas de que no se puede hacer nada y al día siguiente es como si nada pudiera detenerte.

Ma, que ahora estaba de pie en el porche sosteniendo a Matilda, soltó una carcajada y cuando me volví para mirarla, todavía estaba sonriendo.

—Sabes, en lo que respecta a las descripciones, eso no fue nada exacto —dijo, poniendo los ojos en blanco.

Levanté la barbilla desafiante.

—Nunca pretendí ser perfecto.

Esta vez fue Travis quien resopló y puso los ojos en blanco. Ignorando mi mirada hacia él, miró por encima de la malla de sombreo.

—Como haya una tormenta, esto quedará hecho trizas.

—Bueno, no esperamos lluvias hasta dentro de algunas semanas, así que pasaremos la parte más fría del invierno —dije—. Después si la necesitamos, puedes pedir algunas cosas nuevas.

Asintió y me dio una sonrisa triste, pero tenía escrito "No estaré aquí en unas semanas" en su cara, lo que por supuesto le hizo mirar su reloj. Exhaló con las mejillas hinchadas.

—Han pasado cinco minutos de la hora —dijo.

—Bueno, vamos —dije alegremente—. Aclaremos esto de una vez por todas.

Nos sentamos en mi oficina como lo habíamos hecho antes. Travis se sentó en mi asiento con el teléfono y yo me senté en la silla libre, pendiente de cada palabra. Esta vez Ma se quedó en la puerta, todavía sosteniendo la bolsa. Había una cola larga que sobresalía del extremo y dos ojos marrones brillantes esperando ansiosamente el biberón que Ma hacía girar en la otra mano.

Pensando que necesitaba hacer algo con mis manos además de moverme nerviosamente o sentarme sobre ellas, se las tendí a Ma. Sonrió y me entregó a Matilda mientras Travis marcaba el número que había anotado antes.

Dio los mismos detalles que en la llamada anterior y

cuando lo pusieron en espera la primera vez, parecía que estaba a punto de vomitar.

—Charlie, ¿y si dicen que no?

Le di la mejor sonrisa tranquilizadora que pude.

—Entonces iremos a Canberra o Sídney o a dónde demonios tengamos que ir. Hacemos lo que sea necesario hasta que la respuesta sea afirmativa, eso es lo que haremos.

Sonrió, justo cuando la persona al otro lado de la línea contestó. Repitió toda la perorata, dio números de visa y de referencia, explicó todo lo que pudo por teléfono y luego escuchó.

—Ah, sí, espere, ahora mismo pregunto —dijo. Cubriendo el micrófono, me preguntó—: ¿Cuándo podremos ir a la ciudad? Necesitan verme.

—Cuando digan —respondí—. Hoy mismo. Podríamos irnos ahora si quieres.

Él sonrió y habló por teléfono.

—Lo más temprano sería hoy a la una. Estamos a tres horas de la ciudad... —Frunció el ceño—. Ah, de acuerdo. Disculpe que pregunte, pero ¿no es un poco tarde? Se me están acabando los días... —asintió—. Ah, claro. No, está bien. Gracias. Nos vemos en la visita.

Colgó el auricular en silencio y se encogió de hombros.

—El lunes en dos semanas. A las dos en punto.

—¿Qué? ¡Pero queda mucho tiempo! —Gemí—. Eso es en, qué... —Hice los cálculos—. Dieciséis días. ¡Sólo tienes veinte!

—Le dije que se me estaban acabando los días —dijo en voz baja—. Me dijo que no importaba, que lo resolverían en uno o dos días después de la entrevista. —Luego me dio la jodida sonrisa más triste que jamás había visto—. Al menos habremos acabado de reunir el ganado. Será muy justo, pero supongo que es algo.

Quería decirle que me importaba muy poco la reunión. No me importaba nada más que él en este momento. Pero necesitaba mantener la cabeza fría. Lo último que necesitaba era que me volviera loco. No, necesitaba que yo fuera fuerte y que actuara como si fuera sólo un detalle menor.

Suavemente hice rebotar a Matilda, todavía bebiendo, en mi regazo y le sonreí a Travis.

—Después iremos a esa oficina y lo solucionamos. Si ella, o quien sea, decide que no puedes quedarte, los invitaremos aquí y esconderemos sus cuerpos donde nadie pueda encontrarlos.

Travis abrió la boca.

—¿Qué? —grité—. También he visto *Wolf Creek*, ¿sabes?

Vale, tal vez amenazar con un homicidio psicópata no me hacía ver tranquilo, pero logró esbozar una pequeña sonrisa, así que valió la pena.

—Lo digo en serio, Trav. Resolveremos este lío —le dije en voz baja y con confianza—. Como te dije antes, si te vas de aquí, será porque yo sea imposible y exasperante y no soportes estar cerca de mí ni un minuto más. No porque un idiota con traje sentado en algún rascacielos de la ciudad pueda marcar algunas casillas en su lista de tareas pendientes.

Ma llamó suavemente a la puerta. Me dio una sonrisa de disculpa.

—Ernie está en la puerta. Quiere saber cómo colocar esas vallas para la reunión de ganado. Le dije que estabas ocupado, pero dijo que George le dijo que consultara contigo...

—Está bien —dije, luego miré al canguro que aún se alimentaba—. Um... —Fui a entregársela a Travis, pero él se levantó.

—Está bien, yo iré —dijo. Me dio una palmada en el hombro—. Me ayudará a mantenerme ocupado y, de todos modos, debes terminar esa evaluación.

—No voy a hacer ninguna maldita evaluación —dije—.

Además, no sabes cómo quiero que queden las líneas de la valla.

Me miró desde la puerta.

—Sé exactamente cómo quieres que se hagan y estoy seguro de que Ernie también. Sólo estará comprobándolo dos veces por cortesía. Quieres que vayan igual que la última vez, separando líneas para añejos, novillas, toros y novillos en los primeros potreros del oeste y del sur, ¿no? preguntó, todo engreído y seguro.

Lo miré, tal vez resoplé un poco. En lugar de responderle, porque sabía que tenía razón, miré a Matilda, a sus grandes ojos marrones que parpadeaban.

—Esto es tú culpa.

Travis se rio por el pasillo, deteniéndose solo para ponerse el abrigo y el sombrero antes de escuchar la puerta cerrarse detrás de él. Entonces Ma volvió a la puerta.

—No quise estar escuchando —dijo—. Pero fue lindo lo que le dijiste acerca de quedarse. Y Charlie, puedo ver que estás poniendo cara de valiente por él.

—Lo tengo que hacer. Ni siquiera puedo pensar en que se vaya, Ma —dijo silenciosamente—. Así que tengo que mantener una actitud positiva, ¿no? Aunque estoy seguro de que probablemente me lea.

Ma sonrió y se acercó a mí.

—Aquí, dámela —dijo quitándome a Matilda de encima—. Charlie, encontrarás una manera de arreglar las cosas.

—No sé qué puedo hacer —admití—. Quiero decir, ¿qué hace cualquier agencia gubernamental por mí? En este país, si no sucede en una ciudad importante, no sucede. La mitad de los políticos de este país creen que su carne proviene de un supermercado. No tienen idea de lo que se necesita para que llegue a los estantes: las horas, el sudor, la sangre. Lo único que quieren saber es que pago mis impuestos a tiempo. —Negué con la cabeza—. ¿Y ahora creen que pueden simplemente dictarme esta mierda? ¡Idiotas! —Y luego, como estaba en racha, seguí despotricando—. Sabes, me gustaría ver a cualquiera de ellos venir aquí y hacer lo que él hace. Ha trabajado duro desde el día que llegó aquí. Ya sabes, pocas personas pueden sobrevivir por estas tierras y mucho menos amarlas. Me gustaría ver a esos políticos encargados de papeleo pasar un maldito día aquí. Estarían pidiendo a gritos que un jet privado viniera a buscarlos antes de encenderse un cigarrillo. —Respiré hondo y traté de estar un poco más tranquilo—. Él merece estar aquí. Se lo ha ganado.

Ma intentaba no sonreír.

—¿Terminaste?

—Aún no he terminado.

—Bien. Entonces ponte esa gorra de pensar y encuentra una manera de que él se quede. Como le dijiste, será por tu testarudez que se irá, no porque se lo digan.

—No me llamé testarudo —dije sin convicción.

Me dio unas palmaditas en el hombro y se llevó a Matilda de mi oficina. Me quedé mirando la pila de libros de texto que no tenía intención de leer y en su lugar abrí mi ordenador portátil. Fui directamente al sitio web de Inmigración y Patrulla Fronteriza, hice clic en visas y comencé a leer.

Lo siguiente que supe fue que alguien llamó a la puerta de mi oficina. Era Nara.

—Señor Sutton —dijo en voz baja—, Ma me dijo que le dijera que el almuerzo está casi listo.

Miré mi reloj. Mierda. Eran cerca de las doce. Llevaba tres horas leyendo. Le di a Nara una sonrisa.

—Gracias. Saldré en un rato. —Cerré las seis pestañas que había abierto y fui a mi correo electrónico, buscando uno en particular. Después de verificar las fechas y horas, saqué mi teléfono móvil, justo cuando Travis estaba en la puerta. Parecía un poco maltratado por el viento, un poco sucio y muy lindo. Le sonreí cuando mi vecino contestó su teléfono.

—¿Charlie?

—Sí, hola, Greg, soy yo.

—¿Qué puedo hacer por ti? ¿Todo bien?

—Sí, todo está bien —dije por teléfono. Travis todavía me miraba fijamente y yo le devolví la mirada cuando dije—: ¿Cuándo dijiste que era la reunión de la Asociación de Productores?

—Este fin de semana no, el que viene —dijo—. ¿Vas a venir?

—Sí —dije sonriéndole a Travis—. Iremos Travis y yo.

CAPÍTULO DOCE

ESTA NO SERÁ LA ÚLTIMA REUNIÓN DE TRAVIS. NO HA VISTO EL DESIERTO EN PRIMAVERA, ASÍ QUE NO PUEDE IRSE TODAVÍA, ¿VALE?

—¿A dónde va a ir Travis? —preguntó Travis cuando corté mi llamada a Greg.

Le sonreí.

—Travis irá a la reunión de la Asociación de Productores de Carne del Territorio del Norte como un agrónomo, que no sólo entiende la ciencia de lo que hacemos, sino también cómo lo hacemos aquí.

—¿Por qué voy a ir? —preguntó. Luego ladeó la cabeza—. *¿Cuándo* es la reunión?

—Dentro de dos fines de semana.

Me miró durante un largo y confundido momento.

—Pero estaremos reuniendo el ganado, y luego tendré esa reunión en la Alice el lunes siguiente. —Negó con la cabeza—. Charlie, no tengo tiempo, y créeme, si esa es mi última semana aquí, no la gastaré en otro lugar, y ciertamente no la gastaré en algún lugar donde no estarás…

Levanté la mano.

—Pero eso es por lo que tienes que hacerlo —dije—. He estado leyendo sobre ello. Leí el sitio web de visas y decía que hay una subcláusula para trabajadores calificados en áreas regionales. Entonces leí sobre ese tema y resulta que las ciencias agrícolas califican, lo cual es genial, ¿no? —pregunté. Parecía más confundido, así que le expliqué—: Yo tampoco sabía realmente lo que eso significaba, así que seguí leyendo y encontré algunas páginas del foro donde otras personas hablaban sobre las condiciones de sus visas y cómo algunos fueron expulsados y otros hablaban sobre lo que les ayudó a quedarse.

Ahora estaba escuchando.

—¿Y qué dijeron?

—Algunas personas diferentes dijeron que eran activas en la comunidad con sus habilidades. Un hombre de Canadá que vive en Tasmania dijo que le concedieron una visa permanente debido a sus calificaciones en el área de acuicultura sobre algún tipo de pez. También estaba la historia de un profesor de la India que estaba ayudando a otras personas de la India a asimilar y aprender inglés, y encontré una mujer de Argentina…

—Ya me hago una idea —dijo interrumpiéndome. Se sentó en la silla libre—. ¿Entonces crees que, si hablo con un grupo de granjeros sobre el suelo, me otorgarán una visa permanente? —parecía escéptico.

—No es un discurso como tal —aclaré—. Más bien un trabajo de consultoría individualizado. Si podemos lograr que algunos granjeros digan que te han consultado sobre asuntos comerciales relacionados con la agronomía, entonces eso debería ser suficiente.

—Pero no lo han hecho.

—Pero lo harán.

—¿Cuándo?

—En la reunión de ganaderos, la de Productores de Carne.

—¿No es demasiado poco y demasiado tarde?

—No puede doler —dije—. Y, de todos modos, no importa lo que piensen los granjeros. Lo único que importa es que la señora de Alice Springs, la funcionaria del departamento de inmigración, sepa que lo estás haciendo.

Ma pasó por la puerta de la oficina con una bandeja de comida.

—Chicos, almuerzo.

Así que almorzamos rápidamente sopa y sándwiches. Todos hablaban entre bocado y bocado de comida sobre fútbol y temas banales, pero yo estaba haciendo listas mentales de las cosas que tenía que hacer. Travis tenía razón en una cosa: se nos estaba acabando el tiempo.

Miré a George y le pregunté:

—Si tuviéramos que realizar la reunión de ganado una semana antes de lo planeado, ¿podríamos hacerlo?

De repente la gente dejó de hablar de fútbol.

George pensó en ello en silencio.

—Tendríamos que partir mañana para cruzar Arthur Creek antes de que baje. Al menos tres caballos y dos motos. Una vez que se inunde, habrá que esperar una semana. De todos modos, tendremos que traerlos a casa por el este de la cresta, porque no podremos cruzar el arroyo.

Sabía todo eso. Suponía que solo estaba pensando en voz alta.

—Sí, pero ¿podemos hacerlo? ¿Tenemos el equipo? ¿El combustible? ¿Las provisiones? Físicamente, ¿podemos hacerlo? ¿Podemos salir mañana?

George asintió.

—Sí.

Miré alrededor de la mesa, a todos los que nos miraban.

—Dejadme hacer algunas llamadas telefónicas primero. Tendré que consultar con la empresa de transporte. Si los camiones no pueden recoger el ganado hasta la semana siguiente, seguiremos con el plan original.

Tener tantas cabezas de ganado en patios reducidos durante demasiado tiempo era peligroso y costoso. No me arriesgaría si no lo pudiéramos hacer bien, entonces tendría que pensar en otra solución.

Pero no tuve que hacerlo. Aparentemente ser Charlie

Sutton contaba para algo, porque cuando llamé a la compañía de camiones, que enviaba tres trenes de carretera para recoger mi ganado, hicieron algunas llamadas y me llamaron quince minutos más tarde para decirme que todo estaba bien.

Me recosté en mi asiento y suspiré, y después de unos minutos recogiendo mis pensamientos dispersos, salí a buscar a George.

Estaba en el cobertizo haciendo inventario de combustible.

—¿Tenemos suficiente? —pregunté—. Puedo llamar para una entrega, pero no llegará aquí hasta el miércoles como muy pronto.

—Deberíamos tener todo cubierto para mañana —dijo—. Tal vez quieras pedirlo de todos modos. Supongo que lo necesitaremos sí o sí. —Luego preguntó—: ¿Entonces saldremos temprano?

—Sí —respondí—. El transporte llegará cuatro días antes de lo previsto. Si llevamos la vacada hacia el este, nos llevará al menos un día más, pero eso aún nos da un buen ritmo, ¿no?

George asintió.

—Me parece bien.

—Iré a decírselo a los demás —dije.

—Ya lo hice —dijo George en la forma lenta y constante en que hablaba—. Pensé que implicaba que Travis se quedara de alguna manera, así que lo harías realidad. Les dije a todos que nos iríamos mañana.

Ahogué una carcajada.

—¿Y si la empresa de transporte no hubiera podido cambiar sus fechas?

La comisura de sus labios se curvó hacia arriba.

—No creerías que te dirían que no, ¿verdad? Eres uno de sus contratos más importantes. —Negó con la cabeza—. De todos modos, simplemente les habrías dicho que enviaran los transportes o encontrarías una nueva empresa de camiones.

Me encogí de hombros.

—Nunca había pedido que cambiaran el envío.

Empezó a revisar las motos todoterreno como si yo ni siquiera estuviera allí.

—Nunca habías tenido tanto que perder. —Luego, como si no acabara de decir algo profundo, añadió—: Tal vez quieras ir a decirle a Ma que haremos la reunión de ganado una semana antes. No le dije. No entraré en ese juego. —Sonreí, suspiré y me dirigí a la casa cuando él gritó—: Quizá también quieras ofrecerte a ayudar. Si sabes lo que es bueno para ti.

Me reí porque era verdad, y cuando entré a la cocina, Ma estaba sentada con una taza de té y un sándwich.

Aclaré mis ideas.

—Ma —dije sentándome a su lado.

Ella me miró dubitativa.

—¿Qué has hecho?

Me aclaré la garganta.

—Bueno, podría haber adelantado la reunión de ganado.

No parpadeó.

—¿Cuánto tiempo?

Siempre me asustaba cuando hablaba así en voz baja.

—Um, ¿algo así como una semana?

—Charles Sutton… —Su mirada era como de acero—. No estoy lista.

Me encogí de hombros.

—Nos vamos mañana.

Estaba bastante seguro de que estaba tratando de perforarme la cabeza con visión de rayos láseres de Superman o algo así. Por eso George se había ocupado en el cobertizo.

—Um, te ayudaré, así que cualquier cosa que necesites que haga...

—Necesito que salgas de mi cocina, eso es lo que necesito —dijo en voz baja, con calma. Aterradoramente—. Creo que esta noche estaré un poco ocupada cocinando comida para una semana, ¿no crees?

Asentí.

—Dije que ayudaré. ¿Qué te parece si empiezo a hacer una lista o algo así?

Respiró hondo, apretó los labios y pareció calmarse un poco.

—Ayudarás, me parece bien. Puedes ir a buscar a Nara, ella es más útil que tú, y luego sentarte en la terraza y pelar un cubo de patatas.

Hice una mueca.

—Soy mejor en las listas.

Levantó una ceja de "Charlie si dices una palabra más, que Dios te ayude".

Me puse de pie.

—En este mismo momento. Patatas, voy a ello. —Fui a encontrar a Nara, y después, porque había adelantado la reunión, sólo para ayudar a Travis, el amor absoluto de mi vida, porque no quería que lo echaran del país, y haría cualquier cosa para conseguirlo, ya que estaba convencido de que moriría si se iba: me senté en la terraza trasera y pelé una jodida tonelada de patatas.

Eran alrededor de las tres de la tarde cuando caminó dicho amor de mi vida, hasta la casa con Ernie. Todos se quedaron allí un poco incómodos, sin saber qué decir, y Travis me sonreía. Yo estaba sentado con un barreño de agua entre mis pies para las patatas limpias y un cubo todavía medio lleno de patatas sucias a mi lado. También llevaba guantes de fregar de color amarillo brillante. Lo miré y su sonrisa se hizo aún más amplia.

—Si alguno de vosotros se ríe —advertí—, estaréis despedidos.

Entonces, por supuesto, Travis se rio.

—Bonitos guantes.

—¡El agua está helada! —dije, porque eso explicaba los guantes. Bueno, para mí funcionaba como explicación—. Y tengo veinte kilos de patatas para pelar, y te juro por Dios que será mejor que disfrutes hasta la última de ellas.

Travis todavía se reía entre dientes y Ernie como que no sabía qué hacer. Aparentemente no estaba acostumbrado a que yo despotricara como lo hacía Travis. Travis, por otro lado, parecía pensar que era divertido. Lo admitía, era bueno verlo reír, pero de todos modos le lancé una patata, que atrapó como si fuera una pelota de béisbol o algo así.

Ernie se aclaró la garganta.

—Um, hemos terminado con el potrero sur —dijo—. Pensé que, si todos trabajáramos juntos, en equipo, lo conseguiríamos más rápido. Los demás ya han empezado por el lado occidental, pero me preguntaba si necesitabas que hiciéramos algo más.

Le sonreí. Ernie había estado en mi personal durante años, era uno de esos triunfadores silenciosos que simplemente llegaban y hacían su trabajo con el mínimo esfuerzo. Y era fantástico saber que podía dar un paso al frente y estar a cargo si fuera necesario.

—Las motos ya han sido preparadas, George revisó el combustible y el aceite…

—Estaba apilando cajas cuando llegamos hace un momento —añadió Travis.

—Entonces todo ese equipo está listo —dije—. Aún tendremos que empacar bolsas de comida para los perros y luego llenar todos los recipientes con agua. Todo el equipo para los caballos, las sillas de montar de repuesto, los botines de repuesto y todo lo demás. También deberíamos traer los caballos esta noche —les dije.

Travis asintió.

—Iré —dijo—. Texas está justo al lado de la valla. Sólo me llevará un minuto ensillarlo. Puedo traer a los demás antes de que oscurezca. —No esperó aprobación de ningún tipo, simplemente se giró sobre sus talones y se alejó.

Ernie esperó hasta que Travis estuvo suficientemente lejos como para no oírnos.

—Es un profesional —dijo sonriendo y hablando al suelo.

Luego me miró, todavía nervioso pero decidido a decir algo de todos modos—. Es un gran trabajador y lamentaré que se vaya. Quiero decir, si tiene que irse, claro está. Si lo obligan a irse. —Tragó con fuerza, luciendo una docena de matices de torpeza—. Supongo que lo que intento decir es que ninguno de nosotros quiere que se vaya. Si tenemos que trabajar más horas para que él pueda hacer lo que necesita para poder quedarse, entonces no tenemos ningún problema en hacerlo.

Jesús. Ese fue el discurso más largo y personal que alguna vez escuché de la boca de Ernie. No sé quién se sorprendió más, si él o yo. Pero sus palabras me conmovieron y me sentí muy agradecido.

—Gracias —dije—. Realmente aprecio todo lo que has dicho.

—SABES, me alegro un poco de que hayas adelantado la reunión de ganado una semana —dijo Travis. La habitación estaba oscura y fría, y los dos estábamos entrelazados en la cama manteniéndonos calientes el uno al otro. Su cabeza estaba en la curva de mi cuello, su muslo sobre el mío y mis brazos lo rodeaban con fuerza.

—¿Por qué?

—Quiero decir, tengo muchas ganas de pasar una semana montando a caballo —explicó—, pero creo que pasar una semana aquí dando vueltas y esperando la cita en la oficina me habría vuelto loco. Al menos de esta manera, estamos ocupados toda esta semana sin tiempo para pensar en esa reunión y luego me tienes a mí dando ese estúpido discurso en la reunión de ganaderos, que debería hacerte escribir, por cierto. —Suspiró—. No sé. Es bueno estar ocupado, eso es todo.

Pasé mis manos por su espalda.

—Ocupado es bueno. Pero no te emociones demasiado por dormir fuera esta semana. Hará frío.

—Te tengo a ti para mantenerme caliente.

Resoplé.

—No es que podamos compartir mucha intimidad con los demás a solo unos metros de distancia.

—Encontrarás una manera de hacerlo realidad —dijo simplemente—. Si tengo los días contados aquí, no pasaré ni una noche lejos de ti.

—No tienes los días contados aquí—respondí.

Se apoyó en su brazo. Pude distinguir la expresión de preocupación en su rostro incluso en la habitación a oscuras.

—¿Puedes al menos actuar un poco preocupado de que pueda irme?

Le aparté el pelo de la frente.

—No —dije en voz baja—. Ni siquiera puedo pensar en eso.

Frunció el ceño, la tristeza grabada en cada línea. Negó con la cabeza y volvió a poner su cara en la curva de mi cuello.

—Sí, lo sé —fue todo lo que dijo.

Apreté mi agarre una vez más y me quedé dormido tratando de no pensar en nada más que en él.

Cuando desperté, me di la vuelta para poder acurrucarme contra él, sólo para encontrarme con algo que claramente no era Travis. Abrí los ojos lentamente y justo delante de mi cara había dos orejas grandes y unos ojos brillantes de color marrón y muy despiertos. Me incliné y le di a Travis mi mirada con los ojos entrecerrados

—No quiso volver a dormir y tenía frío —murmuró.

—¿Entonces la metes en la cama con nosotros?

—Sí.

—Bueno, ponla en tu lado.

—Oh, no es tan mala.

—No, quiero abrazarte a ti, no a ella.

—Oh.

La levantó suavemente, con bolsa y todo, y la puso al otro lado de él . Rápidamente ocupé su lugar. Lo rodeé con mi brazo, él acurrucó su espalda contra mí y Matilda solo se quejó un poco.

—Qué pena —le dije.

Travis la cubrió con la manta para que pensara que era una bolsa grande o algo así, y los tres nos quedamos en la cama hasta que no pudimos posponer el día ni un minuto más.

EL PLAN en realidad fue idea de Travis, pero fue inteligente, que tres caballos, dos motos y el viejo Land Rover se dirigieran hacia el norte. Yo tomaría el helicóptero y alejaría al ganado del extremo norte y cerraría las puertas que de otro modo los llevarían al sur, porque necesitábamos que se dirigieran primero al este. George terminaría los corrales de la granja y Nara se quedaría en la casa, ayudaría a Ma y cuidaría de Matilda.

Todo lo que necesitábamos era cruzar Arthur Creek antes de que se inundara, y luego, al final del día, George me llevaría volando sobre el arroyo para unirme al resto del grupo de arreadores.

Había estado pensando en cómo dijo que encontraría una manera de que estuviéramos solos mientras reuníamos el ganado, pero tampoco pude evitar pensar en lo que dijo Ernie. Por mucho que quisiera pasar tiempo a solas con él, también necesitaba pasar algo de tiempo con sus amigos. Si el peor de los casos se hiciera realidad, si se fuera, ellos también lo extrañarían.

Entonces, la primera noche, cuando estábamos instalando el campamento, puse nuestros sacos de dormir a unos metros de distancia, a un lado, pero todavía un poco cerca de los demás. Me lanzó una mirada inquisitiva, así que le dije:

—Nos alejaremos mañana para que tengas esta noche con ellos.

Creo que entendió el mensaje.

Hicimos una fogata, calentamos estofado hecho del día e hicimos algunas cosas a la brasa, y todos nos reímos mientras Bacon nos contaba historias de cuando fue a pescar a Barramundi en el Top End y de lo idiotas que eran los vaqueros de cocodrilos. Travis se rio tanto, que tuvo que agarrarse los costados como si le dolieran por las imitaciones tan buenas de Bacon, que eran un cruce entre Steve Irwin, Cocodrilo Dundee y Gordon Ramsay. No encontré las historias tan divertidas como Travis, pero seguro que fue bueno oírlo reír así.

No pasó mucho tiempo hasta que hizo demasiado frío para permanecer alejados de nuestros sacos de dormir, y cuando todos estábamos acostados y en silencio, Travis hizo su acto de quedarse ahí quieto, mirándome fijamente, que hacía que mi corazón se acelerara y latiera a destiempo.

Articuló las palabras:

—Gracias.

Respondí, igual de silencioso:

—De nada.

Luego lo miré todo el tiempo que mis ojos me permitieron.

ME LEVANTÉ ANTES QUE TODOS, volví a encender el fuego y el olor a huevos y beicon despertó a todos. Herví agua para preparar té caliente, pero me aseguré de tener suficiente café granulado para que Travis sobreviviera unos días sin su nueva máquina de café.

A pesar de lo temprano y frío que era, todos seguían entusiasmados con los próximos días. Una cosa era segura, no era el único que amaba estar en medio de la nada. Me hizo sonreír, aún más agradecido por estas personas que me apoyaban, que pertenecían aquí tanto como yo, incluido Travis.

Ojalá el departamento de inmigración pudiera verlo aquí. Todo tendría sentido para ellos si pudieran ver cómo encajaba con este lugar, con su gente.

Estaba empezando a pensar que él necesitaba estar aquí, siendo parte de este paisaje de tierra roja, tanto como yo.

Ensilló a Texas y Shelby y cargó el caballo de Billy con nuestro equipo mientras yo recogía nuestros suministros y ayudaba a cargar todo nuevamente en el Land Rover. El plan era que Travis y yo iríamos a caballo por la ruta más rápida y directa hacia el norte, mientras que todos los demás, iban en motos y en el todoterreno por el oeste, guiando a los rezagados, y nos encontraríamos en el potrero del extremo norte.

El mes pasado cortamos el agua en la parte superior para que la vacada bajara por sí sola. Siempre había algunas cabezas a las que había que persuadir, y ahí era donde el helicóptero resultaba útil. Pero para el tercer día deberíamos estar listos para comenzar a dirigirlos a casa. Con aproximadamente dos mil cabezas de ganado, el viaje hacia el este de la línea de la cresta para evitar vías fluviales torrenciales nos llevaría aproximadamente cuatro días.

Serían cuatro días de arduo trabajo, estrés y dormir en suelo, helados hasta los huesos, pero había un familiar zumbido de emoción mientras nos preparábamos para partir.

Sin embargo, lo que no podía esperar, lo que me hacía sonreír y tener ganas de salir, era tener dos días, dos días ininterrumpidos en el desierto con Travis, solo nosotros.

Tuve que reprimir mi sonrisa mientras los demás se marchaban. Pero mientras Travis y yo íbamos hacia el norte, uno al lado del otro, fue Travis quien se rio.

—Cuando dije que encontrarías una manera de que tuviéramos un tiempo a solas aquí, no estaba pensando en dos días —dijo negando con la cabeza hacia mí.

—Podrías haber ido con los demás si hubieras querido —le dije sabiendo muy bien que no quería hacerlo.

Resopló.

—No es probable —tomó una profunda bocanada de aire frío de la mañana y se irguió más alto en su silla—. De esto se trata, aquí mismo. Desierto abierto, plano hasta el horizonte, cielo azul, tierra roja y tú.

Le sonreí.

—Justo estaba pensando lo mismo.

Me sonrió y miró sobre el desierto que nos rodeaba, y suspiró un sonido que era lo más cercano posible a estar en el cielo.

—Nunca entendí la fascinación de la gente por el océano —reflexionó—. Entiendo que hay un poder y belleza, supongo. Pero no es nada parecido a esto. —Sonrió mientras hablaba—. Quiero decir, míralo. Hay paz en este lugar y sin duda es tan peligroso como hermoso. Los colores cambian, el aire cambia, todo en el desierto cambia cada hora de cada día, pero de alguna manera permanece igual. —Suspiró de nuevo—. ¿Eso tiene sentido?

Acababa de describir lo que yo no había podido expresar con palabras durante años.

—Tiene un sentido perfecto.

—Supongo que le estoy predicando al coro diciendo eso —dijo negando con la cabeza.

—¿Estás bromeando? No mucha gente lo entiende... —Lo intenté de nuevo—. No mucha gente lo ve como yo.

Trav sonrió ante eso.

—¿Finalmente estás empezando a creer que me gusta estar aquí tanto como a ti y que no lo digo sólo para hacerte feliz?

Puse mis ojos en blanco.

—Tal vez.

Lástima que sea demasiado tarde, pensé.

Es una pena que tengas que irte.

—Justo a tiempo para que me vaya, ¿eh? —preguntó, sin duda viendo el cambio en mi rostro.

—No lo creo —dije.

—¿No lo crees o no lo quieres creer?

No le respondí. Él sabía la respuesta. Solo quería que lo dijera en voz alta. Entonces dije:

—Durante los próximos dos días no hablaremos de eso, ¿de acuerdo? Durante los próximos dos días, seremos solo nosotros, a un millón de kilómetros de cualquier persona y de cualquier cosa, sin ninguna preocupación en el mundo, ¿de acuerdo?

Pareció considerarlo un rato antes de darme una sonrisa.

—Bueno.

—Bien. Ahora dime —dije cambiando completamente de tema—, si pudieras tener algún súper poder, ¿cuál sería?

—¿Qué?

—Es el juego de qué pasaría si tuvieras súper poderes. Elige uno y sólo uno.

—No saliste mucho cuando chico, ¿verdad?

—Para nada, así que cállate. —Lo ignoré riéndose de mí—. Está bien, entonces, si pudieras tener un artículo de lujo aquí, ¿cuál sería?

Estaba a punto de decir algo, pero luego me miró con los ojos entrecerrados.

—Sólo porque lo digo no significa que realmente quiera que lo compres, ¿vale?

Solté una carcajada.

—Depende de lo que sea.

—Un horno de pizza.

—¿Un qué?

—Ya sabes, esas cosas grandes que parecen hornos de piedra. Podríamos cocinar pizzas cuando quisiéramos.

—¿Extrañas la pizza?

—Bueno, no es que podamos pedir Domino's aquí.

—Muy cierto —acepté, Luego me pregunté cómo podría conseguir que me lo entregaran. El horno, no la pizza.

Puso los ojos en blanco.

—No, no, no. Dije que no puedes comprarlo sólo porque dije que quiero uno. ¡Solo estamos jugando! —Me miró fijamente durante un rato y luego suspiró, resignado—. Conozco esa mirada —dijo—. Estás pensando en cómo conseguir uno.

Me reí y mentí completamente.

—No, no lo estoy pensando.

—No voy a jugar a este juego contigo —dijo. Pero no pudo evitarlo, porque durante las siguientes horas jugamos a preguntas y respuestas sobre todo, desde política y acabar con el hambre en el mundo hasta dobles en películas y spaghetti westerns.

Fieles a nuestra palabra, nunca mencionamos su posible marcha. Aunque era como si la propia presencia de todo el tema de "dejarnos y rompernos el corazón" nos acompañara, simplemente nunca hablábamos de ello.

Encontrar un lugar protegido para acampar no es precisamente fácil en el desierto interior, muy plano y abierto. Pero cuando el sol empezó a ponerse, encontramos un grupo de arbustos que al menos servirían de protección para los caballos contra el viento. Los atamos a las ramas, les dimos de comer y de beber y continuamos montando el campamento.

Empecé un pequeño fuego mientras Travis colocaba nuestros sacos de dormir. Estaba ocupado ajustando correctamente las proporciones de la fogata, leña, llama y entrada de aire y realmente no había prestado mucha atención. Pero cuando miré detrás de mí, no solo había unido nuestros sacos de dormir para hacer uno más grande, sino que había juntado nuestros dos colchones, los había abierto, tenía las sábanas superpuestas y efectivamente nos había hecho una cama doble.

Sonrió con orgullo.

—Esto va a ser muy divertido.

Miré hacia nuestra cama.

—¿Aprendiste a hacer eso en los Scouts?

—Campamento de verano.

—¿Hiciste camas dobles con otros niños en el campamento de verano?

—Estaba bromeando, Charlie. —Luego, después de un segundo, se rio y comenzó a rebuscar entre nuestras provisiones para la cena.

—¿Qué es tan gracioso?

—Oh, estaba pensando —dijo aparentemente satisfecho consigo mismo—, que estoy bastante seguro de que los Scouts no entregaban las insignias que ganaré esta noche.

—¿Por unir los dos colchones de un saco de dormir en una cama?

Me miró como si me hubiera perdido lo obvio.

—Por lo que haré en esa cama esta noche.

Ah. Me reí de eso.

—Insignias, ¿eh?

—Sí, podrías coserlas en tu sombrero —dijo mirando mi Akubra—. Podría mantenerlo unido un poco más.

—Oye, no te metas con mi sombrero.

Caminó hacia mí y me quitó el sombrero de la cabeza. Luego me agarró la barbilla y levantó mi rostro, plantándome un beso en los labios. Fue un beso breve, porque empezó a sonreír.

—Ahora date prisa con el fuego. Tengo hambre.

Así que preparé un poco las brasas del fuego apenas encendido y calenté un poco de estofado. Llamé por radio al otro campamento, que estaba instalado y cenando, y luego llamé por radio a la granja. Cuando George me convenció de que todo estaba bien, Travis avivó el fuego, se quitó el abrigo, las botas y los jeans y se metió en el saco.

—Vas a pasar frío sin ponerte nada —le advertí.

—El calor corporal es el mejor —dijo. Luego dio unas palmaditas en el fino colchón—. Apresúrate.

Me senté en la cama de lona y me quité las botas y los vaqueros lo más rápido que pude. Iba a ser una noche fría y sabía que por la mañana nos despertaríamos cubiertos de escarcha. Cubrí nuestros abrigos y botas lo mejor que pude, luego extendí los jeans de Travis del desastre arrugado que eran sobre la tierra donde los había dejado y metí nuestros jeans en el saco con nosotros.

—¿Qué estás haciendo? —preguntó.

—Así estarán calientes cuando nos los pongamos por la mañana —le dije, finalmente acomodándome en nuestra cama para pasar la noche. Estaba temblando un poco y me volví hacia él, para rodearlo con el brazo, y Travis no dudó. Estaba frotando sus manos sobre mis muslos, la fricción calentaba mi piel.

—Hace frío —dije afirmando lo obvio.

—Necesitas calentarnos —dijo tirando de mí y poniéndome encima de él. Nos arrastramos un poco en nuestro saco de dormir unido hasta que estuve completamente encima de él, entre sus piernas, y él me rodeó con sus brazos. Pasó sus manos por mi espalda, subiendo nuestras camisetas para que nuestros pechos desnudos se tocaran. Luego sus manos estuvieron debajo de mis calzoncillos, empujándolos hacia abajo sobre mis caderas y apretando mi trasero—. Ya me estoy calentando.

—Tienes las manos frías —dije, mi voz chirriando.

Así que las frotó por todos lados, fuerte y rápido, la fricción nos calentó a ambos.

—¿Mejor?

—No —dije tratando de bajarle los calzoncillos para liberar su erección. Necesitaba sentirlo, piel con piel.

Se rio mientras elevaba su culo y deslizamos la prenda lo mejor que pudimos. Tan pronto como mi polla tocó la suya, dureza contra dureza, gimió.

—Oh, mierda.

Apoyándome en los codos, enganché mis manos bajo sus

brazos y hombros y lo besé. El beso fue lento al principio, pero luego se hizo un poco más profundo y luego se intensificó mucho más. No pasó mucho tiempo hasta que nuestros labios se hincharon y nuestra respiración se hizo pesada, y todavía no estaba lo suficientemente cerca, lo suficientemente profundo.

Me abrazó con tanta fuerza y sus piernas se engancharon alrededor de mis muslos. Estábamos frotándonos el uno contra el otro, presionándonos y empujando, y luego su respiración se volvió irregular y sus dedos se clavaron en mi piel. Acercó mis caderas a las suyas, empujó su cabeza hacia atrás y cerró los ojos mientras se corría.

Se derramó calor entre nosotros, todo su cuerpo se retorció y se estremeció, pero nunca me soltó. Deslizó su mano alrededor de mi cuello, atrayéndome para besarme, y eso fue todo lo que hizo falta: verlo a la luz del fuego, su tacto, su sabor, su olor.

Deslicé mi mano entre nosotros y nos masturbé mientras mi orgasmo estalló a través de mí.

Me desplomé sobre él, fuera de mi mente y sin aliento.

—Jesús.

Se rio entre dientes, un sonido gutural en mi oído, su cálido aliento en mi cuello. Besó el costado de mi cabeza.

—¿Sobreviviste?

Apenas podía formar palabras.

—No estoy seguro todavía.

Su pecho vibró debajo de mí mientras reía.

—Estamos hechos un desastre —murmuró, besando un lado de mi cabeza otra vez—. Date la vuelta. —Me empujó. Aunque no me dejó ir demasiado lejos. Se acercó a su bolso de mano y sacó algo. Era su neceser de afeitar, aunque en él no había navajas ni crema de afeitar. Me entregó una botella de lubricante para que la sostuviera y luego sacó las toallitas suaves que habíamos comprado el fin de semana anterior.

Estaban húmedas, lo cual era genial, pero también estaban frías. Nos limpió a los dos—. Todo mejor.

Miré el lubricante.

—Seguro que estás preparado. Ya sabes, cuando dije empacar para cualquier cosa, me refería al clima.

Se rio, arrojó las toallitas desechadas al fuego, tomó el lubricante, cerró la cremallera de la bolsa de afeitar y me sonrió. Puso su cabeza en el hueco de mi brazo, levantó el saco de dormir y se acurrucó. Se quedó en silencio por un momento, pero luego suspiró.

—Nunca olvidaré cómo se ve el cielo aquí. Mira las estrellas. Creo que podemos ver cada una de ellas.

Apreté un poco mi brazo alrededor de él y besé su sien.

—Es bastante sorprendente, ¿no?

Hizo un sonido de satisfacción y pasó su brazo y su pierna sobre mí.

—¿Estás lo suficientemente abrigado? —pregunté.

Se tomó un segundo para responder y cuando habló, sonó adormilado.

—Nunca me he sentido mejor.

LA MAÑANA FUE una historia diferente. No sólo hacía frío. Estaba helando. Bueno, en nuestro saco de dormir estábamos tan cálidos como una tostada, pero la salida no fue tan placentera.

Nos pusimos los jeans, todavía en nuestros sacos de dormir.

—No volveré a pensar otra vez que meter nuestra ropa en el saco de dormir con nosotros es una estupidez —dijo Travis.

—Quédate aquí —dije. Luego, tan rápido como pude, salí del saco. Sacudí mis botas, en caso de que algún pequeño insecto de ocho patas pensara que había encontrado un lugar cálido para pasar la noche, y me las calcé. Luego sacudí mi abrigo y me lo puse. Parecía que cada célula de mi cuerpo temblaba cuando volví a encender el fuego. No hizo falta mucho esfuerzo para encenderlo: bastaba con una buena provisión de leña y una pizca de diésel.

Puse agua a hervir y el abrigo de Travis cerca del fuego se calentó en poco tiempo. Travis dejó de reírse de mis habilidades para encender fuego cuando le entregué una taza de café caliente mientras todavía estaba arropado en el saco de dormir.

No dijo ninguna palabra, pero su sonrisa y sus ojos decían algo que se parecía mucho a "Eres tan increíble y por eso te amo".

A lo que respondí:

—Yo también te amo. —Realmente no quise decir esas palabras en voz alta.

Él estaba a punto de tomar un sorbo de su café.

—¿Eh?

Fui a decirle algo como *Cállate y tómate tu café*, pero algo me detuvo. Le había dicho antes que lo amaba; eso hizo que mi pecho se oprimiera y se inundara de mariposas, pero lo dije. Pensé que si alguna vez habría un momento en el que *debería* decírselo otra vez, era ahora.

—Dije, te amo —murmuré antes de ponerme nervioso. Luego me corregí—. Dije que *también* te amo. A veces sale de mi boca la voz que "me habla mentalmente".

Sonrió con una de esas desgarradoras sonrisas que me robaban el aliento, luciendo perfecto con su cabello desordenado por el sueño. Antes de que pudiera decir algo inteligente, o igualmente cursi, agregué:

—Cállate y tómate tu café.

Rio y tomó un sorbo de su café. Me preparé una taza de té y puse la sartén al fuego. Mientras el beicon comenzaba a cocinarse, tomé el abrigo ahora cálido de Travis y se lo tendí.

Aun sonriendo y sin dejar el café, salió del saco de dormir

y se levantó. Esperaba que simplemente tomara el abrigo, pero no, tuve que ayudarlo a ponérselo.

—Oh, Dios mío, está tan cálido —dijo—. Eso es lo más romántico que has hecho jamás.

Me sonrojé, por supuesto, y miró hacia donde estaban sus botas.

—Si crees que voy a ayudarte con eso, estás soñando.

Simplemente sonrió y me tendió su café, que tomé estúpidamente. Se puso las botas y volvió a reír cuando tomó su café. Le refunfuñé y volví al fuego, dándole la vuelta al beicon y bebiendo mi té. Se acercó por detrás, me bajó el abrigo y presionó sus labios en mi nuca. Susurró:

—Yo también te amo, Charlie.

Se me cortó el aliento y sentí que el corazón estaba a punto de salirse de mi pecho. Me dio la vuelta y me besó suavemente, en los labios y la mejilla, antes de abrazarme. Y justo cuando pensé que estaba a punto de decirme algo dulce, dijo:

—Por favor, no me quemes el beicon.

Y el día solo mejoró a medida que avanzaba. Se burló de mí por ser el romántico menos romántico de todos los tiempos mientras desayunábamos, y luego recogimos el campamento y seguimos rumbo al norte.

El tema de conversación de la mañana fue la estúpida evaluación que se suponía que debía hacer, que ahora era lo último que tenía en mente. Tenía cosas mucho más importantes de las que preocuparme primero, pero si le decía a Travis que no importaba si terminaba la estúpida carrera ahora que él podría irse, entonces sabría que tenía mis dudas sobre que se quedara.

Y no podía dejar que pensara que tenía dudas.

Era estúpido, lo sabía. Debería hablar de ello, debería decirle que tenía miedo de que lo hicieran irse, pero simplemente no podía. No podía decirle lo preocupado que estaba, porque eso lo haría real.

Tenía mucho más sentido, en mi pensamiento, si lo ignoraba o fingía que no era gran cosa. Quería hacerlo creer que se quedaría y que nunca pensara ni por un segundo que dudaba de él.

Así que eso era exactamente lo que hacía.

Hablamos de agronomía y de la ciencia del suelo y cómo tenía que escribir un discurso sobre este tema para decirlo a los presentes en esa reunión.

—¿De verdad crees que eso hará alguna diferencia? —preguntó.

—Claro —dije pareciendo indiferente—. Bueno, no te hará daño.

—Pensaba que él quería que dieras un discurso o algo así.

—Así es —admití—. Pero tiene más sentido que la funcionaria con la que tendrás esa reunión piense que eres tú.

—Seguramente no soy el único agrónomo aquí.

—Bueno, probablemente no. Pero eres el único al que quiero aquí, así que esa debería ser razón suficiente.

Se quedó un poco callado después de eso, así que sugerí que paráramos a almorzar y diéramos un descanso a los caballos. Comimos sándwiches fríos de carne y, en lugar de comerme la manzana, la corté y se la di a los caballos.

Travis negó con la cabeza.

—Y la gente piensa que eres un jefe duro.

Resoplé.

—De esto ni una palabra a nadie.

Simplemente negó con la cabeza y nos sentamos en una pequeña elevación y observamos cómo el sol cambiaba los colores de la tierra. Me prometí que, cuando todo esto pasara y tuviéramos algo de tiempo, lo llevaría a cualquier parte del país al que quisiera ir. Había viajado por medio mundo y había estado aquí apenas siete meses, pero no había visto mucho más que el Outback.

—Podríamos ir a pescar truchas con mosca en Tasmania o pescar en alta mar frente a la Barrera de Coral. O a Barramundi para pescar en el Top End.

—Estoy empezando a pensar que quieres ir a pescar.

Ignoré su sarcasmo.

—Podría llevarte a Kakadu o Sídney. Aparentemente Melbourne es muy bonita: hay muchos restaurantes afamados, o eso he oído. Nunca he estado allí, así que realmente no lo sé con certeza.

—Uluru —dijo.

—¿Uluru? —repetí—. ¿En serio? me ofrezco a llevarte a *cualquier* lugar, ¿y eliges algo que está justo al final del camino?

Puso los ojos en blanco.

—Un viaje de seis horas no es justo al final del camino.

—Bueno, es más exacto decir nueve horas, pero ¿en serio? ¿De todos los lugares y eliges un punto en el desierto?

—Quiero verlo.

Me encogí de hombros.

—Me parece bien.

—Aunque Kakadu suena muy bien.

—Sí, pero debo advertirte —le dije seriamente—. La tierra allí arriba no es roja.

Jadeó dramáticamente.

—Oh, qué horror.

—Sí. Es una farsa.

Sonrió, mirando al horizonte. Era mayormente rojo con manchas de arbustos de sal verdes y algunos árboles dispersos. El cielo era de un pálido azul invernal y el aire era frío. El sol se sentía bien en mi cara.

Lo asimiló todo, como si estuviera grabándolo en la memoria, como si nunca quisiera olvidarlo. No me atreví a preguntar en qué estaba pensando. Tenía una especie de tristeza escrita en todo su rostro.

Me levanté rápidamente, queriendo poner algo de distancia entre ese hilo de pensamientos y yo.

—Vamos, será mejor que sigamos moviéndonos.

Estábamos a poca distancia de nuestro punto de encuentro

cuando empezamos a ver los primeros signos de ganado, lo que significaba que uno de los rebaños no estaba muy lejos. Travis arreó a Texas y se dirigió a la izquierda, alejándose a medio galope con una sonrisa. Me quedé atrás y lo dejé divertirse, para ser honesto, simplemente disfruté observándolo montar, y esperé a que trajera unas veinte cabezas de ganado por su cuenta.

Cuando llegamos al extremo sur del potrero norte, teníamos cerca de cien cabezas apiñadas en el lugar donde se unían las esquinas de la valla. Poco después, Travis señaló hacia el oeste.

—¿Qué demonios es eso?

Miré hacia donde él estaba señalando y sonreí. Parecía un río brumoso de color blanco y rojo, avanzando desde el oeste.

—Son los demás.

Travis empezó a sonreír.

—Jesús. Parece sacado de la película *La Momia*. ¿Alguna vez la has visto? Donde las tormentas de polvo en el desierto se mueven en formas —dijo—. Se ve así. Bueno, no tan grande y esto no tiene calaveras.

—¿Eh?

Soltó una carcajada.

—No importa. —Luego señaló con la cabeza a la vacada que se acercaba—. ¿A qué distancia están?

Calculé la distancia encogiéndome de hombros.

—Alrededor de cuatro kilómetros.

—¿Cuántas cabezas puede haber?

—Parece que hay alrededor de mil.

Él sonrió y se sentó más arriba en la silla.

—Guau.

Obviamente estaba ansioso por ir.

—¿Quieres ir a encontrarlos?

—¿Puedo?

Le puse los ojos en blanco.

—Estoy bastante seguro de que puedo manejar este

rebaño por mi cuenta. No van a ir a ninguna parte. —
Entonces le dije—: Haz caso a Billy. Él sabe qué hacer.

Lo vi alejarse, y luego, a medida que se acercaban, vi a mi equipo extenderse en una línea de unos cien metros adyacente a la valla y vi cómo el ganado entraba. Como una máquina bien engrasada.

Montamos el campamento antes del anochecer. Dejé nuestros sacos de dormir, un poco cerca uno del otro pero separados, por supuesto, y Travis me hizo un rápido puchero cuando se dio cuenta de que no íbamos a tener una cama unida. No me importaba que Bacon y Trudy tuvieran sus camas más juntas, pero era algo que no me sentía cómodo haciendo delante de los demás. No era algo gay. Era un asunto de jefatura.

Colocamos bloques de sal para el ganado, distribuí los perros de trabajo en el límite y el grupo se instaló para pasar la noche.

Cuando estábamos preparando la cena, estaba completamente oscuro y hacía un frío cortante. Nos sentamos alrededor del fuego y los demás hablaron de los dos días de viaje desde el oeste. Todos estaban un poco acurrucados, así que sentarse con las piernas de Travis y las mías tocándose no parecía tan extraño.

Creo que fue lo más cerca que jamás había estado de él frente a los demás. Nunca nos habíamos tocado ni hecho nada remotamente parecido a una pareja en su compañía. Simplemente no podía hacerlo. Era un cruce de líneas privado/profesional que simplemente no me parecía muy apropiado. Sabían que estábamos juntos. No necesitábamos anunciarlo.

Pero Dios, seguro que era agradable.

Cuando finalmente terminamos el día, mi cama estaba fría, mi sueño era inquieto y, aunque él estaba a solo unos metros de mí, parecía una distancia demasiado lejana.

RECIBIMOS una llamada de atención de George. Y por llamada de atención me refiero a un sobrevuelo en helicóptero. Se mantuvo hacia la izquierda para no molestar demasiado a la multitud de ganado, pero fue suficiente para que todos nos pusiéramos en marcha.

Dirigió el helicóptero a un claro para aterrizar y tenía para caminar unos cientos de metros, lo cual estaba bastante seguro de que era una distancia suficiente para darle a alguien tiempo suficiente para preparar una taza de té.

Traía provisiones frescas de guiso, pan, leche y fruta, suficientes para dos días. Él me sonrió en particular.

—La cocinera —refiriéndose a su esposa—, dijo que ya no estaba tan enfadada contigo. Hizo algunas galletas e incluso hay bollos y mermelada.

Llevamos las cajas de alimentos frescos desde el helicóptero hasta el todoterreno. También traía más agua, comida para perros y otro fardo de paja para los caballos. Cambió las cajas llenas por las nuestras vacías, y con un movimiento de cabeza y la punta de su sombrero, tomó el helicóptero y lo llevó hacia el norte.

—Tenemos unas dos horas —les dije a todos.

—¿Antes de que? —preguntó Travis.

—Antes de que George traiga al resto de la vacada desde el norte. Nosotros dirigiremos a este grupo a través de la puerta este de aquí, y cuando crucemos la cresta, él hará que las demás cabezas bajen.

Ahora todos estaban manos a la obra. Trudy, Bacon y Ernie tomaron las motos, Billy se apresuró a montar a su caballo, ensillé a Shelby, dejando a Texas como el caballo de suministro y a Travis como conductor del Rover.

—Odio conducir —gimió.

—Oh, deja de quejarte —dije con una sonrisa. Sabía que odiaba conducir—. Necesitas practicar.

—Conducís en el lado equivocado del maldito coche —se quejó. Habíamos tenido esta discusión varias veces y él no tenía reparos en decirle a la gente lo que pensaba sobre los coches con volante a la derecha.

—Aquí no hay carretera —dije subiéndome a Shelby—. Así no tendrás que preocuparte por conducir por el lado equivocado de la carretera.

—Cambiar de marcha con la mano izquierda es una estupidez.

Solté el suspiro más largo de falta de paciencia porque si no fuera tan sexi le patearía el trasero, y desmonté de Shelby.

—Bien. Yo conduciré. —Caminé hacia la camioneta y luego señalé a Shelby—. Tú cuidas de ella. Si te caes y te rompes la rodilla otra vez, volverás a casa caminando.

Sonrió, porque jodidamente ganó, y cuando se acercó a mi caballo, ella casi lo hizo perder el equilibrio.

—¿Lo ves? —Dije desde el Land Rover—. Ella tampoco está contenta con el cambio.

Travis se subió a mi silla y le dio a Shelby una palmadita en el cuello.

—Ella me ama.

Estaba demasiado ocupado mirando mal a Travis y como que se me olvidó que los demás todavía estaban allí. Encontraron algo divertido y todos intentaron no sonreír, excepto Billy, que se limitó a sonreír sin vergüenza. Observé mientras Trudy, Bacon y Ernie conducían las motos hacia el norte para agrupar al rebaño que George estaba reuniendo, y sin siquiera mirar a un Billy todavía sonriente o a un Travis engreído y ni siquiera ligeramente avergonzado, puse el todo terreno en marcha y nos fuimos.

Me quejé para mis adentros por un momento, pero cuando movimos la vacada a través de las puertas del este, nos pusimos a trabajar, reuniendo las cabezas y las horas simplemente pasaron. Escuché venir el helicóptero antes de verlo, y luego escuché a Bacon, Trudy y Ernie en las motos, y los dos grupos se fusionaron en uno.

Todos alardearon de entusiasmo mientras nos dirigíamos

a casa y no pude evitar reírme de cómo todos sentíamos ese zumbido. No había nada parecido en el planeta, no lo creía. Todavía podía distinguir la sonrisa de Travis a través de la neblina de polvo, y tenía a Shelby buscando el ganado que intentaba alejarse de la vacada. Era como ver poesía, verlo sobre mi caballo. Podría haberlo observado todo el maldito día.

Y durante los siguientes tres días recorrimos el camino de regreso a casa. Las noches eran frías y, por mucho que quisiera juntar nuestros sacos de dormir, no lo hice. Todas las noches nos acostábamos y nos mirábamos el uno al otro hasta que nos quedábamos dormidos, y por mucho que quisiera llegar a casa, ducharme, afeitarme y dormir en nuestra cama con él en mis brazos toda la noche. Tampoco quería que esta reunión de ganado terminara.

Porque una vez que llegáramos a casa, la realidad entraría en acción. Teníamos que partir al día siguiente de que los camiones de transporte llevaran nuestro ganado a la venta, para esa reunión con la funcionaria de la visa. Literalmente nos quedaban pocos días. Y cuanto más nos acercábamos a casa, más cerca estábamos de tener que decirnos adiós, y eso era algo en lo que ni siquiera podía soportar pensar.

Me parecía que Travis estaba incluso peor que yo.

En la tercera y última noche de reunión, habíamos acomodado el ganado y estábamos a punto de empezar a montar el campamento, cuando Travis me llamó. Había estado un poco callado todo el día, pero ahora parecía preocupado, incluso un poco asustado.

—No puedo hacer esto —dijo en voz baja.

Me preocupé de inmediato. No había nada que Travis no pudiera hacer.

—¿No puedes hacer qué?

—Pensé que podría simplemente acostarme a tu lado una noche más en sacos de dormir separados, pero no puedo —susurró—. Necesito estar contigo.

Nunca lo había visto así.

—Trav, ¿estás bien?

Negó con la cabeza.

—No. Me voy, Charlie. Sé que parece que no lo crees, pero hay muchas posibilidades de que esto sea todo para nosotros, y no puedo soportar…

—Oye —dije tratando de calmarlo un poco. No quería que le dijera que no se iba; No quería palabras. Ninguna—. Ve a buscar Texas. Dirígete hacia el sur, al frente de la vacada.

Lo dejé de pie allí y me dirigí directamente hacia Billy. Era mi segundo a cargo.

—Billy, Travis está… —*¿Travis está qué? ¿Sintiéndose mal? ¿Enloqueciendo?* Realmente no lo sabía, así que no lo dije—. Nosotros vamos a acampar al frente de la vacada esta noche. ¿Estás bien para encargarte de este grupo esta noche?

Billy asintió rápidamente.

—Claro, señor Sutton. —Miró por encima de mi hombro. No tuve que girarme para saber a quién estaba mirando—. ¿Está bien? No ha hablado mucho en todo el día.

Así que no fue el único en darse cuenta. Asentí a Billy y traté de sonreírle.

—Está bien. —Le dije que llamaría por radio más tarde, cargué nuestro equipo sobre Shelby e ignorando a los demás que me observaban en silencio, caminé junto a mi caballo y seguí a Travis.

Cuando lo alcancé, ya había iniciado una hoguera. Se puso de pie.

—Lo lamento.

Me apresuré a tocar su rostro.

—No te disculpes.

Me rodeó con sus brazos y hundió su rostro en mi cuello, y durante un largo rato no se movió. Era como si tuviera tres días de abrazos para ponerse al día, o tal vez estuviera tratando de compensar el siguiente, aunque fuera largo, en caso de que realmente tuviera que irse.

Quizás fuera un poco de ambas cosas.

De cualquier manera, no me importó. Creo que me aferré con la misma fuerza.

Finalmente, levanté su rostro y lo besé suavemente.

—¿Estás bien?

—Mejor —fue todo lo que dijo.

Nunca lo había visto tan triste.

—¿Tienes hambre?

Negó con la cabeza y susurró:

—No.

—Trav, dime, ¿qué puedo hacer?

Me dio una sonrisa triste.

—Estar aquí contigo es bueno. Ahora siento que puedo respirar. No me malinterpretes, me ha encantado estar aquí contigo y reunir ganado es lo más divertido que existe. Pero…

Terminé por él.

—¿Pero estás contando los días mentalmente y no quieres perder ni un minuto más?

Él asintió rápidamente y sus ojos brillaron con lágrimas.

—Sabía que lo entenderías. —Él se encogió de hombros—. No quise darle mucha importancia. Los demás probablemente se estén preguntando qué pasa.

—No te preocupes por ellos. Me preocupo más por ti que por lo que ellos estarán pensando —le dije—. Además, simplemente estarán preocupados por ti, eso es todo. Eres su amigo, Trav. Te consideran uno de ellos. —Sonrió, esta vez más genuinamente, así que lo besé de nuevo, suave y dulce—. ¿Te sientes mejor?

Él asintió, sonrió y volvió a abrazarme, y nunca dejó de tocarme con una parte de él durante el resto de la noche. Volvió a convertir nuestros sacos de dormir en una cama doble y le hice comer algo. Cuando los caballos estuvieron alimentados, llamé por radio al otro campamento y luego a la granja para informar a George que estábamos separados de los demás, encendí el fuego y me metí en la cama. Sólo nos quitamos los abrigos y las botas; Simplemente hacía demasiado frío para desvestirse más.

Por la mirada en sus ojos, sabía lo que Travis quería incluso antes de que dijera las palabras, antes de que tomara su bolsa de afeitar y me entregara la botella de lubricante.

—Charlie —comenzó.

—Déjame adivinar —dije—. Morirás si no estoy dentro de ti en los próximos cinco minutos.

—La más atroz de las muertes —dijo haciéndome reír. Luego, retorciéndose en el saco de dormir hasta que estuvo boca abajo, levantó las caderas y se bajó los jeans y los calzoncillos hasta las rodillas—. Por favor, hazlo.

—Oh, Dios, Travis.

—Charlie. —Parecía desesperado.

Derramé lubricante sobre su culo, haciéndolo gemir y retorcerse. Lo calenté con mis dedos, empujando dentro y fuera de él, preparándolo. Lentamente se balanceó sobre mis dedos y gimió.

—Charlie.

Me desabroché la bragueta de mis jeans y el solo sonido lo hizo respirar más rápido. Mientras me deslizaba sobre él, abrió los muslos tanto como le permitía el saco de dormir.

Me presioné contra su entrada.

—No voy a durar —le dije—. Estoy demasiado excitado.

Emitió una risa y un gemido contra el colchón y levantó el trasero.

—Charlie —me espetó—. Maldita sea. Simplemente hazlo ya.

Solo asentí, me alineé, le mordí el hombro y hundí mi polla en su culo.

Gimió como nunca lo había escuchado. Todo su cuerpo se flexionó y se sacudió debajo de mí; se corrió tan pronto como entré en él. No mucho después lo seguí y nos quedamos quietos e inmóviles, tratando de recuperar el aliento.

Me aparté de él y él se giró rápidamente para hundirse en

mi cuello. Lo envolví fuerte en mis brazos hasta que mi corazón dejó de latir, martillando en mi pecho.

—Debería limpiarte —le murmuré al oído.

—Mmmm. —Negó con la cabeza—. Otra vez —dijo. Solté una carcajada, pensando que estaba bromeando, pero hablaba en serio—. Puedes ir más lento esta vez.

—Trav no quiero lastimarte —le dije, plantándole un beso en el costado de la cabeza.

Esta vez resopló.

—Créeme, eso no duele. —Luego deslizó su mano alrededor de mi polla relajada, y con besos que raspaban los dientes sobre mi cuello y los besos más lentos que saboreaban la lengua en mi boca, me devolvió la vida.

De alguna manera se quitó los jeans y la ropa interior con solo usar los pies, y cuando intenté hacer lo mismo, me detuvo.

—Déjate los tuyos puesta —susurró con brusquedad—. Me gustan alrededor de tus muslos. —Esta vez estaba boca arriba. Me acercó a él y, cuando estuve justo donde me quería, abrió las piernas y levantó las rodillas a mis costados.

Ya estaba listo del polvo anterior, acogedor y deseoso, resbaladizo con semen y lubricante. Entré lentamente, besándolo mientras me hundía lo más profundo que podía. Me sostuvo allí, jodidamente firme, jadeando por aire mientras nos besábamos. Todo lo que podía sentir era el pulso de los latidos de nuestros corazones donde nos uníamos, palpitando y golpeando cada fibra de mi cuerpo.

Nos balanceamos de arriba a abajo, siempre besándonos. Y en el suelo frío y duro, junto al calor parpadeante del fuego, hicimos el amor. La forma en que me abrazó, la forma en que me miró, sería lo más cercano al cielo que jamás estaría sin morir.

TRAVIS ESTABA MÁS feliz por la mañana. Todavía no era su habitual "él" bromista y risueño, pero al menos no parecía tan de mal humor. Cuando empezamos a llevar la vacada a casa, él se fue con Ernie para reunir algunos novillos que intentaron escapar y regresó sonriendo.

Pensé que era lo mejor, lo único que podíamos hacer ambos era mantenernos ocupados. Así que tan pronto como canalizamos el ganado a sus corrales, les dije a los demás que desempacaran todo mientras yo empezaba a trabajar en separar los toros de los novillos y los destetados de las novillas.

Solo paramos para almorzar porque Ma tenía ese tono de voz de Charlie Sutton: haz lo que te dicen, y cuando el sol se estaba poniendo, habíamos adelantado mucho trabajo para el día siguiente.

Con tiempo suficiente para ducharnos, afeitarnos y sentirnos medio humanos, comimos la mejor cena de carne asada que Ma jamás hubiera preparado y todos dieron por terminado el día. Travis alimentó a Matilda y, demasiado impaciente para que ella volviera a dormir sola, le dije que la trajera con nosotros. Los tres nos acostamos y, muy cansados hasta los huesos y con el cuerpo dolorido después de demasiadas noches en el suelo duro y frío, nos acurrucamos y dormimos como muertos.

Si no estuviera contando los días, no era estrictamente una mala manera de terminar uno.

CAPÍTULO TRECE

DONDE NO PUEDO MANTENER LA MALDITA BOCA CERRADA. DOS VECES.

LOS DOS DÍAS siguientes seleccionamos el ganado. Etiquetamos y tratamos los que nos quedábamos y esperamos a que los tres grandes y viejos trenes de carretera llevaran el resto a la venta. Siempre era una mezcla de emoción y alivio verlos partir, y mientras circulaban por el camino de entrada en medio de una nube de polvo, ya había terminado la reunión para otro invierno.

La conversación en la mesa fue muy emocionante y a la vez divertida acerca de irse a tomar su semana libre. Siempre tenían una semana después de cada reunión de ganado. Siempre era tranquilo después de que se hubieran llevado el ganado, y por lo general todos se dirigían a la Alice a la mañana siguiente. Debido a que adelanté la reunión una semana y arruiné sus planes, les dije que se tomaran libre desde ese fin de semana y toda la semana siguiente incluido el otro fin de semana. Eran once días en total y se lo merecían con creces.

Su plan era salir por la mañana y no regresar hasta el domingo siguiente. Trudy y Bacon estaban pensando en ir a Gold Coast y Ernie iba a ir a Darwin. Billy dijo que sólo llegaría hasta la Alice y Nara quería quedarse en casa. Eran todo sonrisas hasta que Trudy preguntó cuáles eran nuestros planes.

—Bueno, este fin de semana tenemos la reunión de ganaderos a la que Charlie y Greg me obligan a ir —respondió Travis. Y luego soltó una bomba—. Luego tengo esa cita con la señora de inmigración el lunes para ver si puedo quedarme o no.

Todos pasaron un poco de sonreír a fruncir el ceño y el estado de ánimo cayó en picado. Después de arrear ganado toda la semana y luego la perspectiva de pasar una semana en la ciudad, supongo que tenía sentido que lo hubieran olvidado.

Pero nunca abandonó mis pensamientos, y ciertamente, tampoco abandonó los de Travis.

—Podemos quedarnos —dijo Trudy. Suponía que hablaba en nombre del equipo porque todos asintieron—. Si es necesario que lo hagamos —añadió—. Estoy segura de que podemos tomarnos nuestros días libres en otro momento.

Y la verdad, debía decir que, por mucho que amara a mi equipo y por mucho que apreciara el gesto de ofrecernos quedarse, no me importaba demasiado que se fueran esa semana.

Necesitaba tiempo para liberarme de la presión, poner mi cabeza en orden y pasar un rato tranquilo con Travis. Había estado distraído durante el día cuando estábamos separando el ganado, y por la noche fue mi sombra. Cada segundo tenía que estar cerca de mí, una parte de él tocándome, e incluso alimentaba a Matilda por la noche en nuestra cama. No me quejaba. Tampoco quería que se alejara demasiado de mí.

Quería pasar esos días viendo películas en casa, relajados y tal vez incluso durmiendo un poco, y no podía hacer eso con ellos cerca. No podía estar acurrucado en el sofá con Travis durante el día por si alguien entraba.

Les di una sonrisa.

—Gracias por la oferta. Os lo agradecemos, de verdad.

Pero tomaos vuestra semana. Disfrutadla. —Enganché mi pie alrededor del de Travis debajo de la mesa. Me aclaré la garganta y traté de tener una convicción que ciertamente no sentía—. Esta reunión no nos llevará mucho tiempo. Iremos el sábado por la mañana para la conferencia y estaremos en casa el lunes por la tarde.

Estaba seguro de que veían a través de mí. Pero agradecía a Dios por las pequeñas misericordias, ninguno de ellos me dijo nada. Travis simplemente levantó la vista de su plato de cena sin apetito y a medio comer y me dio una de esas sonrisas desgarradoras. Quería tomar su mano. Demonios, quería abrazarlo en ese mismo momento, pero no lo hice. No había manera de que pudiera.

Cuando todos se fueron a pasar la noche y la casa estaba en silencio, Travis estaba acostado frente al fuego con la pequeña Matilda y Ma se sentó en el sofá a mi lado.

—Charlie fue muy amable de tu parte darles a todos tantos días libres —dijo—. Fuiste muy generoso.

—No fue sólo para ellos —dije en voz baja. Cuando mis ojos captaron los de Travis, Ma comprendió.

Ella me dio una sonrisa y una palmadita en la pierna.

—¿Querías que George y yo nos fuéramos? Si quieres un tiempo a solas, sabes que solo tienes que decirlo.

—No, Ma. No quiero que os vayáis a ninguna parte —le dije—. A menos que queráis ir. Puedo reservar el hotel nuevamente para vosotros. Podéis salir a cenar, ir a bailar.

Ma sonrió cálidamente.

—Iba a sugeriros a Travis y a ti que fueseis vosotros. Tendríais unos días más en la ciudad sin interrupciones.

Me encogí de hombros y miré a Trav.

—Tú decides. ¿Qué quieres hacer? Podríamos ir mañana con los demás si quieres, o podemos simplemente pasar el rato aquí.

Tenía la mano extendida y Matilda tenía sus pequeñas zarpas en su brazo, tratando de mantenerse firme.

—Quiero quedarme aquí.

Miré a Ma y sonreí.

—Nos quedaremos aquí.

Así que durante los dos días siguientes nos alejamos del mundo que nos rodeaba. Pasamos los días con Shelby y Texas en el desierto, solos nosotros, como si no tuviéramos ninguna preocupación en el mundo.

El sol brillaba, el cielo era de un espectacular tono azul y estaba despejado, pero el aire todavía estaba frío. El desierto siempre se mostraba limpio después de la lluvia, todo estaba fresco y renacido, y yo estaría mintiendo si dijera que no me hacía sentir ni un poco igual.

Salimos a caballo los dos días, simplemente disfrutando de estar juntos en el vasto e implacable desierto rojo. Me encantaba poder montar en Shelby y mi estado de ánimo favorito era no tener un destino en particular. Lo disfruté aún más cuando Travis estaba conmigo.

Hablamos todo el día. Travis habló de casa y llegué a pensar que tal vez contarme historias no significaba que quisiera irse. No significaba que estuviera a punto de dejarme e irse a casa. Finalmente me daba cuenta de que sólo quería compartirlo conmigo. Estaba compartiendo historias de su pasado, no porque sintiera nostalgia, sino porque quería que yo conociera su verdadero yo.

No había mucho que pudiera decirle que él no supiera ya sobre mí; la historia de mi vida estaba en el desierto que nos rodeaba. Pero estaba empezando a darme cuenta de que apenas había arañado la superficie de quién era Travis. Él sabía más, había hecho más, había visto más de lo que yo jamás pude.

Por la noche, nos acurrucábamos en la cama, hacíamos el amor y hablábamos un poco más. Siempre estuvo cerca de mí, siempre tocándome. Y creo que lo que más me mató fue que acabábamos de llegar a la perfección y ahora él se iba a ir.

Intenté ser fuerte por él, intenté actuar como si lo tuviera todo bajo control, pero la verdad era que me estaba desmoronando.

La mañana que íbamos a Alice Springs, Ma nos preparó una taza de té, que no bebí, prefiriendo torturarme sentándome a mirar el reloj anunciar cada minuto. Cuando Travis se disculpó para ir al baño, Ma me dio una patada debajo de la mesa.

—¿Qué?

—Lo estás empeorando —me siseó—. Incluso yo puedo sentir la energía nerviosa saliendo de ti.

—Estoy tratando de mantenerlo bajo control —le susurré en respuesta—. No puedo evitarlo. Estoy muy nervioso.

Poco después, Travis apareció en la puerta sosteniendo a Matilda abrigada. Tenía sus características orejas grandes y ojos asomando en la parte superior. Él me miró—. ¿Estás listo? Puedo decir que quieres terminar con esto de una vez.

Me levanté y miré de Travis a Matilda y luego a él.

—¿Qué estás haciendo con ella?

—Pensé que ahora sería un buen momento para llevarla a la ciudad. Ese tipo del refugio de rescate de canguros dijo que podíamos llevarla en cualquier momento.

Negué con la cabeza. *No, no, no, no.*

—Vas a volver, Trav.

Aclaró su garganta.

—Siempre dijiste que ella no podía quedarse aquí para siempre.

—Bueno, ella no puede, pero todavía no se irá —le dije—. Y tú tampoco. —Me acerqué y la tomé de sus brazos. La sostuve cerca de su cara—. Dale un beso y dile que la verás en tres días.

Trav me miró con un "te preguntas por qué te amo" en sus ojos. Se inclinó y presionó sus labios contra la cabeza de Matilda.

—Sé una buena chica —dijo.

Puse los ojos en blanco y repetí:

—Y la verás en tres días.

Travis se rio entre dientes y dijo:

—Y te veré en tres días.

—¿Ves? No fue difícil —dije entregándole el maldito canguro a Ma.

Ella ni siquiera estaba tratando de ocultar su sonrisa de "no finjas que no la amas también".

—Muchachos conducid con cuidado, ¿me habéis escuchado?

LLEGAMOS al hotel y cuando le sugerí salir, Travis dijo que no. No quería salir, ni a tomar unas copas, ni a cenar. Quería quedarse en la habitación, aprovechar al máximo la bañera de hidromasaje y pedir que le entregaran la pizza.

Como si alguna vez fuera a decir que no a eso.

Estaba callado e inquieto, incluso después de la primera ronda de acuaterapia en la bañera, y creo que probablemente le molestó que yo fuera tan despectivo con sus preocupaciones sobre la visa.

—Ya te lo dije Trav, será una solución fácil.

Su ceño se arrugó y resopló.

—¿Y si no lo es?

Pensé que desgastarlo era una buena táctica para que no tuviera tiempo de estresarse. Lo empujé hacia atrás sobre el colchón, le sujeté las manos por encima de la cabeza y lo besé en lugar de responder. Entonces tuvimos sexo de nuevo.

A la mañana siguiente, después de dormir hasta tarde, salimos a desayunar tranquilamente, tomamos café y leímos los periódicos. Luego, para añadir a mi Operación Distracción Travis, dije:

—Vamos, vayámonos de compras.

—¿Qué vamos a comprar?

—Ropa.

—¿Para quién?

Me reí ante la expresión confusa en su rostro.

—Para ti.

—No necesito ropa. Yo uso la tuya.

—Lo sé —le dije mirándolo en broma—. Pero necesitas ropa nueva. Ropa elegante para tu reunión. Esa mujer te echará un vistazo todo bien vestido y sexi, y marcará todas las casillas.

Travis puso los ojos en blanco con tanta fuerza que me pregunté si le dolía.

Pero cedió, hasta que entramos a la tienda de ropa cara para hombres y vio el precio de la camisa que tenía en la mano.

—Cállate y pruébatela —le dije entregándole la camisa de botones a cuadros azules y blancos.

—Son ciento veinte dólares —me siseó—, ¡por una camisa!

Suspiré y también le entregué una azul.

—Esta también.

Travis me miró con "¿No acabas de escuchar lo que dije?" escrito claramente en su rostro.

Me encogí de hombros y fingí que no era gran cosa.

—Coincidirá con el color de tus ojos.

Travis parpadeó y parecía que estaba a punto de decir algo, pero debió haber decidido no hacerlo. Tomó la camisa casi tímidamente.

Antes de que pudiéramos tener un momento completamente dramático en la tienda de ropa, levanté una camiseta, parpadeé y con la voz más femenina que pude, dije:

—Y esta. Es casi tan bonita como tú.

Me arrebató la camiseta.

—Eres un idiota.

Una dependienta se me acercó y me preguntó:

—¿Caballeros, puedo ayudaros?

Habló Travis:

—El probador para mí, sentido del humor y algo de dignidad para él.

Me reí de eso. La dependienta sonrió cortésmente y llevó a Travis a los vestuarios, y cuando regresó, le dije:

—Él también necesitará jeans y botas.

Así que, sin más bromas, nos pusimos manos a la obra con la elección de la ropa. La señora fue directamente a por los Wrangler, que usaban la mayoría de los ganaderos, pero le sugerí un par de RM. No es que pudiera simplemente decirle que era porque me gustaba la forma en que abrazaban su culo y sus muslos. Estaba sosteniendo un par de jeans azules cuando Travis salió de los vestuarios vistiendo la camisa azul que había elegido. Tenía razón en una cosa: combinaba perfectamente con sus ojos.

Travis también lo sabía. Sonrió y levantó una ceja como "¿qué miras?", y antes de tragarme la lengua, le lancé los jeans.

—Pruébatelos.

Protestó por las botas… bueno, protestó por el precio de estas.

—No puedes usar las cutres americanas para siempre. Necesitas botas de verdad, como las mías —dije.

Travis, la vendedora y yo miramos mis botas desgastadas, deshechas, sucias y moldeadas a mis pies.

—¿Las has limpiado *alguna vez*? —preguntó Travis.

Me encogí de hombros.

—Las metí en el río una vez, pero no creo que eso cuente.

Travis me ignoró.

—Y mis botas no son cutres. Son de ajustin.

—¿Cuánto tiempo las has tenido? —pregunté—. Ya deberían haberse ajustado.

Se rio de mí.

—No de ajuste. Son botas Justin.

—¿Quién es Justin?

Me costó un "Dios dame paciencia" junto con una respiración y exhalación lenta.

—No importa. No necesito botas.

—Necesitas botas australianas —le dije—. Si vas a vivir aquí durante los próximos años, necesitarás auténticas botas australianas.

Me miró con tristeza en sus ojos de "no estaré aquí por años, Charlie, me echan la próxima semana". Le entregué las botas, como si comprarlas de alguna manera marcara la diferencia en si podría quedarse o no.

—Por favor.

Tomó las botas, y si la vendedora que todavía estaba junto a nosotros pensaba que éramos algo más que amigos, no me importaba.

Travis se probó las botas y creo que me dejó comprárselas porque me hacía sentir mejor o algo así. No creo que tuviera valor para discutir sobre unas estúpidas botas, o sobre el abrigo de invierno que le escogí después de eso, o sobre cuánto costó todo.

Aproximadamente mil dólares después, recogimos nuestra compra y salimos. De regreso estaba callado y supe sin preguntar lo que pesaba en su mente. Señalé calle arriba.

—Por aquí.

—¿Qué hay por allí? —preguntó Travis.

—Peluquería.

Levantó una ceja.

—¿En serio?

—Sí. Ma hace un trabajo bastante decente cortando el pelo, pero necesitas un corte adecuado para el lunes. — Luego, como pensé que era algo que le podría gustar, dije—: ¿Quieres que lo laven también? ¿Sabes que hacen ese masaje en la cabeza? Ma dice que es lo mejor que existe.

Se acercó y me miró con cautela.

—¿Primero ir de compras y luego ir a la peluquería? ¿Exactamente qué tan gay eres?

Hablé en voz baja para que sólo él pudiera escuchar.

—Cualquiera puede ir de compras y al peluquero, pero por amar la polla y el culo, yo diría que muy gay.

Travis se echó a reír y, afortunadamente, el mal humor desapareció. No creo que alguna vez estuviera demasiado lejos de la superficie, y tal vez él era tan bueno escondiéndose como yo, pero, de cualquier manera, pasamos una gran tarde.

Después de cortarnos el pelo y almorzar, regresamos al hotel. Sugerí un viaje al centro de reptiles como algo turístico.

—He visto suficientes serpientes del desierto para toda la vida, gracias —dijo.

—¿Qué quieres hacer? —pregunté—. Tenemos unas horas antes de que comience la reunión de la Asociación de Productores de Carne.

Trav miró la cama recién hecha y luego me miró a mí. Sus ojos eran más oscuros y su voz áspera, y acarició la parte delantera de mis jeans.

—Sexo, dormir, tal vez un poco más de sexo… —Se detuvo cuando sus labios encontraron los míos.

Su sugerencia de cómo aprovechar una tarde fue tan buena, que casi no llegamos a la reunión.

LA CASA CLUB ERA ENORME, más grande de lo que recordaba. Era un club de exmilitares, el lugar donde la gente pasaba las noches de viernes y sábado bebiendo y bailando, tocaban bandas y se celebraban reuniones comunitarias. Había un restaurante y un bar, algo que tenía toda la intención de encontrar primero.

—¿Has estado alguna vez en una de estas reuniones antes? —preguntó Travis cuando entramos.

—No. Mi padre era quien asistía. Decía que eran importantes, pero siempre pensé que parecían muy aburridas.

Nos registramos y el chico de la recepción nos dijo que la

reunión estaba arriba. Nunca se me pasó por la cabeza estar nervioso, pero cuando entramos al salón de actos y había unas ochenta personas allí, casi me di la vuelta y salí.

Pensé que serían diez o doce granjeros de antaño sentados hablando de los buenos tiempos y quejándose del costo del combustible. Pero para nada era así. La sala estaba llena, la gente hablaba y reía, había patrocinadores de productos y vendedores dando vueltas. Toda la habitación estaba ambientada como un catálogo de RM Williams vomitado allí, y agradecí que Travis también me hiciera comprar algunas camisas nuevas.

Travis estaba detrás de mí.

—¿Estás bien?

—Eh, ¿sí?

Rio.

—No se puede mentir tan mal —dijo caminando hacia la barra—. Vamos a buscarte una bebida.

No llegamos demasiado lejos. Travis acababa de pedir dos cervezas cuando Greg nos encontró en el bar.

—¡Charlie! —dijo. Tenía una sonrisa de un kilómetro de ancho y la mano extendida. La sacudí rápidamente, feliz de ver una cara familiar—. Me alegro mucho de que hayas podido venir.

Luego se volvió hacia Travis y le estrechó la mano también.

—Es bueno verte en mejor forma que la última vez que te vi —dijo—. ¿Cómo está la rodilla?

—Buena como el oro —dijo Travis—. Nunca te agradecí en persona que vinieras a buscarme.

—No tiene importancia —dijo Greg. Travis me entregó una cerveza, Greg me miró de arriba abajo, luego se volvió hacia Travis y sonrió—. Dios, Sutton aquí se viste bien, ¿no?

—Ni lo dudes —respondió Travis.

—Oh, Dios mío —murmuré tomando un trago de mi cerveza y tratando de no morir de vergüenza.

Greg echó la cabeza hacia atrás y se rio.

—Vamos, hay personas que quiero que conozcas.

Me presentó a su esposa, Jenny, a quien no había visto desde que era niño. Debió pensar lo mismo porque lo primero que dijo fue:

—Mierda, creciste. —Sin embargo, ella era tal como la recordaba: cabello castaño claro, ojos azules, piel desgastada por el sol y una boca equilibrada. Me agradó de inmediato.

—Jen, este es Travis, el chico americano de quién te hablé —le dijo Greg a su esposa. Me preguntaba qué le había dicho exactamente y si eso implicaba lo cercanos que éramos Trav y yo. Pero luego dijo—: El que pasó una noche en el desierto con una rodilla rota.

Ella le estrechó la mano y hubo una pequeña charla durante un rato, nada de la cual tenía que ver con granjeros homosexuales, por lo que le estuve eternamente agradecido. Si ella lo sabía y no lo dijo por cortesía o si su esposo nunca le dijo una palabra de lo que vio, no lo sé.

Jenny sonrió con cierta tristeza y dijo:

—Charlie, lamenté mucho lo de tu padre.

Ah. Ni siquiera había pensado que ese tema de conversación se plantearía aquí esta noche. Ni siquiera estaba muy seguro de qué decir a eso. Gracias no me pareció del todo apropiado. Entonces dije:

—Estoy muy agradecido por toda la ayuda que Greg me brindó en ese momento. No fue fácil.

Greg solo sonrió y señaló con un gesto a alguien detrás de mí.

—Bueno, espero que estés preparado para hacer la ronda esta noche. Hay algunas personas que estarán muy interesadas en verte aquí.

Bueno, eso sonó siniestro.

Y por gente que estaría interesada en verme aquí se refería a los diez o doce antiguos granjeros que yo había supuesto que estarían aquí.

A pesar del último día que pasamos actuando como novios, Travis y yo volvimos a jugar al juego de solteros, heterosexuales y solo compañeros de trabajo. Junto con Greg, nos sentamos a una mesa de ocho ganaderos del Territorio de cuarta y quinta generación, mayores de mediana edad. Sólo reconocí sus nombres, no los rostros. Pero seguro que reconocieron el mío.

Todos conocían mi padre y procedieron a pasar la mayor parte de una hora recordándome lo buen hombre que era. Jack Melville, el mayor y de aspecto más pomposo de ellos, fue quién habló más. Hablaba de mi padre como si fuera su mejor amigo y, por lo que yo sabía, probablemente lo era. Me pareció extraño y comencé a preguntarme si todos estábamos hablando del mismo hombre. Estaban recordando a un hombre que simplemente nunca conocí.

Todo lo que pude hacer fue sonreír, apretar los dientes y probar cada gramo de autocontrol para no decir nada. Cuando comencé a arrancar la etiqueta de mi cerveza, Travis pareció darse cuenta de que estaba a punto de romperme y deslizó su pie por detrás del mío debajo de la mesa.

Nadie podría verlo, nadie podría saberlo. Y no sé si lo hizo para calmarme o para tranquilizarse a sí mismo, pero de cualquier manera funcionó.

Travis me ayudó a decirle un último adiós a ese fantasma hacía seis meses, y había estado tratando de dejar finalmente ir las frías palabras de mi padre. Era un trabajo en progreso; me llevaría más de seis meses deshacerme de toda una vida de culpa, lo sabía, pero después de tantos años, finalmente estaba empezando a dejarlo ir.

Y luego vine aquí y todos los que encontraba me recordaban que nunca me libraría del fantasma de mi padre. El hombre que fue Charles Sutton padre, el hombre que lastimó terriblemente a su propio hijo, quedaría grabado para siempre en mi apariencia, su nombre, su hogar.

Todavía sonreía, era cortés y amigable, pero podía sentir la fría punzada de decepcionar a mi padre cada vez que alguien decía algo como: *Eres la viva imagen de tu padre, o tu padre estaría orgulloso, hijo*, y cuánto lamentaron saber de su fallecimiento.

—Entonces —dijo Greg sobre la mesa, cambiando de tema—. Travis se hospeda en la estación Sutton. —Logró que la atención de la mesa se centrara en Travis. Luego Greg les contó cómo el caballo que montaba Travis se asustó y lo tiró, y cómo pasó una noche de verano perdido en el desierto con una rodilla rota. Pero en lo que fue una de las cosas más inteligentes que Greg había visto, en lugar de intentar caminar de regreso a la granja, Travis se dirigió deliberadamente en la otra dirección—. Muchos otros hombres habrían muerto intentando volver a casa, pero tú sobreviviste siguiendo un cambio en el color del suelo. —Negó con la cabeza—. No he oído nada igual.

Travis sonrió, pero me di cuenta de que estaba un poco avergonzado y asintió a los demás hombres en la mesa.

—Había visto la cresta oriental desde el helicóptero cuando estábamos reuniendo las cabezas —explicó—. Hay una piedra caliza amarilla que la atraviesa, y después de caerme del caballo, pude ver que la tierra roja no era tan roja. Recordé que Charlie dijo que esa cresta era la única sombra en kilómetros y sabía que había agua más arriba, pero mi pierna estaba bastante destrozada. —Luego añadió—: Además, sabía que Charlie vendría a buscarme, así que necesitaba ganar algo de tiempo.

Había algunos ojos muy abiertos y miradas incrédulas, y Travis simplemente sonrió y tomó un sorbo de su cerveza. Pero entonces comenzaron las preguntas sobre su acento y qué diablos estaba haciendo en medio del desierto en la estación Sutton. Explicó sus estudios en agronomía y ciencias del suelo y cómo había venido durante un mes, pero poco después de llegar aquí supo que se quedaría más tiempo.

Por supuesto, no dijo nada acerca de que yo fuera la razón

de eso, y nunca mencionó su problema con la visa y la posibilidad de regresar a casa. En cambio, Travis simplemente dijo:

—Tierra roja, cielo azul —como explicación para quedarse, y todos asintieron como si supieran lo que eso significaba.

Supuse que sí.

Me ofrecí a invitar la siguiente ronda de bebidas y me dirigí al bar. Y eso no fue mucho mejor.

—¿El joven Charlie Sutton? —preguntó un chico a mi lado antes de que pudiera ordenar. Parecía más sorprendido que otra cosa—. ¡Dios, mírate!

—Bueno, supongo que ese soy yo, pero tendrás que disculparme por no recordar…

Entonces sonrió y me tendió la mano.

—Allan Stilton —se presentó. Parecía tener unos cuarenta y cinco años, más joven que la mayoría de los presentes—. Greg me dijo que tal vez vendrías. Es bueno verte.

Bueno, pensé que cualquier amigo de Greg era una buena persona.

—Encantado de conocerte.

—Bueno, pareces tan cómodo aquí como me siento yo —dijo él.

Solté una carcajada.

—¿Es tan obvio?

Él sonrió y pedimos nuestras bebidas por orden.

—Yo administro Ardale Downs —dijo Allan—. Al norte de la casa de Greg.

—Ah. —Tomé un sorbo—. Yo estoy al oeste de él.

Allan sonrió como si me hubiera perdido un chiste interno.

—Creo que no hay una sola persona aquí esta noche que no sepa quién eres.

Tomé un trago de cerveza.

—Estoy empezando a tener esa impresión, sí. —Luego corregí—: Bueno, la reputación y el nombre de mi padre me preceden.

Allan sonrió ante eso.

—No te quedes corto. Por lo que he oído, estás haciendo un mejor trabajo.

—Shhh —fingí susurrar. Señalé con un gesto de cabeza hacia la mesa de los antiguos granjeros, donde Greg y Travis todavía estaban sentados—. No dejes que el octavo batallón de 1942 te escuche decir eso.

Alan se rio a carcajadas.

—A Greg le gusta agitarlos.

Greg debió haber oído reír a Allan, porque levantó la vista. Al vernos a los dos hablando, se excusó a sí mismo y a Travis y se unieron a nosotros.

Le entregué a Travis su cerveza mientras Greg hacía las presentaciones.

—Así que esa conversación parecía fascinante —dije a la ligera.

Travis se burló.

—Creo que tienen la opinión colectiva de que la agronomía es una tontería. No hay nada de lo que no puedan aprender de la agricultura y que se puede enseñar en un libro. —Travis se encogió de hombros y tomó un sorbo de cerveza —. O eso dijeron.

Allan se rio.

—Es como los hermanos Wright intentando decirle a la NASA que no, gracias, que saben todo lo que hay que saber sobre volar. Los fundamentos están ahí, pero los tiempos han cambiado.

Travis y yo nos reímos de la analogía.

—¿Ves? —dijo Greg—. Por eso nosotros, nosotros tres —se indicó a sí mismo, a Allan y a mí—, necesitamos agitar a estos hombres.

Allan gimió y puso los ojos en blanco.

—¿Te ha estado molestando por esto también?

Me reí.

—Sí —dije mirando alrededor de la habitación, a las

docenas de personas, la mayoría de las cuales tenían la edad de mi padre—. Aunque tengo que admitir que no esperaba tanta gente. En serio, creo que debería sentarme a cenar en la mesa de los niños esta noche.

Greg sonrió, pero era más bien una sonrisa de niño travieso.

—Te acostumbrarás.

—No pertenezco aquí —dije aunque no a nadie en particular. Fue sólo una declaración general de pensamiento en voz alta.

Greg me miró seriamente.

—Perteneces aquí tanto como cualquier otra persona. Todos los nombres de las grandes estaciones están aquí, incluida la tuya.

—Si una persona más me dice que lamenta lo de mi padre, creo que...

—¿Charles Sutton? —algún hombre mayor al que probablemente debería haber reconocido, pero no interrumpí.

—Sí, ese soy yo —dije esperándolo...

—Lamento mucho oír lo de tu padre. Él era un gran hombre.

Casi podía sentir mis dientes crujir, mi mandíbula estaba muy apretada, pero me obligué a sonreír.

—Gracias.

Greg se deshizo del otro hombre con bastante educación, luego me cogió del brazo y nos guio a Travis, a Allan y a mí por la esquina de la barra. Era más oscuro, más privado. Pidió una ronda de bourbon para todos nosotros.

—Lo siento —me dijo Greg—. Supongo que estás harto de oírlo.

—No estaba exactamente preparado para ello, de cada persona presente aquí, eso es todo —admití—. Ni para el hecho de que la mayoría de ellos saben quién soy con sólo mirarme, pero yo no tengo ni idea de quiénes son.

—Hay un gran rumor de que el hijo de Charlie Sutton está

aquí —dijo Greg, entregándome un bourbon seco—. Bebe. No hará que desaparezcan, pero hará que te importe menos.

Me arriesgué a mirar a Travis y pude ver la preocupación en sus ojos. Mantenía sus manos ocupadas con su bebida, y me pregunté cuánto autocontrol necesitaba para no tocarme. Me di cuenta de que quería hacerlo, tal vez tanto como yo quería sentirlo.

En su lugar, tomé un sorbo de mi bourbon.

—Pero déjame adivinar. Mi padre hubiera estado en la mesa de los viejos, hablando de lo buenos que fueron los años ochenta.

—En cada reunión —dijo Greg riendo—. Solo falló a una o dos reuniones. Creo que un niño se cayó de un pony cuando tenía diez años y se rompió la muñeca.

Extendí mi brazo derecho, el que me rompí.

—Y dos costillas —corregí—. Tenía doce años. —Greg y Allan se rieron y Travis negó con la cabeza. Luego agregué—: Fue el día antes de que se suponía que debía partir. Lo recuerdo mucho porque me gritó durante una semana por perderse la reunión.

Todos fueron llamados a sentarse ya que pronto se servirían la cena. Me alegré un poco, porque dos cervezas y un bourbon con el estómago vacío estaban empezando a hacerme dar vueltas la cabeza. Nos sentamos a una mesa con Greg, Jenny y Allan y comimos. Después, hubo algunas formalidades que cumplir, algunos discursos aburridos y una perorata sobre el patrocinio de un producto. Incluso nos tomaron fotos, pero en general no estuvo tan mal.

Después de eso, volvimos al bar e intercambiamos historias sobre la reunión de ganado de la semana anterior, lo que llevó a hablar de agricultura y suelo. Travis y Greg estaban debatiendo los pros y los contras de los fertilizantes y la acidificación, cuando noté que una pequeña multitud cerca de las puertas a nuestra izquierda nos observaba.

Y entonces vi quién era.

Era Fisher, el mismo tipo que solía trabajar para mí, quien ayudó a encontrar a Travis en el desierto y vio los chupetones de amor en todo mi pecho cuando me quité la camisa para asegurarle una férula a la pierna de Travis. El mismo hombre que me llamó maricón y puto marica.

Ese Fisher.

Tenía una expresión de demasiado ron y una mueca de desprecio en su rostro, mirándome. Esto no iba a terminar bien. Tenía un rencor que guardar, un secreto que contar y nada que perder.

Pude verlo hablando, pero no pude distinguir las palabras. La forma en que los demás a su alrededor me miraban dejó pocas dudas sobre lo que estaba diciendo.

—Oh, Jesús —susurré, volviéndome hacia Travis y Greg, dándole la espalda a Fisher.

—¿Qué pasa? —dijo Travis.

—¿Recuerdas a Fisher? —pregunté en voz baja—. ¿Solía trabajar para mí? ¿El que George golpeó en el porche cuando… te rompiste la rodilla?

No tuve que dar más detalles. Travis sabía exactamente de quién estaba hablando.

—Sí.

—Bueno, está aquí.

Travis miró por encima de mi hombro y me di cuenta del momento en que vio a Fisher. Sus ojos se endurecieron.

—¿Qué es lo que quiere?

—Puedo hacer una suposición —dije.

Greg frunció el ceño.

—¿Todo está bien?

—Sólo un exempleado descontento —dije tratando de restarle importancia, cuando la verdad era que me hacía sentir mal, tenía ganas de vomitar.

Greg vio de quién estábamos hablando.

—Ah. Bueno, él no debería estar aquí. ¿Puedo hacer que lo echen si quieres?

No quise darle más importancia.

—No, estoy seguro de que se irá pronto.

Se fue, pero no antes de hablar con algunos hombres mayores que no conocía, y por la forma en que todos me miraban, una vez más, no tuve que preguntarme sobre su elección de tema.

—¿Sabes qué? —dije—. Creo que podría dar por terminada la noche.

—Charlie —dijo Greg en voz baja—. No importa lo que él piense.

Estaba diciendo que lo sabía. Había asumido que sí, pero seguro que no iba a sacar el tema. Greg lo sabía y no le importaba. Había seguido tratándome como siempre lo había hecho. Nunca fue diferente. Greg negó con la cabeza.

—De todos modos, nadie aquí escuchará una palabra de lo que diga.

Si tan solo fuera cierto.

Porque el rumor de Fisher sobre el maricón Charlie Sutton se extendió bastante rápido. No importaba si lo creían o no.

Era mi peor temor hecho realidad, se susurraba en el salón, un rumor. Me di cuenta por los susurros inclinados y las miradas con los ojos muy abiertos. Algunos intentaron ocultar sus conversaciones, otros no. Demonios, algunos incluso lo convirtieron en un tema de discusión abierta.

Como la mesa de los viejos, que me llamaron a acercarme.

Debería haberme ido. Debí haberme marchado y haber regresado a la estación Sutton y ocuparme de mis propios asuntos por el resto de mi vida.

Pero no lo hice. Me acerqué a la mesa y al cabecilla del grupo, o tal vez simplemente el más moralista, Jack Melville , me dedicó una sonrisa que no me gustó.

—Deberías saber, Charlie, que Jason Fisher está diciendo mentiras impías. Quizá quieras aclarar algunas cosas.

—Bueno, señor Melville, me disculpas, pero no me importa lo que diga ese hombre —dije tan cortésmente como pude—. Fue despedido de su empleo en la estación Sutton, y si tiene algún rencor que soportar, el peso es sólo suyo.

Esa respuesta pareció ser de su agrado, porque todos sonrieron. El señor Melville asintió lentamente con aprobación.

—Me agradas, hijo. Puedo ver mucho de tu padre en ti.

Me reí, porque él no tenía ni idea de lo equivocado que estaba.

Pero entonces uno de ellos dijo:

—¿Veis? Os dije a todos que no era verdad. Ningún chico nancy podría dirigir una estación como esa. He visto las cifras de ventas de todo el estado. Las de Sutton son bastante impresionantes.

Apreté los dientes.

—¿Chico nancy?

Parecía avergonzado de tener que dar explicaciones.

—Ya sabes —dijo haciendo una mueca—. Un marica.

Empecé a contar hasta diez en mi cabeza y sólo llegué a cuatro cuando alguien más dijo:

—No seas tonto, Jim. Aquí no hay hombres así. Todos están en las ciudades donde deberían estar.

Aquellas eran las palabras de mi padre. Era como si las estuviera diciendo. Podía escucharlas en su voz; podía ver la ira en su mandíbula y la decepción en sus ojos.

Jack dijo algo que sonó como *sodomía* y *desagradable* y *raro*. Dijo que nunca habrían tenido ningún miembro del personal que hiciera eso porque eran hombres varoniles, y luego toda la mesa se rio porque era divertido, pero yo realmente no podía oír porque la sangre me palpitaba en las sienes.

Travis tiró de mi brazo.

—Vamos, Charlie —susurró.

Aparté la mano de Travis de mi brazo y me quedé quieto.

—Vaya —dije pasando mi mano por mi cabello—. Y yo que pensaba que mi padre venía a estas reuniones para hablar de negocios, no para chismear y reírse como en una reunión de la Asociación de Mujeres del Campo. En realidad, apuesto a que esas mujeres hablan más sobre temas agrícolas que todos vosotros. Probablemente podría tener una conversación más productiva con ellas.

Eso los hizo callar. Todos y cada uno de ellos tenían sus caras de salmonetes con expresión atónita. No tuve tacto. No me importaba si eran amigos de mi padre, no me importaba si pensaban que era una difamación en la reputación de Charles Sutton. Yo *era* Charles Sutton, no mi padre, ni siquiera quien él quería que fuera.

Era *yo*. Trabajaba tan duro como él, dirigía una estación mejor que él. Entendía más sobre la tierra que trabajábamos, tenía mayores márgenes de ganancia en un clima económico más difícil que él. Era mejor en todo.

Y yo era jodidamente gay.

Y ahí, en un momento que definió mi vida en una fracción de segundo, pude ver la diferencia en mí mismo. Desde hacía siete meses hasta ahora, era un hombre diferente. Y estaba orgulloso de quién me había ayudado a ser Travis.

—¿Sabéis qué? —pregunté a la mesa de hombres atónitos en modo "no puedes hablarnos de esa manera"—. *Soy* un puto chico nancy. Y *aun así* puedo dirigir una granja mejor que cualquiera de vosotros. —Ninguno de ellos podía discutir, porque veían el monto de las ventas; sabían que era verdad—. Vine a esta reunión porque pensé que estábamos aquí para discutir la diversificación y la sostenibilidad de uno de los entornos más hostiles del planeta. Pero si queréis sentaros aquí como un grupo de ancianas y hablar sobre la vida sexual, entonces estoy totalmente a favor —dije levantando la barbilla y mirando a Jack Melville. Me burlé de él—. Empecemos por la tuya. ¿Estás casado? ¿Has estado casado por cuánto? ¿Cuarenta años? ¿Aún disfrutas de un buen jugueteo en el dormitorio? Apuesto a que solo haces el misionero y nunca lo has hecho en la ducha. ¿En el salón? ¿En la mesa de la cocina? ¿Estilo perrito?

El rostro del hombre se puso inmediatamente rojo por la presión arterial alta.

—No tienes derecho...

—¡Tú no tienes derecho a hablar de nadie más! —le respondí bruscamente. Ya tenía bastante audiencia, casi todos en el salón me estaban mirando. Así que también me dirigí a ellos—. Ahora, si *vosotros* aquí estáis interesado en las propiedades de filtración y cultivo de agua, el alto contenido de sal y los niveles freáticos o las proporciones de existencias de carne de res; si deseáis establecer contactos y fortalecer nuestra industria, entonces soy todo oídos. Pero si alguien más aquí piensa que es asunto suyo hablar de mi vida sexual o la de mi personal. —Miré a Jack Melville—. No me importará la edad que tengáis, os derribaré de vuestra maldita silla.

Pensé que entonces era un buen momento para irme. Me abrí camino entre la multitud atónita y en silencio y bajé las escaleras, pero solo había llegado al vestíbulo cuando Travis me alcanzó.

—¡Charlie, espera!

Me volví para mirarlo porque, bueno, porque era Travis. Parecía sorprendido, por decir lo menos.

—Charlie, eso fue... um...

—¿Sabes qué? —pregunté levantando las manos—. Ni siquiera estoy arrepentido.

Se pasó la mano por la cara y miró hacia las escaleras y luego a mí.

—Nunca te disculpes por eso.

Greg bajó las escaleras, entró al vestíbulo y se detuvo cuando nos vio allí. Sonrió con la jodida sonrisa más grande que jamás le había visto mostrar.

—¿Estás bien, hombre? —preguntó—. ¡Porque eso fue increíble! ¿Sabes cuánto tiempo he querido decirle a ese hijo de puta lo que pienso de él? Y simplemente lo lograste. —Negó con la cabeza—. Lo has clavado.

Respiré hondo y traté de calmarme. No funcionó. Creo que gruñí.

—No es de extrañar que mi padre se sentara en esa mesa. No me sorprende en lo más mínimo.

—Son un montón de viejos bastardos quejicas —dijo Greg—. Si escucharas bastante tiempo, se quejarían de que el cielo sea azul. Nunca les agradé porque insistí en que Jenny asistiera a las reuniones locales. Consideraban que no era su lugar. Pero te digo que ella trabaja tan jodidamente duro como yo mientras educa a nuestros hijos al mismo tiempo. No tenían derecho a decir que su opinión no era tan válida como la mía. Les dije eso —dijo—, pero no tan espectacularmente como acabas de hacerlo.

—Sí, bueno, que se jodan —dije.

Greg se rio.

—¿Ahora ves por qué quiero deshacerme de ellos?

Tal vez todavía estaba demasiado enfadado y tal vez no estaba pensando del todo lúcido.

—Lo haré —le dije—. Nomíname para la Junta. Será un placer cabrearlos cada vez que pueda.

Travis negó con la cabeza, pero al menos estaba sonriendo. Le dijo a Greg:

—Espero que seas bueno tratando con la terquedad.

Greg se rio.

—Es mi actitud favorita.

Y luego, como la noche no podría ser peor, ¿quién debía salir al vestíbulo? Nada menos que Fisher y algunos de sus amigos vagos.

Sus ojos se abrieron, al igual que su burla. Se rio desagradablemente y vino hacia nosotros, tambaleándose borracho.

—Bueno, mira quién es —dijo arrastrando las palabras en voz alta, luego tomó un trago de su lata de ron Bundy.

—Fisher —le reconocí—. ¿Cómo te trata el desempleo?

Se rio, aunque no era un sonido feliz. Entonces vio a Travis.

—Y mira quién está con él. Sorpresa, sorpresa. —Se rio de nuevo, mirándome—. Trajiste a tu novio.

Hubo un silencio de muerte. Todos en la zona principal del club habrían escuchado lo que dijo. Como si no tuviera suficiente adrenalina corriendo por mis venas. Cerré los puños y di un paso hacia él. Estaba de humor para darle un puñetazo a algo. Travis dejó la bebida que todavía sostenía en el mostrador de recepción y se detuvo a mi lado, pero fue Greg quien habló.

—Creo que ya has tenido suficiente, Fisher.

—¿Qué? —dijo con una risa—. ¿No te lo dijo? Sutton es un marica y el yanqui es el novio que se lo folla.

Realmente no recuerdo lo que pasó después de eso. Recuerdo agarrarlo por el cuello, y recuerdo la sangre palpitando en mis oídos. Ese cabrón podía decir lo que quisiera sobre mí, pero no había manera de que le permitiera hablar así de Travis.

Lo empujé afuera y él me golpeó, me dio en el rabillo del ojo. Estaba demasiado borracho para que me doliera, pero no iba a dejarle tener otra oportunidad. Cerré el puño y le di un puñetazo en su puta boca, que no servía para nada. Cayó de espaldas al suelo y le di algunos golpes más antes de que me alejaran.

Fue Travis. Me agarró de los brazos y me alejó de Fisher y luego algunos chicos de seguridad estaban allí, manteniendo la distancia entre él y yo. Greg les dijo que Fisher había sido un asistente no invitado en el piso de arriba de la reunión, lo que había causado problemas. Le dijeron a Greg que no era la primera vez que Fisher se involucraba en una pelea, y luego le dijeron a Fisher que sus problemas no valían la pena. No era bienvenido.

La cara de Fisher estaba ensangrentada, su nariz destrozada y le faltaban dos dientes. Resoplé una carcajada.

—Buen trabajo dental. Y yo que pensé que no tenías nada que perder.

—Que te jodan —escupió mientras lo escoltaban.

—Pero no tú. Ni aunque fueras el último hombre en el planeta —le grité.

Greg se rio a carcajadas y me dio una palmada en el hombro.

—Eres muy divertido. —Luego, todavía riendo entre dientes, le dijo a Travis—: Llévalo a casa y ponle hielo en ese ojo. —Antes de llegar a la puerta, se volvió y dijo—: Buena suerte, mañana. Recuerda lo que dije.

Puaj. Mañana.

No quería pensar en el mañana.

—Vamos, Rocky —dijo Travis—. Vamos. —Nos subimos a un taxi y Travis no habló durante todo el camino hasta el hotel. Mi comportamiento no había sido muy bueno, y cuando llegamos a nuestra habitación, estaba bastante seguro de que a Travis no le gustaba el lado mío que había visto esta noche.

No era una persona violenta por naturaleza, podía contar los golpes que había tenido en toda mi vida. Pero tal vez un novio que lanzaba puñetazos no estaba en su lista de tolerancia. Me senté en la cama, me tumbé de espaldas sobre el colchón y me hundí las palmas de las manos en los ojos.

—Lo siento —dije en voz baja—. No sé qué me pasó esta noche. No tengo ninguna excusa para pelear. Lo siento, Trav.

Sentí que la cama se hundía y unos dedos suaves apartaron mi mano de mi cara. Algo frío presionó contra mi ojo ya hinchado. Abrí los ojos y vi a Travis sosteniendo una lata de limonada contra un lado de mi cara.

—No teníamos guisantes. —Su sonrisa se desvaneció sólo una fracción de segundo—. Y no te disculpes. Si no le pegabas, lo iba a hacer. Pero estoy bastante seguro de que hiciste un mejor trabajo del que yo podría haber hecho.

—No podía dejar que hablara de ti de esa manera —dije—. Pero estaba enfadado incluso antes de que abriera la boca. Debería haberme marchado antes.

Travis se inclinó y presionó suavemente sus labios contra los míos.

—Esta noche fue una mezcla de todo, ¿no? —Me estudió durante un rato, como si estuviera buscando las palabras adecuadas—. Tu padre fue mencionado mucho esta noche…

Asentí.

—No esperaba eso —susurré.

Trav movió la lata fría contra mi ojo. Se sentía bien contra el calor de la hinchazón.

—Debió ser difícil escuchar eso —dijo—. Si fue difícil para mí escucharlo; solo puedo imaginar cómo fue para ti.

Intenté sonreírle y, respirando profundamente, intenté todo el asunto de hablar en el que habíamos estado trabajando.

—Al principio era como si estuvieran hablando de un hombre que no conocía, y no sé… —Me encogí de hombros—. Tal vez así era. Me decían lo genial y buen hombre que era. Empecé a preguntarme si yo no lo conocía en absoluto…

—Conocían al granjero —afirmó Travis—. No al padre. Hay una gran diferencia.

Asentí.

—Exactamente. Quiero decir, trabajó duro, lo sé. Y era un buen granjero. Nunca dije que no lo fuera. Pero esta noche lo vi a través de sus ojos y me pregunté si mi visión de él era la de un niño confundido y solitario, ¿sabes?

Entonces Travis hizo lo mejor que alguien podría haber hecho. Simplemente escuchó.

—Y me sentí culpable por no haberlo entendido antes, y ya sabes, tal vez él simplemente lo estaba haciendo lo mejor que sabía. Pero entonces Jack Melville y todos esos viejos empezaron a hablar de lo repugnantes que eran los maricas, ¿y sabes qué? —pregunté retóricamente—. Me di cuenta de que no había entendido nada mal. Porque si mi padre estuviera vivo y sentado en esa mesa, se habría reído con los demás. Preferiría verme herido antes que su reputación. Lo que dijeron esta noche no fue nada que no hubiera escuchado antes de él. Mi padre dijo esas palabras. Todas ellas. Y entonces me enfadé, porque no debería haberme sentido culpable. No hice nada malo.

—No, no lo hiciste —acordó en voz baja.

—Supongo que dije esas cosas como deseando habérselas dicho a mi padre.

Travis sonrió.

—Ojalá pudiera haberlas escuchado, especialmente la parte en la que le preguntaste a Melville si todavía se follaba a su esposa sobre la mesa de la cocina.

Entonces me reí.

—Dije eso, ¿verdad?

—De verdad lo hiciste —dijo Trav con una sonrisa. Suspiró y estudió mis ojos nuevamente—. Entonces básicamente les dijiste a todos que eras gay y que podían irse a la mierda.

Resoplé un tipo de suspiro de "Oh, joder, qué he hecho".

—Y le dijiste a Greg que te nominara para la Junta de Directores —me recordó Travis—, para que pudieras cabrear a esos viejos pedorros cada vez que pudieras.

—También dije eso, ¿no?

Travis se inclinó y me besó de nuevo.

—Estuviste increíble esta noche.

—Fui muy estúpido.

Travis sonrió y movió la lata de limonada, girándola para que la parte aún fría presionara contra mi ojo.

—Mañana tus ojos tendrán un bonito tono negro.

Puaj. Mañana. Todavía no quería pensar en el mañana.

—Ah, tío. ¡Lo olvidé totalmente! Ibas a hablar con Greg sobre eso de los servicios de agronomía. —Ahora me sentí aún peor—. También lo eché a perder.

—No, no lo hiciste —dijo—. Hablé con Greg. Dijo que estaba bien.

Suspiré, larga y fuertemente.

—Recuérdame que le envíe una caja de cerveza o algo así.

—Ha sido una noche monumental para ti —dijo Trav—. Charlie, esta noche saliste del armario con todos los ganaderos del Territorio.

—Lo hice, ¿verdad?

—¿Cómo te sientes?

—No tengo ni idea —respondí. Busqué el pavor y el miedo de hacer realidad mis peores pesadillas, pero no encontré ninguno—. En realidad, me siento bien. Aunque mañana podría ser diferente. Cuando esté asimilado, quiero decir.

—Mañana —dijo—. Tenemos suficiente de qué preocuparnos mañana.

Mi cabeza daba vueltas, me dolía un poco el ojo y también mis nudillos. Saqué la lata de limonada de mi ojo y tomé la barbilla de Travis entre mi pulgar y los dedos de mi mano no dolorida, atrayéndolo para darle un suave beso.

—Todo irá bien mañana —susurré.

Él asintió.

—Tiene que ir bien.

Me quedé dormido sin saber cuál de los dos intentaba convencer al otro.

LA OFICINA a la que teníamos que acudir para la reunión estaba en el centro de la ciudad. Era una típica oficina gubernamental y me sentí fuera de lugar tan pronto como entré por la puerta. El tiempo de espera fue malo, muchas personas sentadas en silencio y no tenía ninguna duda de por qué no tenían relojes en las salas de espera. Suponía que me habría vuelto loco.

Una señora salió a la puerta. Tal vez tenía veintitantos años, era de ascendencia aborigen y vestía como una abogada. Tenía el pelo largo y negro y unos ojos bonitos. Nos sonrió.

—¿Travis Craig? —preguntó.

—Sí, señora. —Travis se puso de pie y yo probablemente habría hecho lo mismo, pero mi cuerpo no parecía moverse.

—Soy Nerida Martin. Hablamos por teléfono. —Sonrió y señaló con su mano hacia una puerta. Trav se quitó el sombrero y, con pasos inseguros, entró.

Y si pensaba que esperar con él era malo, esperar sin él era simplemente insoportable.

Estaba a punto de comenzar a caminar cuando la puerta por la que habíamos entrado se abrió y entraron algunas caras familiares.

Ma primero, bien vestida y muy bonita, con George detrás de ella y luego Billy.

Me encontré de pie, sorprendido al verlos, y tan jodidamente aliviado.

—¿Qué estáis haciendo aquí?

—Vinimos a apoyar a Travis —dijo Ma. Entonces ella notó mi ojo. Puso su mano en mi cara—. ¡Charlie! ¿Qué te ha pasado?

—Anoche nos encontramos con Fisher —dije tocándome automáticamente el ojo. Ma jadeó y George gruñó. Los ojos de Billy se entrecerraron. Les di una pequeña sonrisa—. Deberíais verlo a él.

Hubo movimientos de cabeza y malas palabras en voz baja, pero finalmente George preguntó:

—¿Dónde está Travis?

Asentí hacia la puerta.

—Ahí.

—¿Cuánto tiempo hace que entró? —preguntó Ma.

—Sólo unos cinco minutos. —Entonces me acordé de algo —. Um, ¿quién está en casa?

—Trudy, Bacon y Ernie —respondió George.

No pude ocultar mi sorpresa.

—Pensé que se iban de días libres. —Negué con la cabeza —. No esperaba que renunciaran a sus vacaciones por mí.

Ma me dio una de sus sonrisas cálidas especiales.

—Todos querían estar aquí —dijo—. Pero alguien tenía que quedarse.

En ese momento, la puerta detrás de mí se abrió y me giré para ver a Nerida a punto de decir algo, pero se detuvo cuando nos vio a los cuatro esperando.

—¿Charles Sutton?

—Sí —dije, pero mi voz era toda ronca. Lo intenté de nuevo—. Sí, soy yo.

—Oh. —Parecía sorprendida por algo—. ¿Tiene un minuto?

Tengo toda mi vida, pensé. Mantuvo la puerta abierta y entré, tomando asiento al lado de Travis.

—Por lo que veo, ha venido un grupo de apoyo —dijo Nerida. Estaba sonriendo y parecía bastante agradable.

No estaba seguro de cómo explicar lo que eran para mí las personas en la sala de espera. Eran mis empleados, pero eran mucho más que eso.

—Son mis padres.

Travis me dio una mirada inquisitiva.

—Ma, George y Billy están aquí.

Parecía realmente sorprendido y muy conmovido.

—¿Y eso?

—Dijeron que quería venir y mostrar su apoyo —dije en voz baja. Travis miró hacia la puerta y sonrió.

—Bien —dijo Nerida tomando el control de la entrevista —. ¿Señor Sutton? ¿Es usted el único propietario de la estación Sutton? ¿El empleador de Travis?

—Sí, así es. —Sabía lo que ella estaba pensando. Yo era muy joven—. Mi padre falleció hace dos años y medio.

—¿Y Travis ha trabajado para usted a tiempo completo durante los últimos siete meses?

—Sí, eso es correcto.

—¿Sabía usted que se supone que todos los titulares de visas temporales no deben estar en ningún empleo permanente durante más de seis meses?

Negué con la cabeza y miré a Travis.

—No. No lo sabía.

Ella asintió, pero siguió adelante.

—Y el señor Craig vino originalmente a Australia para lo que se suponía que sería un período de cuatro semanas, para trabajar y aprender sobre la agricultura local.

—Sí.

Ella inclinó la cabeza.

—Se quedó más tiempo porque…

Porque él quería. Porque era demasiado terco para subir al avión.

—Sintió que su trabajo no estaba hecho. Tenía más que aprender. —Miré a Travis y me encogí de hombros. Jesús, no sabía qué decir—. Lo siento, no sabía que me ibais a entrevistar. —Intenté peinarme un poco con los dedos. Le sonreí nerviosamente, lo que me lastimó el ojo hinchado—. Ignore el maquillaje de ojos —bromeé señalando mi ojo—. Reunimos el ganado la semana pasada y un brahman no estaba muy contento con eso. —Fue una mentira descarada, pero una explicación para el hematoma. No era como si pudiera decirle la verdad—. Entonces, ¿en qué puedo ayudar?

Nérida sonrió tensamente, pero en realidad no ofreció ninguna explicación a mi pregunta.

—El señor Craig está aquí con una visa de trabajo temporal —dijo—. Había una cláusula específica de término no secundario, lo que significa que no se puede extender. Ya ha violado una condición.

¿Qué?

—¿Qué?

Nerida golpeó el escritorio con su bolígrafo, repasando lo que debía haber sido el expediente de Travis.

—La primera visa temporal se extendió después de las

primeras cuatro semanas. No se puede prorrogar por una segunda vez.

Estaba bastante seguro de que podía sentir cada gota de sangre salir de mi cara. Miré a Travis, que estaba ahora mirando fijamente a Nerida.

—¿Qué pasa con la subclase 887? —pregunté—. Un trabajador regional calificado. Él encaja en esa categoría. Si ha vivido en un área regional de Australia y trabajado a tiempo completo, entonces califica, ¿no? —Miré de ella a Travis y de nuevo a ella—. Un consultor agrícola está en la lista de ocupaciones calificadas en el sitio web de inmigración.

Ella pareció sorprendida de que yo supiera de lo que estaba hablando. Pero no estaba sonriendo.

—La agronomía no es una habilidad aislada en esta área.

—¿Qué significa eso?

—Significa que hay otros agrónomos. Gente local —dijo Travis. Su voz sonaba muy distante.

—No quiero que nadie más trabaje en mi granja —dije—. Claro, puedo contratar a algún académico de la universidad, pero sería simplemente un científico, no un peón de estación. Travis puede hacer ambas cosas. Y eso es algo que no puedo conseguir en ningún otro lugar. —Parecía tan indiferente y me pregunté cómo alguien tan joven y bonita podía ser así. Tal vez era buena en su trabajo, pero no tenía idea de cómo era trabajar en una granja—. ¿Sabe lo difícil que es encontrar personal? —pregunté retóricamente, porque obviamente ella no tenía ni puta idea—. Estamos a tres horas de la ciudad. A tres horas de una tienda, una cafetería, un médico. ¿Sabe lo difícil que es conseguir y mantener buen personal cuando estamos tan aislados?

—¿Ha buscado aquí las oficinas de empleo locales? —preguntó—. Siempre hay listas de personas capaces.

—Capaces, tal vez. Dispuestas, no. Trabajamos de doce a catorce horas al día, semana tras semana. Ellos duran dos semanas —le dije—. Estamos demasiado aislados. Pero a Travis le encanta.

Dirigió su atención a Travis.

—El señor Sutton mencionó la consultoría.

—He sido consultor para otra estación, Burrunyarrip. Está situada sobre la frontera de Queensland. No es tan grande como la estación Sutton, pero aun así es el doble de grande que cualquier granja que tenga Estados Unidos. Greg Pietersen es el propietario y he tenido algunas reuniones con él —dijo Travis. Nada de eso era técnicamente una mentira. Simplemente no era toda la verdad. Greg le había dicho a Travis la noche anterior que lo usara como referencia por su experiencia agrónoma y felizmente le diría a algún funcionario del gobierno, que nunca había puesto un pie fuera de los límites de la ciudad, lo que hacía falta para sobrevivir aquí —. Anoche estuve en la reunión de la Asociación de Productores de Carne del Territorio del Norte.

—¿Y ha realizado trabajos de consultoría con ellos?

—Lo estamos desarrollando —respondió Trav—. Hablé con muchas personas asistentes a la reunión que estaban interesadas, simplemente no pude confirmar las citas... ya sabe... debido a esto. —Agitó un poco la mano hacia el expediente que había sobre el escritorio.

—Bueno, necesitaré un número para el Sr. Greg Pietersen que mencionó —dijo.

—Tengo su número en mi teléfono —dije sacando mi móvil. Revisé mis contactos y deslicé el teléfono sobre el escritorio para que ella pudiera anotar el número.

Mientras ella lo escribía, le dije:

—No estoy seguro de cómo funcionan estas cosas. Para ser honesto, no pensé que fuera un gran problema. Quiero decir, la gente se muda a este país todo el tiempo. Y no puede decirme que todos trabajan. Y ciertamente no trabajan desde el amanecer hasta el atardecer en el verano del Outback ni duermen fuera en el suelo en pleno invierno, reuniendo ganado, eso se lo puedo asegurar.

—¿Sus solicitudes deben ser para visas permanentes? —ofreció Travis en voz baja.

—Bueno, ¿por qué no puedes solicitar una de esas visas? —le pregunté y luego me volví hacia Nerida y le pregunté lo mismo—: ¿Por qué no puede solicitar una de esas?

—No es tan fácil —dijo Nerida—. El gobierno australiano se toma muy en serio la inmigración.

—Lo entiendo —acepté—. Y así debería ser. Pero si cumple con los criterios, si cumple todos los requisitos, entonces todo debería estar bien, ¿no? —Miré a Travis y eso me detuvo. Nunca lo había visto tan absolutamente inseguro. Ya parecía derrotado.

—El punto de vista del gobierno es que las habilidades del señor Craig no son exclusivas de esta área.

Esta entrevista no iba como se suponía que debía ir. Podía sentir la sangre golpeando en mis oídos. Ella estaba diciendo que no. No se suponía que fuera así. Estaba empezando a sentir una opresión en el pecho, como si no pudiera respirar o algo así, y la sensación de malestar en el estómago sabía mucho a ira y desesperación.

—¿El punto de vista del gobierno? —pregunté sin siquiera intentar evitar el ataque en mi tono—. ¿Es así como se puede desplazar la culpa? Sin responsabilidad, sin cuidado, *no es personal*, ese tipo de cosas. ¿Le enseñan cómo eximirse de responsabilidad personal? Dígame, ¿hay clases para eso?

—Charlie —advirtió Travis en voz baja.

—No. No, Trav —dije—. Se suponía que esto iba a ser fácil. Ibas a venir aquí y arreglar algunos papeles, y eso sería todo. Se suponía que iba a ser fácil.

—Señor Sutton —Nerida dijo con calma—. Gracias por su tiempo esta tarde.

Me estaba echando, y no sólo eso, sino que probablemente había arruinado cualquier oportunidad que tuviera Travis.

Todo iba mal. Respondí mal a todas las preguntas y ella iba a decir que no. Iban a hacer que Travis se fuera. En una semana, abordaría un avión de regreso a Estados Unidos, llevándose mi corazón con él. Mis ojos ardieron y negué con la cabeza. Mi voz era sólo un susurro.

—Por favor, no haga esto.

Nerida me miró fijamente y pude sentir los ojos de Travis ardiendo en un lado de mi cabeza. No me atrevía a mirarlo. Todo lo que podía hacer era negar con la cabeza e ignorar el estúpido ardor en mis ojos y mi pecho. Y tal vez fueron las emociones del fin de semana pasado o tal vez fue la comprensión de que realmente estaban haciendo que Travis se fuera, pero tenía que decir algo.

—Lo amo.

Travis jadeó a mi lado y Los ojos de Nerida se abrieron, sólo una fracción, antes de recomponerse.

—Señor Sutton… —dijo.

Negué con la cabeza de nuevo.

—¿Sabe cuáles eran las probabilidades de que algún día encontrara a alguien? Vivo y trabajo en medio del desierto, y él se sube a un avión desde el otro lado del planeta y llega a mi puerta. —Respiré temblorosamente—. El hombre más perfecto, y por alguna razón que nunca entenderé, me eligió a mí. Le diré cuáles son las probabilidades. —Levanté mi dedo índice—. Una. Una oportunidad en la vida. Eso es todo de lo que dispongo.

—Charlie —susurró Travis a mi lado.

Entonces me volví hacia él y luché por contener las lágrimas.

—No puedo hacer esto sin ti.

Su rostro decayó y su labio tembló.

—Sí, puedes —murmuró.

—Me va a matar —le dije intentando no llorar—. Si te subes a ese avión, una parte de mí morirá.

—Señor Sutton, señor Craig —dijo Nerida. Casi había olvidado que ella estaba allí.

Me puse de pie.

—Lo lamento. No quise decir... lo arruiné todo. Lo lamento. Debería salir.

Travis se levantó y tomó mi mano para que no pudiera irme.

—No arruinaste nada.

Miré a la mujer detrás del escritorio. Parecía triste, pero también como si lo hubiera oído todo cientos de veces antes. Respiré hondo y traté de recomponerme.

—Piense de mí lo que quiera. Supongo que no importa. Pero no se trata de mí, ni de que el gobierno odie a los homosexuales. Si toma en cuenta algo lo que digo, que sea esto: Travis es uno de los trabajadores más duros que he conocido. Entiende la tierra como si hubiera nacido y crecido aquí. Entiende el desierto y no sólo lo ama, sino que lo respeta. ¿Sabes lo raro que es eso? —Miré a Travis—. Él merece estar aquí. Se lo ha ganado.

Travis me miraba con mucha tristeza y agradecimiento en sus ojos. Liberé su mano de la mía.

—Lo lamento.

—No lo lamentes —dijo en voz baja.

Salí de la habitación. Ma se puso de pie rápidamente, pero se detuvo cuando vio mi cara. Necesitaba irme. Necesitaba salir y tomar un poco de aire.

—Estaré afuera —le dije a nadie en particular y seguí caminando hasta que la luz del sol me dio en la cara.

—Charlie —gritó Ma detrás de mí.

Me volví hacia ella.

—Lo arruiné, Ma. —Me pasé las manos por el pelo y miré a mí alrededor. Estábamos frente al edificio del ayuntamiento. Había coches en la calle y gente pasando, y no me importaba —. Debería haber dejado de hablar. ¿Por qué diablos querían hablar conmigo de todos modos?

Puso sus manos sobre mis brazos y mi cara .

—Oh, amor.

Parpadeé para contener las malditas y estúpidas lágrimas de nuevo.

—No puedo creer que haya hecho eso.

Los ojos de Ma estaban tristes.

—Estoy segura de que no lo hiciste tan mal.

—Le dije que lo amaba, Ma, y que si se iba me mataría —admití. Me apoyé en un pasamano y puse mi cabeza entre mis manos—. Destrocé cualquier posibilidad.

—Bueno —dijo convencida—, a veces la verdad es mejor.

—Y a veces la verdad hará que te echen con seguridad cuando al gobierno no le gusta oír hablar de un grupo de gais, Ma. —Había pasado de molestarme a sentir ira y supongo que Ma me conocía lo suficiente como para guardar silencio. Se apoyó contra la barandilla conmigo y nunca dijo una palabra.

Finalmente, George salió a encontrarnos.

—Travis y Billy vienen ahora.

Exhalé con las mejillas hinchadas. No tenía idea de qué decirle a Travis y dudaba que pudiera volver a mirarlo a los ojos. No tuve que hacerlo. Salió con Billy. Parecía bien, no demasiado molesto, pero desvié la mirada cuando se acercó. Ni siquiera lo dudó. Mientras estaba pensando en la mejor manera de pedir perdón, él simplemente se acercó a mí y, delante de todos, para que todo el mundo lo viera, me rodeó con sus brazos.

Y no me importó en lo más mínimo.

—Eso fue lo mejor que jamás hayas dicho —dijo. Se apartó y era una mezcla de sonrisa y asombro. Miró a los demás—. Dios mío, deberíais haber escuchado lo que dijo.

—¿Lo que dije? —repetí—. Travis, estuve tan fuera de lugar. Te apuesto lo que quieras a que ella está allí ahora estampando un gran "denegado" rojo en todo lo que pueda conseguir.

Travis me sorprendió sonriendo.

—Tal vez sea así. —Negó con la cabeza y miró directamente a Ma—. Fue lo más romántico que jamás haya escuchado o visto.

Gemí y comenzamos a caminar hacia los aparcamientos.

—¿Qué más dijo?

—Poco. Hablamos un poco más, ella hizo algunas preguntas más. Luego dijo que tendría una respuesta en veinticuatro horas.

Veinticuatro horas. Jesús, ahora estábamos contando las horas.

Entonces Travis dijo:

—Entonces Billy habló con ella, pero realmente no pude entender lo que decían…

¿Billy? Todos nos detuvimos y nos volvimos para mirar a Billy, y él simplemente sonrió con su sonrisa socarrona. Su cabello rizado y rebelde estaba erizado por todas partes y sus ojos sonreían contra su piel oscura.

—Hablamos en el idioma del pueblo Arrernte Oriental, mi gente. Le dije que Travis es un buen tipo. Le dije que mi prima Nara estaba en una mala situación, pero que ahora está a salvo en la estación Sutton, y cómo Travis le enseñó a hacer y mantener un jardín, como nuestra gente, cómo ser bueno con la tierra.

No podía creer lo que estaba escuchando. Tuve que tragar para poder hablar.

—¿Le dijiste eso? —pregunté.

—Por supuesto que sí —dijo Billy—. También le dije que eres un buen hombre, señor Sutton. Un *Kake* para mí y mi gente.

Oh.

Él acababa de llamarme *hermano*.

Y otra vez con las lágrimas. Joder, era una bola de locura emocional. Ni siquiera podía hablar. Billy se rio y me dio una palmada en el hombro.

—¿Estás bien?

Me reí, me sequé las lágrimas y me sacudí la vergüenza.

—Sí, estoy bien.

Travis puso su mano en mi nuca y me atrajo hacia él, sólo por un segundo, antes de dejarme ir. Miró a Ma y a George, quienes me sonreían.

—¿Habéis almorzado? Estoy hambriento.

—Sí, comimos —dijo Ma—. Pero deberíais ir a comer algo.

Travis abrazó a Ma y luego, sorprendiendo a George, lo abrazó también.

—Muchas gracias por venir. Realmente significa mucho. —Luego miró a Billy y le tendió la mano. Billy le sonrió y se dieron un extraño apretón de manos—. Gracias, Billy. Pensé que estaba feliz de verte cuando me encontraste en el desierto ese día que salí con Shelby, pero fue muy bueno verte aquí hoy.

Billy simplemente sonrió y miró los coches que pasaban por la calle.

—Nos vamos a casa ahora. Hay demasiada gente aquí para mí.

Nos dejaron a Travis y a mí de pie en la acera, mirándonos el uno al otro.

—¿Estás bien? —preguntó.

Tragué.

—Estaré bien. En veinticuatro horas —dije—. Cuando recibamos esa llamada telefónica para decirnos que todo está bien, entonces estaré bien. —Él sonrió y respiró hondo—. ¿Tú estás bien? —le pregunté.

—Lo estaré en veinticuatro horas —dijo con una sonrisa—. Pero ahora mismo necesito comida.

—¿Qué deseas?

—Pizza.

Puse los ojos en blanco.

—Ni siquiera debería haberme molestado en preguntar.

Él sonrió y comenzó a caminar hacia la camioneta.

—No, no deberías haberlo hecho.

CAPÍTULO CATORCE

DONDE TODA MI VIDA CAMBIA EN
VEINTICUATRO HORAS.

TRAVIS TENÍA las tres cajas grandes de pizza en el asiento entre nosotros y ya había engullido dos porciones en las dos manzanas que habíamos recorrido cuando dijo con la boca medio llena:

—¡Oh! ¿Podemos parar en la cooperativa?

Hice un cambio de dirección y me dirigí a la tienda.

—Claro. ¿Qué querías?

—Necesito abono y sulfato de potasio.

—Vamos a por ello —dije—. Espera. No estarás planeando hacer otra bomba fétida.

Se rio y tragó su bocado de pizza.

—Eso es sulfuro de amonio. Dios, ¿no estudiaste química en la universidad?

—Iba a decir que después de tres pizzas no necesitarás ayuda para hacer una bomba de pedos —dije entrando en el almacén de compras. Me reí de la cara de Travis cuando salí de la camioneta.

Casi había olvidado los acontecimientos de la noche anterior en la reunión de ganaderos, y ciertamente olvidé que había visto a Brian allí. No parecía muy contento de verme ahora. Brian había dirigido la cooperativa desde siempre, y hasta la expresión de su rostro en este un momento, lo habría llamado amigo.

Cuando Travis y yo entramos, parecía lo más incómodo posible. Dio un pequeño paso atrás y ni siquiera pudo fingir una sonrisa.

Así que así iba a ser.

Esta era exactamente la razón por la que nunca quise revelar mi sexualidad. Era la actitud de hombres como este, de dueños de negocios como este en comunidades agrícolas de pueblos pequeños, lo que podía hacer la vida mucho más difícil de lo necesario.

—Brian —dije tal vez un poco demasiado alegremente.

Ordenó algunos folletos en su mostrador de ventas.

—Charlie —dijo sin mirarme del todo.

—¿Qué tal te lo pasaste anoche? —pregunté—. Fue entretenida… informativa…

Tartamudeó:

—Sí, un poco de todo.

Atrás quedaron las conversaciones cálidas, las charlas amistosas de novedades y ventas. Estaba siendo muy silencioso y homofóbico. Pensé que tenía dos maneras de lidiar con esto. Podría disculparme por hacerlo sentir incómodo e irme o podría ver al bastardo retorcerse.

Le sonreí.

—Brian, dime algo —comencé—. ¿Tienes algún problema conmigo? Ya sabes, por ser gay. —Me estaba acostumbrando a decir eso en voz alta. Simplemente me salía de manera natural.

—Yo, um, yo...

—¿Tienes algún problema con la cantidad de dinero que gasto en tu tienda? —le pregunté—. Porque, bueno, no estoy seguro de las cifras exactas que tengo en la cabeza, pero son al menos doscientos, tal vez doscientos cincuenta mil al año, ¿no?

Parpadeó rápidamente y tragó. No era estúpido. Él sabía a dónde iba con esto.

—Así que aquí está la cuestión, Brian —dije con calma—. Vamos a seguir haciendo negocios porque es conveniente para mí y es una decisión financieramente sólida para ti. Pero si estás feliz de no volver a ver nunca más un dólar Sutton, pagaré alegremente para que me transporten mi equipo desde Darwin o Adelaida.

Su voz salió como un quejido lastimero.

—Mira, no creo que sea necesario llegar a eso.

—Yo tampoco —dije—. Pero si vas a ser irrespetuoso conmigo o con Travis, entonces te devolveré el favor, junto con cualquier otra estación en el Territorio a quien pueda convencer de que tampoco gaste ni un centavo más aquí.

Entonces finalmente le crecieron algunas pelotas y se aclaró la garganta.

—Charlie, no tengo ningún problema.

—Bien —dije con una sonrisa—. Porque sería muy poco profesional de mi parte no hacer negocios contigo por lo que haces en tu dormitorio, ¿no? No afecta en absoluto la forma de hacer negocios, ¿verdad?

Él entendió mi punto. Negó con la cabeza.

—No, supongo que no es así.

—Entonces estamos en la misma página —dije alegremente—. Vinimos porque Travis necesita abono y sulfato de potasio para el jardín de Ma.

—No hay problema. Por aquí —dijo caminando hacia la pared del fondo—. ¿Qué tamaño? —preguntó.

Parecía que Travis se había quedado atónito. Estaba mirándome.

—Trav, ¿qué tamaño de saco?

—Ah. —Sacudió la cabeza—. Um, ¿tal vez veinte libras?

—¿Puedes hablar en kilos? —me quejé mientras seguíamos a Brian—. Una palabra para ti, Trav. Sistema Métrico. El resto del mundo lo usa.

—Cállate —dijo y me empujó hacia un pasillo de toldos de caña.

Brian nos miraba como si fuéramos un viejo matrimonio en disputa.

—¿Diez kilos es suficiente?

Travis miró las bolsas de fertilizantes.

—Perfecto.

—Ah —dije al recordar—. Tendré que pedir tetinas nuevas para los alimentadores manuales de terneros. Esperamos el doble de partos esta primavera.

Las cejas de Brian se alzaron.

—Vais a estar ocupados.

—Siempre.

—Las tetinas vienen en paquetes de diez.

—Dame tres. Si necesito más, te lo haré saber.

Pagamos el fertilizante y me propuse estrechar la mano de Brian para mostrarle buena voluntad. No quise atacarlo, al decir lo que dije, sólo tenía que demostrar un punto. Y cuando nos fuimos, creo que ya estaba bien.

Apenas habíamos regresado a la carretera principal cuando Travis dijo:

—Um, Charlie, estuviste increíble y un poco aterrador ahí dentro.

—¿Aterrador?

—Sí, como *El Padrino* de aterrador. —Hizo una pistola con la mano y habló con un acento italiano bajo, ronco y mal logrado—. El contrato. Tu firma o tu cerebro.

Me reí de él.

—¿Y sabes qué es lo que creo que asustó más al viejo Brian? —pregunté.

—¿Qué lo asustó?

Resoplé con las mejillas hinchadas y negué con la cabeza.

—Dios, sonaba como mi padre.

Travis me miró durante unos largos segundos.

—¿Eso es algo bueno o malo?

Le sonreí mientras conducía.

—Estoy bien con eso. Hoy, cuando le dije que era gay y que podía afrontarlo o perder a uno de sus clientes más importantes, me sentí bien.

Travis sonrió.

—Charlie, creo que estás oficialmente fuera del armario.

Resoplé una carcajada. Estaba sonriendo.

—¿Y sabes qué? Nunca me había sentido tan…

—¿Bien? —acabó por mí.

—Iba a decir libre.

—Ser libre es bueno.

—Ser libre es increíble —dije riendo.

Cuando Trav había comido toda la pizza que pudo, dejó las cajas donde debían estar sus pies, se apoyó en mi brazo con los pies junto a la ventana y se caló el sombrero hasta los ojos. Durmió mientras yo conducía y, durante aproximadamente una hora, traté de ponerle un nombre a lo que me parecía diferente.

Exactamente no podía señalar qué, pero algo se sentía… diferente.

Mejor.

Todavía teníamos un día entero de espera hasta que el departamento de inmigración australiano emitiera su veredicto, pero incluso bajo esa oscura nube de espera, todavía sentía que algo cambiaba en mi interior. Algo se volvió más liviano, menos pesado, y cuando tomé en el camino de entrada de la estación Sutton, casi pensé que lo había resuelto.

Ahora, sabía que los caminos de entrada de la mayoría de las personas eran un poco cortos, algunos de solo unos pocos metros de largo. Mi camino de entrada, desde el buzón hasta la casa, era de treinta y dos kilómetros. No sé si fue la disminución de velocidad de la camioneta para girar fuera de la carretera o si algo en la mente dormida de Travis le dijo que estaba cerca de casa, pero se despertó. Detuve la camioneta.

—¿Qué pasa? ¿Qué ocurre? —preguntó Travis mirando a su alrededor, todavía medio dormido.

Le sonreí.

—No pasa nada.

Recogió las cajas de pizza para tener un lugar donde poner sus largas piernas.

—Entonces, ¿por qué paramos?

Respiré hondo y pensé: *¿qué demonios?* Esta conversación parecía estar funcionando bastante bien.

—Creo que lo descubrí.

Travis hizo una mueca.

—¿Descubriste qué Charlie? ¿Podrías dejar lo críptico? Necesito orinar.

Me reí de él.

—¿Ves? Por eso me gusta ser gay. No tenemos que preocuparnos por nuestros modales delante de una dama.

—¿Es eso lo que descubriste?

—Bueno, no, solo estaba diciendo, ya sabes, porque es verdad.

—Está bien —dijo lentamente. Miró a su alrededor, probablemente tratando de descubrir por qué me detuve donde lo hice—. Charlie, ¿estás bien?

—Estoy muy bien —le dije—. Sólo quería decirte algo antes de que lleguemos a casa y Ma nos haga doscientas preguntas. —Entonces le dije lo que creía haber descubierto—. ¿Recuerdas la otra semana, cuando estaba de mal humor y fui un idiota testarudo?

—Um, vas a tener que limitar eso por mí, porque bueno, ha habido algunos…

Me reí de eso.

—Cuando te dije que me sentía enjaulado o algo así.

Asintió.

—Dijiste que te sentías obligado. Usaste la palabra atado —dijo. Obviamente la palabra se le había quedado grabada.

No me di cuenta de que le había hecho daño—. No por mí, aparentemente, sino por este lugar.

—No por ti —dije rápidamente—. Y eso es lo que descubrí. Tampoco era este lugar. Era yo mismo.

Él frunció el ceño, confundido.

—¿Qué quieres decir con que eras tú?

—Era yo. Y desde que nos fuimos de la ciudad, he estado tratando de descubrir qué se siente diferente, y eso es lo que es.

—¿Te sientes diferente?

—Sí, más o menos. De alguna manera. No sé. Me siento mejor. Dijiste la palabra libre y creo que eso es lo que es. Ahora soy libre. Siempre pensé que ser conocido como un granjero gay acabaría conmigo o con mi granja, pero ¿sabes qué? Creo que tal vez sea todo lo contrario.

Una lenta sonrisa se dibujó en su rostro.

—¿Ya no te sientes enjaulado?

—Ni siquiera sabía realmente que me sentía así hasta que ya no lo estuve —traté de explicar—. Creo que me puse muy nervioso durante las últimas semanas porque te tenía aquí todos los días y debería haber sido perfecto, pero todavía no podía, ya sabes… —Me encogí de hombros—. Todavía no era libre de salir. No sé si eso tiene sentido…

Trav se inclinó y me besó. Fue un beso sabor a pepperoni.

—Tiene mucho sentido.

—Y no es que sea sólo porque "salí" —dije usando comillas—. Creo que es porque no tengo vergüenza. Siempre pensé que, si la comunidad agrícola local sabía que era gay, sería algo por lo que disculparme. —Sacudí la cabeza y de repente encontré interesante el volante, mirándolo en lugar de a él—. Pero estoy un poco orgulloso de quién me permitiste ser.

No dijo nada, y cuando lo miré, simplemente estaba sentado allí, atónito.

—Charlie, no sé qué decir —dijo en voz baja—. Creo que

eso es lo mejor y más perfecto que me has dicho jamás. Lo más bonito que cualquiera me ha dicho alguna vez.

Sonreí, después solté una media risa. Fue un alivio haber dicho todo esto en voz alta.

—Solo quería que lo supieras. —Puse en marcha la camioneta de nuevo—. ¿Estás listo para ir a casa?

—No —dijo, abriendo la puerta—. Realmente necesito orinar. —Salió, se acercó a la valla y orinó en un poste todo un río. Había unas cuantas reses a unos cien metros de distancia y me reí cuando las saludó con la mano. Cuando finalmente terminó, se subió la bragueta y volvió a la camioneta, sonrió —. Ahora estoy listo para ir a casa.

NO ESTABA MUY EQUIVOCADO con las doscientas preguntas que supuse que tendríamos que responder. Pero no fue sólo Ma. Todos estaban ahí y todos querían saber cada detalle, especialmente sobre mi ojo morado.

Travis, que había ido a buscar a Matilda tan pronto como llegamos a casa y no la había soltado, les contó sobre la reunión de ganaderos y mi posterior altercado con Fisher.

—Le dio un golpe a Charlie —dijo Travis asintiendo hacia mí y la evidencia que era mi ojo morado—. Pero, mierda, deberíais haber visto a Fisher. Seguramente nariz rota, dientes faltantes. Rocky Balboa aquí seguro que no falló.

Levanté mi mano derecha, mostrando los cortes en mis nudillos.

—Dijo algunas cosas que no fueron estrictamente educadas —les dije—. Y esto fue después de que él le dijera a todos los dueños de negocios que yo… —Busqué una mejor manera de expresarlo—. Que no me gustan las chicas. —Siempre había evitado este tema con mi equipo. Sabían que era gay, por supuesto, pero nunca, *alguna vez* hablamos de ello.

Hasta ahora.

—Así que lo más probable es que, si vais a la ciudad, alguien en algún lugar os diga algo sobre el asunto —les dije. Esta era la peor parte—. Brian, en la cooperativa esta mañana, trató de actuar como si yo no fuera bienvenido.

Los ojos de todos se abrieron y Ma jadeó suavemente.

Travis estaba completamente imperturbable. Estaba muy animado cuando les dijo:

—Entonces Charlie procedió a decirle a Brian que podrían seguir haciendo negocios como siempre o se encargaría de que todos pagaran más por el transporte para comprar sus cosas en Darwin. —Travis se rio—. Deberíais haber visto la cara de Brian.

Me encogí de hombros.

—No voy a permitir que nadie me diga que "mi dinero no es lo suficientemente bueno" —dije—. Y si alguien os dice algo, hacédmelo saber.

—Ah —añadió Travis—, Charlie también le dijo a ese viejo… —Me miró—. ¿Cuál era su nombre?

—Jack Melville —respondí. Todos aquí conocían ese nombre.

Travis resopló. Estaba hablando como si estuviera orgulloso de mí.

—Sí, bueno, Charlie también le dijo a él, y a todos los presentes en la reunión, que así eran las cosas y que les podía gustar o no, pero que debían aceptarlo.

Suspiré larga y ruidosamente.

—Puedo suponer que habrá algunas repercusiones. Realmente no me contuve nada. Les dije exactamente lo que pensaba de ellos. Pero no me importa. No me doblegaré solo porque ellos lo digan. No está escrito en ninguna parte que tenga que seguir sus reglas, y si llega a eso, entonces es una solución fácil. —Lo dije con una sonrisa—. Simplemente cambiaré las reglas.

Ma sonrió, toda orgullosa con lágrimas en los ojos y

George asintió. Creo que vio un atisbo de mi padre en mí, imponiendo la ley de esa manera, y si ese era el rasgo suyo que llevaba conmigo, por mí estaba bien.

Fue Bacon quien habló a continuación.

—Entonces, Travis, ¿cuándo tendrás noticias de esa señora?

—Me dijo veinticuatro horas —respondió—. Así que mañana, supongo. ¿Quizás después del almuerzo? —Intentó mantener la sonrisa confiada, pero no fue muy bien—. Dijo que intentaría presentar un buen argumento a mi favor, pero dijo que no estaba muy segura.

Nadie sabía realmente qué decir a eso. Excepto Trudy. Ella lo resumió perfectamente.

—Bueno, eso es una mierda.

Me reí y todos los ojos se volvieron hacia mí como si hubiera perdido la cabeza. Les dije a ellos, pura y simplemente, tal como Travis había dicho hacía siete meses:

—Él no se subirá a ese avión. —Le di una palmada a Travis en el hombro y miré a Matilda—. Deja en el suelo a esa rata demasiado grande. Tenemos trabajo que hacer.

Durante el resto del día e incluso durante la cena, fingí que no estaba esperando a que cayera el hacha. Estaba por llegar, lo sabía. Solo quería que el resto de mi tiempo sin saber la resolución fuera lo más normal posible.

Apenas pegué un ojo y supuse que Travis no durmió nada. Debí haberme quedado dormido en algún momento, porque cuando me desperté, eran poco más de las cuatro y Travis estaba acostado a mi lado, susurrándole a una Matilda abrigada y completamente despierta.

Cuando vio que yo estaba mirándolo, me miró fijamente por un largo momento. Parecía todo pálido y triste a la luz de la luna.

—Le estaba diciendo a Matilda que, si tengo que irme, tú cuidarás de ella —susurró. Incluso en la habitación a oscuras, pude ver sus ojos llenos de lágrimas—. Tú cuidarás de ella, ¿verdad Charlie?

Lo acerqué, medio aplastando a Matilda entre nosotros. Iba a decirle que no tendría que hacerlo porque él no subiría a ese avión, pero eso no era lo que necesitaba oír. Entonces, en lugar de eso, besé un costado de su cabeza y susurré:

—Por supuesto que lo haré.

Ambos durmieron un rato, acurrucados en mis brazos, y yo me quedé mirando la pared hasta que llegó el momento de levantarme, deseando y rezando con más fuerza para que este no fuera el día que se rompiera mi corazón.

PASÉ la mañana en piloto automático. Apenas desayuné y tuve que forzar el almuerzo. Nos quedamos cerca de la casa, como todos, esperando, temiendo el sonido del maldito teléfono. Recibimos algunas otras llamadas y en cada ocasión mi corazón se me subía a la boca. A medida que pasaban las horas, sentía como si cada minuto añadiera un peso sobre mi pecho.

Estaba ayudando a arreglar la malla de sombreo sobre el huerto de Ma y Travis fingía que yo no estaba siendo un dolor en el culo. En realidad, nadie dijo mucho, todo el día pareció inquietantemente tranquilo, así que cuando Ma gritó:

—¡Travis! ¡Teléfono! —Desde la terraza trasera, sonó tan fuerte que se me cayeron los alicates.

Travis se secó las manos en los vaqueros y me miró con ojos muy abiertos. Asentí y sonreí, cuando realmente sentía que quería vomitar y cada segundo me costaba más respirar.

Entramos y ocupamos mi oficina, nos movimos mecánicamente. Todos nos siguieron, fingiendo no escuchar, pero todos esperando hacerlo. Travis no se sentó. Se detuvo frente al escritorio, respiró hondo y puso la llamada en altavoz.

—¿Señor Craig?

—¿Sí?

—Soy Nerida Martin —dijo—. Gracias por reunirse conmigo. Sé que está muy interesado en saber el resultado, así que iré directo al grano. Su caso ha sido revisado.

—¿Y?

No sé cómo pudo siquiera hablar. Yo estaba de pie a su lado en el escritorio. Me sentía enfermo. No podía mirar a nadie. No podía permitir que me vieran al borde de perderlo todo.

—A la luz de la contribución que ha estado haciendo a la comunidad, se ha concedido su solicitud de visa permanente.

Y así, con esas simples palabras, mi mundo se enderezó. Me escocieron los ojos y respiré por primera vez en semanas.

Él le respondió algo riéndose, y sus ojos eran del azul más brillante que creía haber visto jamás. Realmente no podía concentrarme en lo que decían porque mi cabeza comenzaba a dar vueltas y todavía no podía tomar suficiente aire. Todos estaban sonriendo y felices y tuve que salir. Fue imperioso. Tuve que caminar afuera. No podía lidiar con la sala llena de gente, y estaba seguro que no quería que me vieran desmoronarme.

Porque cuando llegué a la puerta, me ardían los ojos y me negué a dejar que ninguno de ellos me viera llorar.

Travis estaba a unos dos segundos y medio detrás de mí.

—¿Charlie?

Me volví hacia él y la expresión de mi rostro debió haberlo sorprendido. Me rodeó con sus brazos como si me estuviera manteniendo unido. Dejé caer las estúpidas y malditas lágrimas y respiré lo más profundo que pude.

—Siento como si hubiera estado respirando a través de una pajita durante semanas.

Se echó hacia atrás y puso su mano en mi cara. Sus labios se curvaron en una sonrisa torcida.

—Oh, Charlie.

Me froté la cara con las manos y mi voz apenas fue un

susurro.

—Estaba tan asustado.

Travis tomó mi cara entre sus manos.

—Me quedaré. Durante el tiempo que quiera.

Suspiré e incliné mi rostro hacia su toque. No podía hablar. Todavía estaba tratando de respirar. Todo lo que salía de mí eran más jodidas y estúpidas lágrimas.

Travis simplemente me acercó a él, de nuevo y me abrazó tan jodidamente fuerte. Muy intensamente.

—¿Estás bien, Charlie?

Asentí en su cuello.

—Sí.

—¿Lágrimas de felicidad?

Me reí de su pregunta.

—De mucha felicidad.

—¿Entonces no estabas tan seguro de que me quedaría? —preguntó—. Todo el tiempo has estado actuando como si supieras que la respuesta sería sí.

Negué con la cabeza.

—Dios no. Pensé que te irías, con seguridad. No quería lidiar con eso. Ni siquiera podía soportar pensar en ello.

—¿Entonces me dejaste preocuparme solo?

Me aparté para poder ver sus ojos, para que él pudiera ver los míos.

—Lamento haber sido tan idiota. Supongo que así es como lidio con el estrés. —Me encogí de hombros. Luego vomité palabras—: No sé. Simplemente alejo a todos. No lo digo en serio. Estoy tan acostumbrado a estar atrapado en mi cabeza y acostumbrado a ser simplemente yo. Estar solo, ¿sabes? Y entonces llegaste tú y cambiaste todo eso, y ahora como que no puedo vivir sin ti. Bueno, entonces casi tuve que hacerlo porque ibas a tener que irte y no sabía cómo tratar con eso. Lo lamento. Pero he estado trabajando duro para obligarme a hablar contigo sobre algunas cosas. Simplemente no podía hablar de que te fueras. Simplemente no podía…

Sostuvo mi mirada durante un largo y tranquilo momento. Tal vez estaba buscando algo, tal vez estaba saboreando el momento, no lo sabía.

—No es necesario, Charlie —susurró. Apoyó su frente en la mía y muy suavemente empujó mi nariz con la suya—. No es necesario.

—Haz eso de nuevo —susurré con los ojos cerrados.

—¿Qué? ¿Esto? —preguntó, acercando suavemente su nariz a la mía.

Sonreí a las mariposas que me produjo.

—Eso es lo mejor del mundo. —Presioné mis labios contra los suyos en un momento silencioso y perfecto. Me sequé la cara y respiré profundamente para ordenar mis pensamientos. Deslizando mi mano sobre la suya, lo llevé de regreso al interior. Todos seguían allí, en el salón ahora, pero estaban en silencio, esperando… Todavía tenía cogida la mano de Travis y no tenía intención de soltarla. No me importaba si lo veían, no me importaba si los desconcertaba.

—Lo siento —les dije—. Yo… eh, sólo necesitaba un minuto.

—Entonces, Travis —dijo Billy. Estaba sonriendo con su sonrisa socarrona—. ¿Cuánto tiempo te quedarás?

Me apretó la mano, pero me sonrió.

—Mientras Charlie quiera.

Todos los ojos se posaron en mí, esperando que respondiera. Dejé caer la mano de Travis, pero sólo para poder pasar mí brazo alrededor de su cintura. Lo acerqué a mi lado. Por primera vez, mi personal, *mi familia* me vio tocando a Travis. Estaba sonriendo como un adolescente enamorado. Demonios, creo que incluso me sonrojé.

—Estoy bastante seguro de que te haré enfadar en algún momento entre ahora y siempre.

Travis se rio.

—Estoy seguro de que lo harás.

CAPÍTULO QUINCE

CUATRO SEMANAS DESPUÉS. CUATRO MALDITAS LARGAS SEMANAS QUE NO ERAN ASÍ ANTES DE ÉL.

LA COSA ERA TAN grande que el único lugar en el que realmente podía ir sin quemar la casa era fuera.

—Jesús —dijo Ernie—. ¿Vas a iniciar una franquicia de Domino's o algo así?

Retrocedí y miré el horno de pizza.

—No me di cuenta de que iba a ser tan grande.

—¿No leíste las especificaciones antes de comprarlo? —preguntó.

—Por supuesto que no lo hice.

Ma se rio.

—Bueno, volverán pronto, así que tal vez quieras encenderlo.

Travis había ido con Bacon, Trudy, George y Billy a los potreros del norte. Había estado fuera cinco días. Habíamos acordado que el tiempo separados, por muy desagradable que fuera, era fundamental. Travis había razonado que trabajar, estar y vivir juntos, día tras día, sin ningún tipo de tiempo de separación no era propicio para permanecer juntos.

Y tenía razón.

Así que pasar unos días acampando, ya fuera arreglando cercas o arreando vacas preñadas a un potrero separado como habían estado haciendo esta semana, ya fuera él o yo, nos venía bien.

También me daba tiempo para hacer algunas cosas secretas, como comprar y montar un horno de pizza. Dijo que desearía tener uno, por lo que me pareció lo más lógico.

Simplemente no sabía que fuese tan grande.

Parecía un iglú de piedra con una chimenea y, a decir verdad, debería haberme dado cuenta de que no era exactamente pequeño cuando fue necesario un camión para traerlo hasta aquí y una carretilla elevadora para colocarlo en su lugar.

Pero le iba a encantar.

Bueno. Más le valía.

—Cárgalo con leña —dije—. Veamos cómo cocina.

Habían sido cuatro semanas interesantes. Les había dado a todos una semana libre. Se suponía que tendrían tiempo libre cuando Travis y yo fuéramos a la Alice, pero la gente testaruda decidió quedarse y mostrarle algo de apoyo fraternal.

Y luego, cuando regresaron, Travis y yo fuimos a Alice Springs. Fue idea suya y, de hecho, traté de disuadirlo. Pero dijo que ya era hora.

Llevamos a Matilda al Centro de Rescate de Canguros.

Travis la mantuvo en su bolsa durante todo el camino hasta la ciudad. La cargó como a un bebé, como hacía siempre, y durante unos cien kilómetros le pregunté si estaba seguro, me dijo que me callara, solo lo estaba empeorando.

—Ella necesita irse —dijo en voz baja—. He hecho todo lo que he podido y ahora debería tener un nuevo hogar antes de que crezca más.

La verdad era que no podía liberarla. Si ella lograra encontrar un grupo de canguros, probablemente la matarían por oler como un humano. Ciertamente no sobreviviría sola y él sabía que no podía quedarse en casa.

—Le salvaste la vida —le dije.

Él asintió y volvió a estar en silencio. El chico del centro había dedicado toda su vida a salvar a estas crías y le dijo a Travis que había hecho un muy buen trabajo con Matilda.

Fue un momento desgarrador. Fue algo horrible verlo decirle adiós.

Pero incluso mientras luchaba contra las lágrimas, sabía que era lo correcto. Tendría una vida larga y segura en su nuevo hogar, y dijo que, por muy triste que fuera, estaba feliz de dejarla allí.

Eso fue dos semanas atrás.

Los últimos cinco días habían pasado lentamente y lo extrañaba como loco. Me mantuve bastante ocupado. Terminé mi evaluación, incluso la envié. Trabajé un poco de relaciones públicas con Greg para ser elegido miembro de la junta directiva de la Asociación de Productores del Territorio el próximo mes, y Ma se encargó de gritarme si me enfadaba por estar sin él.

Fue al final de la tarde cuando escuchamos a las camionetas y las motos entrar a los patios. El horno de pizza estaba ansioso por funcionar. Ma estaba probándolo con algunas tiras de pan, queriendo dejarle el honor de la primera pizza a Travis.

Supuse que vieron el humo del horno, porque George y Billy fueron los primeros en llegar por detrás, mirando para ver qué estaba pasando. Cuando Bacon y Trudy llegaron sin él, pregunté:

—¿Dónde está Travis?

—Oh, ya viene —dijo Bacon como si supiera algo que yo no sabía.

Antes de que pudiera preguntar qué significaba eso, Travis entró por la puerta trasera de la casa en lugar de caminar por el costado como los demás. Se detuvo en seco, con la boca abierta y los ojos muy abiertos.

Estaba sosteniendo algo.

Algo en un paquete.

Algo en un suéter envuelto.

Estaba mirando el horno de pizza, yo lo estaba mirando a él. Ambos hablamos al mismo tiempo.

—¿Qué demonios es eso?

—¿Compraste un horno para pizzas? —gritó bajando las escaleras traseras.

Ignoré su pregunta.

—¿Traes otro canguro?

Ignoró mí pregunta.

—¿En serio? ¡Es enorme! Ni siquiera quiero saber cuánto costó —murmuró para sí mismo—. Jesús, Charlie. ¿Me lo compraste?

—Travis —dije con la mayor calma que pude. Todos nos estaban mirando—. ¿Tienes en brazos a otro bebé canguro?

Miró el bulto del suéter y negó con la cabeza.

—No —dijo simplemente. Luego empezó a sonreír y se acercó a mí. Retiró suavemente el suéter y una gran nariz plana y marrón y dos ojitos diminutos me miraron.

Era un bebé wombat.

Jesús.

Maldito.

Cristo.

—Ay, Travis —dije—. No, no, no. ¿Sabes qué daño causan? —pregunté—. Cavan hoyos. Grandes agujeros. El tipo de agujeros que destrozan los cimientos de las casas. Y muerden.

—Pero su mamá estaba muerta —dijo Trav, todo ojos azules y sonrisas encantadoras—. Y es realmente lindo. Lo llamé Nugget.

Ay, no. Ya le había puesto nombre.

—Toma —dijo entregándome el bebé wombat envuelto—. Tómalo. Quiero ver este horno.

Miré a Nugget, su pequeña nariz se torció y parpadeó.

—No me mires así —le dije. A él. Eso. Lo que fuera.

George se rio a mi lado y me dio unas palmaditas en el hombro.

—Sí. Es lo que pensaba.

Entonces levanté la vista y vi a todos sonriéndome.

—Esto no es gracioso —les dije.

Por sus caras me di cuenta de que pensaban que sí lo era. Ma gritó desde la terraza:

—Vamos, todos. Podéis hacer vuestras propias pizzas. No cocino fuera.

Todos la siguieron, entusiasmados con el horno de pizza. Me quedé allí sosteniendo un jodido bebé wombat. Travis se acercó y me besó.

—¿Me extrañaste?

—Te extrañé —dije—. Hasta que llegaste a casa.

Se rio y metió el dedo en el suéter del wombat.

—¿Ves? Él es el papá malhumorado, yo soy el papá gracioso y guapo.

—¡Chicos! —nos gritó Ma esta vez—. Entrad y organizad vuestra cena. No soy vuestra esclava.

Travis sonrió y subió las escaleras de dos en dos mientras yo lo seguía, todavía cargando la última incorporación a la estación Sutton.

Entré a la cocina, donde todo el mundo estaba dando vueltas. La vida en esta casa solía ser tranquila y aburrida. Ahora era ruidosa, ajetreada y llena de conversaciones y risas, sin mencionar algún que otro maldito animal bebé. Miré a Travis mientras se reía de algo que dijo Ernie y eso me hizo sonreír. Seguro de que alguna vez el ruido, la falta de espacio y soledad me habrían vuelto loco.

Ahora me encantaba.

Me hacía sentir vivo y ocupado. Todo era estridente y en mi cara.

Supuse que éramos como una familia.

Y era perfecto.

~Fin~

SOBRE LA AUTORA

N.R. Walker es una autora australiana a la que le encanta su género, el romance gay.

Le encanta escribir y pasa demasiado tiempo haciéndolo, pero no lo haría de otra manera.

Es muchas cosas: madre, esposa, hermana, escritora. Tiene chicos muy, muy guapos que viven en su cabeza, que no la dejan dormir por la noche si no les da vida con palabras.

A ella le gusta cuando hacen cosas sucias, muy sucias... pero le gusta aún más cuando se enamoran.

Solía pensar que tener gente en su cabeza hablándole era raro, hasta que un día se encontró con otros escritores que le dijeron que era normal.

Ha estado escribiendo desde entonces...

---

nrwalker.net

TAMBIÉN DE N. R. WALKER

ESPAÑOL

Sesenta y Cinco Horas *(Sixty Five Hours)*

Los Doce Diaz de Navidad

Código Rojo *(Atrous Series 1)*

Código Azul *(Atrous Series 2)*

Queridísimo Milton James *(Dearest Milton James 1)*

Queridísimo Malachi Keogh *(Dearest Milton James 2)*

El Peso de Todo *(The Weight Of It All)*

Una Navidad Muy Henry

Tres Muérdagos en Raya *(Hartbridge Christmas Series #1)*

Lista de Deseos Navideños: *(Hartbridge Christmas Series #2)*

Feliz Navidad Cupido: *(Hartbridge Christmas Series #3)*

Spencer Cohen, Libro Uno

Spencer Cohen, Libros Dos

Spencer Cohen, Libros Tres

La Historia de Yanni

La Cometa

Davo

Hasta la Luna y de Vuelta

Segunda Oportunidad Al Primer Amor

Venciendo A La Lluvia

En La Tempestad

El Toque Del Rayo

Serie Chicos de la Tormenta Colección

Corazón De Tierra Roja

TÍTULOS EN INGLÉS

Blind Faith

Through These Eyes (Blind Faith #2)

Blindside: Mark's Story (Blind Faith #3)

Ten in the Bin

Gay Sex Club Stories 1

Gay Sex Club Stories 2

Point of No Return – Turning Point #1

Breaking Point – Turning Point #2

Starting Point – Turning Point #3

Element of Retrofit – Thomas Elkin Series #1

Clarity of Lines – Thomas Elkin Series #2

Sense of Place – Thomas Elkin Series #3

Taxes and TARDIS

Three's Company

Red Dirt Heart

Red Dirt Heart 2

Red Dirt Heart 3

Red Dirt Heart 4

Red Dirt Christmas

Cronin's Key

Cronin's Key II

Cronin's Key III

Cronin's Key IV - Kennard's Story

Exchange of Hearts

The Spencer Cohen Series, Book One

The Spencer Cohen Series, Book Two

The Spencer Cohen Series, Book Three

The Spencer Cohen Series, Yanni's Story

Blood & Milk

The Weight Of It All

A Very Henry Christmas (The Weight of It All 1.5)

Perfect Catch

Switched

Imago

Imagines

Imagoes

Red Dirt Heart Imago

On Davis Row

Finders Keepers

Evolved

Galaxies and Oceans

Private Charter

Nova Praetorian

A Soldier's Wish

Upside Down

The Hate You Drink

Sir

Tallowwood

Reindeer Games

The Dichotomy of Angels

Throwing Hearts

Pieces of You - Missing Pieces #1

Pieces of Me - Missing Pieces #2

Pieces of Us - Missing Pieces #3

Lacuna

Tic-Tac-Mistletoe - Hartbridge Christmas Series #1

Christmas Wish List - Hartbridge Christmas Series #2

Merry Christmas Cupid - Hartbridge Christmas Series #3

Bossy

Dearest Milton James

Dearest Malachi Keogh

Code Red - Atrous Series #1

Code Blue - Atrous Series #2

Davo

The Kite

Learning Curve

Merry Christmas Cupid

To the Moon and Back

Second Chance at First Love

Outrun the Rain

Into the Tempest

Touch the Lightning

TÍTULOS EN AUDIO

Cronin's Key

Cronin's Key II

Cronin's Key III

Red Dirt Heart

Red Dirt Heart 2

Red Dirt Heart 3

Red Dirt Heart 4

The Weight Of It All

Switched

Point of No Return

Breaking Point

Starting Point

Spencer Cohen Book One

Spencer Cohen Book Two

Spencer Cohen Book Three

Yanni's Story

On Davis Row

Evolved

Elements of Retrofit

Clarity of Lines

Sense of Place

Blind Faith

Through These Eyes

Blindside

Finders Keepers

Galaxies and Oceans

Nova Praetorian

Upside Down

Sir

Tallowwood

Imago

Throwing Hearts

Sixty Five Hours

Tuxes and TARDIS

The Dichotomy of Angels

The Hate You Drink

Pieces of You

Pieces of Me

Pieces of Us

Tic-Tac-Mistletoe

Lacuna

Bossy

Code Red

Learning to Feel

Dearest Milton James

Dearest Malachi Keogh

Three's Company

Christmas Wish List

The Kite

Davo

Learning Curve

Merry Christmas Cupid

To the Moon and Back

Second Chance at First Love

Outrun the Rain

Into the Tempest

LECTURAS GRATUITAS:

Sixty Five Hours

Learning to Feel

His Grandfather's Watch (And The Story of Billy and Hale)

The Twelfth of Never (Blind Faith 3.5)

Twelve Days of Christmas (Sixty Five Hours Christmas)

Best of Both Worlds

OTRAS TRADUCCIONES

Portugués

Sessenta e Cinco Horas

Italiano

Fiducia Cieca (Blind Faith)

Attraverso Questi Occhi (Through These Eyes)

Preso alla Sprovvista (Blindside)

Il giorno del Mai (Blind Faith 3.5)

Cuore di Terra Rossa Serie (Red Dirt Heart Series)

Natale di terra rossa (Red dirt Christmas)

Intervento di Retrofit (Elements of Retrofit)

A Chiare Linee (Clarity of Lines)

Senso D'appartenenza (Sense of Place)

Spencer Cohen Serie (including Yanni's Story)

Punto di non Ritorno (Point of No Return)

Punto di Rottura (Breaking Point)

Punto di Partenza (Starting Point)

Imago (Imago)

Il desiderio di un soldato (A Soldier's Wish)

Scambiato (Switched)

Tallowwood

The Hate You Drink

Ho trovato te (Finders Keepers)

Cuori d'argilla (Throwing Hearts)

Galassie e Oceani (Galaxies and Oceans)

Il peso di tut (The Weight of it All)

Upside Down

Francés

Confiance Aveugle (Blind Faith)

A travers ces yeux: Confiance Aveugle 2 (Through These Eyes)

Aveugle: Confiance Aveugle 3 (Blindside)

À Jamais (Blind Faith 3.5)

Cronin's Key Series

Au Coeur de Sutton Station (Red Dirt Heart)

Partir ou rester (Red Dirt Heart 2)

Faire Face (Red Dirt Heart 3)

Trouver sa Place (Red Dirt Heart 4)

Le Poids de Sentiments (The Weight of It All)

Un Noël à la sauce Henry (A Very Henry Christmas)

Une vie à Refaire (Switched)

Evolution (Evolved)

Galaxies et Océans (Galaxies and Oceans)

Qui Trouve, Garde (Finders Keepers)

Sens Dessus Dessous (Upside Down)

La Haine au Fond du Verre (The hate You Drink)

Tallowwood

Spencer Cohen Series

Alemán

Flammende Erde (Red Dirt Heart)

Lodernde Erde (Red Dirt Heart 2)

Sengende Erde (Red Dirt Heart 3)

Ungezähmte Erde (Red Dirt Heart 4)

Vier Pfoten und ein bisschen Zufall (Finders Keepers)

Ein Kleines bisschen Versuchung (The Weight of It All)

Ein Kleines Bisschen Fur Immer (A Very Henry Christmas)

Weil Leibe uns immer Bliebt (Switched)

Drei Herzen eine Leibe (Three's Company)

Über uns die Sterne, zwischen uns die Liebe (Galaxies and Oceans)

Unnahbares Herz (Blind Faith 1)

Sehendes Herz (Blind Faith 2)

Hoffnungsvolles Herz (Blind Faith 3)

Verträumtes Herz (Blind Faith 3.5)

Thomas Elkin: Verlangen in neuem Design

Thomas Elkin: Leidenschaft in Klaren Linien

Thomas Elkin: Vertrauen in bester Lage

Traummann töpfern leicht gemacht (Throwing Hearts)

Sir

Tailandés

Sixty Five Hours (Traducción al Tailandés)

Finders Keepers (Traducción al Tailandés)

Chino

Blind Faith (Traducción al Chino)

Japonés

Bossy